春到福妻到

1

文創風 685

灩灩清泉 著

風 文創
685

目錄

自序

灩灩清泉

非常榮幸，我創作的網路小說，第三次出版紙本書與臺灣讀者見面，謝謝讀者朋友的支持，也感謝狗屋出版社編輯的賞識和肯定。

個性使然，我特別喜歡孩子，喜歡動物，這本書裡依然延續了之前的風格，裡面的萌娃、萌寵，定會讓您愛不夠。

在這本書我又做了一次大膽的嘗試，把更多的筆墨，用在描寫幾對有情人的感情生活上。

愛情是人類生命裡永恆的主題，愛情也是文學創作永恆的主題。每一個女人都憧憬美好的愛情，包括我，也包括文中的幾個女人。

女主角陳阿福，作者是她的親媽，讓她占盡了天下的福氣，包括愛情。男主角除了有一個糟心的家庭，擁有丈夫應該具備的幾乎所有優點，忠貞，體貼，英俊，顧家，位高權重。兩人從萌娃和萌寵結緣，經過相互瞭解，再到相互賞識。

由於女主角前世受過情傷，比較自卑，面對優秀的男主角，想愛卻不敢愛。最終被男主角的真誠打動，兩人突破世俗的眼光，結合在一起，並且幫助男主角鬥倒長公主繼母，接回男主角的生母，一家人回到侯府大團圓。

另一個女人王娟娘，是女主角的生母。她從小被賣當了童養媳，帶大了小夫婿，卻在小夫婿中舉後被婆婆無情地趕出婆家。她回家後才發現自己已經身懷有孕，為了給孩子一個合法的身分，她選擇嫁給一個快死的丈夫，過著艱難的生活……她珍藏著那一份青澀的愛，珍惜眼前人，日子過得平靜而安詳。

還有一個女人羅雲，她是男主角的母親，因為長公主覬覦她的丈夫而被迫出家，原本美好的家庭四分五裂；她雖然遁入空門，但凡心未了，一直堅守著內心那一份執著的愛。她愛得執著，也愛得痛苦……

寫這本書的那段日子，應該是自寫書以來最艱難的日子，因為長期伏案工作，我得了頸椎病，住院，治療，反覆犯病。我一度以為再也不能從事寫作這個自己最熱愛的職業了，以至於情緒失控……還好最終堅持下來，控制住病情，也完成了這部作品。

寫作，真是一個痛並快樂的歷程，雖然有太多、太多艱辛，但更多的是快樂，無與倫比的快樂，我一直樂在其中。

我的作品如同我的孩子，能得到您的喜愛和欣賞，真的非常開心，非常自豪。

最後，感謝編輯的指點，使故事在修訂的過程中更加精煉完美。

第一章

陳燕燕不知道自己是怎麼走出辦公室來到地下停車場的，此時，她趴在汽車方向盤上哭得天昏地暗。

她始終不明白，那個男人一個月前還對她信誓旦旦，說會說服他的父母，會名正言順娶她，會給她名分……可是，今天卻擁著別的女人，宣佈他已經訂婚。

原來，他一直在玩弄她！在他走之前送的那些東西，就是給她的補償吧？可自己還傻傻地感動著……

她淚眼矇矓地開著車，不知道開了多久，好像來到了一所小學外面。校門口拉起了警戒線，許多小學生排隊走出來，她趕緊開車向左轉，卻看到前面一輛大貨車橫衝直撞駛過來，周圍的行人都驚叫著四處逃竄。

她已經來不及閃避，與那輛車撞成一團！

小汽車車頭壓在大貨車底下，她被擠壓在安全氣囊和車座之間，一個大輪子正懸在她頭頂幾公分的地方，頭上鮮血汩汩流了出來，還能感覺到血液的溫度。

失去意識前，腦海裡竟然出現了一隻燕子，牠著急地叫著，陳燕燕居然能聽懂牠的話。牠在說：「別死呀，別死呀，跟了妳這一世，我天日都還沒見著啊……」

陳燕燕覺得頭部傳來一陣陣疼痛，身體被人晃動著。

「娘親，嗚嗚嗚，娘醒醒啊！大寶不能沒有娘……」一個軟糯的聲音。

「姊姊，姊姊，妳不能死啊……」一個大些男孩的聲音。

陳燕燕睜開眼睛，見自己正躺在地上，一個三、四歲的小男娃和一個九、十歲的小少年正拉著她邊晃邊哭。兩個小孩穿著古裝，一個梳沖天炮，一個梳總角，小臉皆哭得髒兮兮的。

小男娃看到她睜開眼睛，破涕為笑，顯得牙更白，眼更亮，欣喜道：「娘醒了，太好了。」然後，他起身向騎在高頭大馬上的一個華服公子跪下，磕了個頭。「謝謝大爺救了我娘親，您的大恩大德，小的一家永遠記著。」口齒清晰，聲音清脆。

陳燕燕才注意到，她周圍不僅有一些站著看熱鬧的人，還有幾個坐在地上大聲哀號的人，五、六公尺遠的地方，還有幾個騎馬的男人，無一例外都穿著古裝。

那幾個騎馬的男人中，其中一個騎白馬的好像是主子，長得俊美無雙、氣宇軒昂，小男娃就是向他磕頭。

陳燕燕在小少年的幫助下，吃力地坐起身，呆呆地看著那個高高在上的男人，覺得嘴裡溢滿口水，想吞進去，可舌頭發木，口水不聽使喚，反而順著嘴角流下來。她想抬手擦，胳膊卻僵硬，不靈活。還沒等她的手抬起來，一旁的小少年趕緊用袖子幫她擦乾淨，像是做慣了這種事。

那個公子先看了看給他磕頭的小男娃，又看了一眼陳燕燕。見她呆呆的眼神和銀線一般的口水，皺了皺眉。他收回目光，又掃向那幾個鼻青臉腫的人。

那幾個人橫七豎八地坐在地上慘叫著，其中一個肥頭大耳的人，雖然衣衫華麗，但衣裳已經被扯破了，他被打得最重，叫聲也最大。他一接收到那兩道寒光，就嚇得渾身哆嗦。

華服公子用馬鞭指了指這個人，冷冷說道：「若是再敢隨意欺壓良民，就取了你的狗命。」又對自己的下人說：「拿我的帖子去縣尉府，對丁洪說，我幫他教訓了丁大少；若丁洪再不嚴加管束家人，以後我見一次，便幫他管束一次。」

那幾個人嚇得使勁磕頭，連聲說：「大人饒命，小的不敢了，再也不敢了。」

華服公子哼了一聲，領著人騎馬而去。

見華服公子走得沒了蹤影，那幾個人才爬起來，相攙著一瘸一拐地跑了。

周圍看熱鬧的人說：「老天有眼，終於有人把那個二世主收拾了。」

「解氣，丁大少仗著是縣尉大人的兒子，欺男霸女，無惡不做。」

又有好心人對小男娃說：「快回去吧！你娘腦子不清楚，以後儘量少帶她出門，今天是你們運氣好，碰到了敢收拾丁大少的貴人，不然，你娘可有苦頭吃了。」

小男娃向周圍的人做了個揖，說道：「知道了，謝謝各位伯伯、叔叔、大娘、嬸子的幫忙。」

看熱鬧的人漸漸散了。

小男娃走過來，用小手拍拍陳燕燕的後背表示安慰。「娘親，小舅舅，沒事了，咱們去找姥姥吧！」

陳燕燕還在發懵。上一刻她出了嚴重的車禍，小汽車車頭被大貨車壓在底下，除了腦袋卡在窄小的空間，四肢和軀體應該已經變形，或是被擠成一堆……

可這一刻，她四肢完好，卻置身在古代街道的場景，四周是青磚黛瓦、飛簷翹角的房子；道上行人不斷，有挑擔的、揹筐的、駕牛車、趕驢子的，還有幾輛馬車；兩邊有茶樓、酒館、當鋪；空地上有張著大傘的小商販，叫賣聲此起彼伏……

經常看穿越小說的陳燕燕已經肯定，她中獎了，穿越了！只是腦海一片模糊，沒有一點這一世的記憶。

從這個小男娃叫她「娘親」來看，她這一世不僅成了已婚婦女，還當了母親；但有人說她腦子不清楚，她又管不住自己的口水，原主八成真的是個傻子。

剛才應該是「英雄救美」，只不過，劇情並沒有按照「英雄美人一見鍾情」的劇本那樣發展下去。而今她是傻子，英雄是高高在上的天神，一個是泥，一個是雲，即使相遇，也是一剎那，以後再見無期。

她想說話，可嗓子發緊，舌頭不索利，「嗚嗚」兩聲，感覺口水又流了出來。

小男娃用自己的手幫她擦擦嘴角，然後在自己衣裳上抹了抹。「娘親不怕，壞人被打跑了。」

大一點的少年也說道：「剛才幾位大爺打了那幾個壞人，救了姊姊呢！」

兩個男孩想把她拉起來，陳燕燕也想站起來，可三個人用了吃奶的勁都沒能讓她站起來。

這時，一個中年婦人撲到陳燕燕的身邊，抱著她急道：「阿福，怎麼娘一個錯眼，你們三個就不見了？」

小男娃不好意思地說：「姥姥，我和小舅舅跟著我娘走啊走，就走到這裡來了，還遇到幾個惡人，還好有幾位好心的大爺救了我們。」

中年婦人更害怕了，又問陳燕燕道：「阿福，告訴娘，妳沒事吧？」

陳燕燕——不，現在應該叫陳阿福了，她費勁地抬起胳膊摸摸頭，說道：「頭——痛。」一聲音像破鑼嗓子。

原主不只腦袋不清楚，動作、說話也不索利，連轉眼珠都有些費勁。

王氏摸了一下陳阿福的後腦勺，那裡有個指頭大的小包，見沒流血，便放下心，說道：「阿福乖！回家娘幫妳揉揉就好了。」語氣像是哄孩子。

陳阿福走路不索利，所以走得很慢，不時被後面的行人超過。她注意到，弟弟原來是個小瘸子，走路一跛一跛的；再看看王氏穿的衣裳有許多補丁，自己衣裳的補丁少些，但也有幾塊；兩個小男孩的衣裳不只有補丁，且尺寸還太小，像是綑在身上。

陳阿福暗道：這個新家的日子不好過。

聽這幾人的對話，她知道兒子叫陳大寶，弟弟叫陳阿祿，還有一個爹。他們來縣城是為了賣王氏繡的繡品，以及給患肺病的爹、有癡病的陳阿福抓藥。因為有個老和尚說過，陳阿福的癡病會治好，所以家人從來沒放棄她，反而節衣縮食定期來縣城給她看病抓藥。

街道兩旁不時傳來香味，賣小食的人邊煮邊吆喝；有賣麵的、賣餛飩的、賣包子、饅頭的、賣燒餅的……特別是在路過一間麵館時，香味尤其濃郁。

陳阿福的肚子「咕嚕」響了幾聲，口水又管不住地流了下來。

王氏停下腳步，看看女兒嘴角的口水說道：「今天給妳和妳爹抓了藥，又給妳爹買了點精細吃食、一條豬肝，已經把錢用得差不多了……要不，就吃碗素麵吧！這家麵館貴，咱去城邊那家麵攤。」

陳阿福紅了臉，看看日頭中天偏西，現在應該過了正午。幾人又走了兩刻鐘，拐進一個巷子，來到一處麵攤前停下。

王氏道：「大妹子，煮一碗素麵。」

老闆娘問道：「大嫂，你們四個人，只要一碗？」

王氏笑了笑，應了一聲。

四人在一張桌前坐下，正好把小桌子占滿。王氏從背簍裡拿出一個小包裹，裡面有四塊玉米餅。她給陳大寶和陳阿祿一人一塊，自己也拿了一塊，把剩下的一塊包好，放進背簍裡，再對陳阿福說道：「阿福等等，麵條一會兒就好。」

陳阿福才明白，原來那碗麵條只給她一個人吃，其他人只吃家裡帶的玉米餅。她看看一臉滿足地啃著玉米餅的小正太們，不覺紅了老臉。

王氏大概三十出頭的年紀，長相清秀，雖然衣裳補丁多，但乾淨整潔，人也索利，不像這裡的農婦，有種說不出的韻味，特別是那雙手，細膩白皙，不像是幹粗活的。

陳大寶和陳阿祿雖然小臉髒兮兮的，依然遮掩不住清俊的長相，特別是陳大寶，五官精緻，眉目如畫，那雙幽深的眼眸，像星辰一樣明亮。有這種眸子的人，必定是極其睿智聰慧的人。

陳阿祿長得也好看，只不過沒有陳大寶亮眼，腿還瘸了，真可惜。

有陳大寶這樣漂亮的兒子，母親也不醜，看來自己應該是個美人吧？

剛想到這裡，陳阿福一個哆嗦，心想：陳大寶跟母親同姓，原主又是個腦子不清楚的傻子，不會是原主被人強了，然後生的兒子吧……

她一緊張，口水又順著嘴角流下來。

陳大寶以為娘親饞了，跳下凳子來到陳阿福身邊，踮著腳尖，用袖子替她把口水擦去，又分了塊玉米餅塞進她的嘴裡，說：「娘先吃一點餅，麵條馬上就好。」

這麼小的孩子就如此懂事，讓陳阿福不好意思的同時，也感動不已。

既來之，則安之！上一世她沒有親人，這一世不僅有親人，還對她這麼好。情況再怎麼糟，也比某些穿越文裡女主一醒來，就面臨被賣或是餓死強多了。這麼一想，她又釋然了。

麵條端了上來，一個大土碗裡裝了滿滿一碗，分量足，上面還撒了一些碎蔥花。麵香和蔥花味撲面而來，陳阿福的口水又忍不住流下來，伴隨幾聲吞口水的聲音——是大寶和阿祿的，他們很為自己的饞相不好意思，都脹紅了臉，眼睛看向別處。

陳阿福笑了笑，吃力地把碗推到王氏碗邊，用筷子給王氏挾麵條。

王氏有些愣了，問道：「阿福，妳、妳幹啥？」

陳阿福費勁地吐出兩個字。「娘，吃。」

唉，腦子不清楚，身子不靈活，四肢不協調，嘴巴、舌頭不好用，這具身子的反應有些像前世的腦癱兒，以後要勤加鍛鍊，盡快恢復身體的各項機能。

陳阿福又把碗推到陳阿祿和陳大寶的碗邊，分別給他們挾麵條，儘管動作很慢，但都挾到了。

王氏、陳阿祿和陳大寶又吃驚、又高興，愣愣地看著她。陳大寶激動得都快哭了，癟著小嘴說：「我娘親多聰明啊！我娘親不傻的。」

陳阿祿也高興地點頭說：「嗯，姊姊的病好了，姊姊不傻了。」

王氏流著淚，雙手合十道：「阿彌陀佛，阿福的癡病果真好多了。」

陳阿福又吃力地說：「娘，阿祿，大寶，你們——吃——麵。」

「好，我們吃。」

三個人幸福地一邊吃麵，一邊看著陳阿福。

陳阿福也開始吃麵，她已經餓得前胸貼後背。穿越過來後，只有吃飯的動作最熟練，手和嘴配合得比較好，至少沒把麵條塞進鼻子裡。

陳大寶得意地說道：「娘親好聰明啊！都沒把麵條送到鼻子裡。」

陳阿福手一頓，原主真的把飯塞進鼻子過？

王氏又笑著把剩下的那塊餅遞給陳阿福。「麵條分給了我們這麼多，妳再把這塊餅吃了。」

吃完飯，陳阿福感覺麵湯順著下巴往下流，胳膊還沒抬起來，陳大寶就過來從她懷中掏出帕子，幫她把嘴擦乾淨。

陳阿福笑道：「兒子真——能幹。」

陳大寶眉開眼笑，說道：「娘親，妳好聰明，都知道誇獎兒子了。」

旁邊一個老婦驚詫道：「老天，這個小娘子好像只有十四、五歲吧！梳的還是雙丫髻，就有兒子了，還是個這麼大的兒子？」

王氏忙解釋道：「我閨女情況特殊，這是她的養子。」

原來大寶是自己的養子，而自己年紀還這麼小。

陳大寶不喜歡聽這話，紅著眼圈，撲進陳阿福的懷裡說：「娘是大寶的親娘，大寶是娘的親兒子。」

陳阿福感覺陳大寶的小身子有些發抖，便用力抱了抱他。

陳阿祿趕緊安慰陳大寶道：「我們都當大寶是姊姊的親兒子，我的親外甥，我爹娘的親外孫。」

王氏知道剛才幫女兒開脫而傷了大寶的心，忙說道：「是姥姥說錯話了，大寶是你娘的親兒子，姥姥的親外孫。」

幾人來到城門外，找到村裡的牛車，車上已經坐了六個人。王氏把陳阿福扶上車，陳阿祿費力地把陳大寶抱上車，然後他們兩人才坐上去，分別坐在陳阿福的兩旁。大寶又爬到陳阿福的雙腿上，倚在她的懷裡。

陳阿福的幸福感又油然而生，這幾位親人真不錯，並沒有因為自己癡傻而嫌棄。

現在正是陽春三月，一路上草長鶯飛，鳥語花香，田裡一片碧綠，許多農人都在忙碌著。

陳阿福欣賞著美麗的田園風光，抱著骨瘦如柴的小身子，心裡軟軟的、柔柔的。她暗暗發誓，為了親人，也要想辦法把日子過好。不嫁人最好，守著家人和養子，當個名副其實的地主婆；若一定要嫁人，必須遠離高富帥，找個門當戶對的子弟，別再像前世一樣，被高富帥耍了，不只丟了人，還丟了命。

牛車剛到村口，他們四人就下車了，他們家就在村東北口。

此時，一個三十多歲的精瘦男人正坐在屋簷下編草蓆，這個男人就是自己這一世的爹，喚作陳名。

飯桌上，陳名和王氏囑咐他們，暫時不要把陳阿福病情好轉的事情說出去。

雖然沒說原因，但敏感的小傢伙還是多心了。他希望娘親病好，但他又怕娘親的病好了，其他親戚會把他趕走，不讓他當娘親的兒子。他們還有村裡的一些人，都說他是陳家撿來給傻子養老的野孩子。

陳阿福安慰他道：「嗯，大寶是——娘的兒子，誰也——不能改變。」雖然語速慢，還算擲地有聲。

小傢伙聽了，感動地把小腦袋埋進陳阿福的懷裡。

陳阿福又問：「姥爺——還認識字？」

陳大寶說道：「是呢！太姥姥常念叨，姥爺早年的時候中了童生，若不是得了肺病，肯定要當舉人老爺……」又得意地說：「娘，其實《千字文》我會背一半了，《三字經》和《百家姓》已經全部會背了，只是裡面的字認不全，也不會寫字。」

陳阿福誇道：「兒子——能幹，非常棒，以後——娘的病好了，就買——筆墨紙硯，讓大寶——上學。」

陳大寶高興得把小腦袋從她懷裡抬起來，睜大眼睛看著她，問：「真的嗎？」

那透過窗欞的月光落入他眼底，顯得眼睛更加明亮璀璨，足見他對這個傻娘親是全然信任。

「嗯。」陳阿福答應道。

陳大寶抿嘴樂了一陣，又說：「若娘親掙錢了，還是先把小舅舅的腿治好。太姥姥一直說，就是因為養著咱們兩個吃閒飯的，才沒有多餘的錢給小舅舅看病……」

聲音越來越低，很快傳來鼾聲。

陳阿福還想問問阿祿的腿是怎麼瘸的，陳大寶已經睡著了。她閉著眼睛想心事，還做著口腔運動：張嘴、閉嘴、伸舌頭……

經過一夜好夢，第二天，陳阿福被一陣雞鳴鳥叫聲吵醒。天光微亮，晨曦透過小窗照進來。

陳阿福側過身，見大寶還沒醒。這孩子長得真好看，美中不足就是太瘦了，還好他白天穿著破衣爛衫，小臉也髒，才沒有那麼顯眼。

陳大寶不知道作了什麼夢，眉頭皺了起來，嘟囔了一句。「娘，娘，別不要我……」

陳阿福微微嘆了一口氣，心想：年紀這麼小就知道自己是撿來的，還是給一個傻子當兒子，就是這麼卑微的身分，還怕弄丟了，怕被掃地出門，從此無家可歸。所以，他要討好每一個人，特別是這個傻娘親；他要在這個家裡有一席之地……儘管有陳名和王氏的呵護，他還是覺得自己是在夾縫中求生存，活得小心翼翼。

陳阿福一陣心疼，伸出手摸了摸他的小臉。

陳大寶被摸醒了，他睜開眼睛，給了她一個大大的笑臉。「娘親醒了。」然後，又伸出小手，幫陳阿福擦去嘴角的口水。
陳阿福心裡軟軟的，湊上去親了他的小俊臉一口。
陳大寶先愣了一下，他長這麼大，還沒有誰親過他呢！他又是害羞、又是高興，紅著臉，笑得眉眼彎彎。
陳阿福見了，又親了他一口，說：「兒子喜歡，娘以後每天都親親……在你七歲以前。」古人七歲以後，男女就有大防了。
陳大寶也鼓足勇氣湊過來，親了陳阿福一口，軟糯說道：「兒子喜歡跟娘親親。」
陳阿福看了還不夠，又湊過去親了他一下，只是這次她沒控制好力道，腦袋撞到了他的臉上，聽到他悶哼一聲。
「哦！對不起。」陳阿福抬起頭，揉著發疼的鼻子。
母子兩個又膩在一起玩一陣子，聽見廚房有動靜，是王氏出來做飯了。
他們家因為不需要下地幹活，王氏的活計又做得晚，所以不像其他農家那樣天沒大亮就起床。
陳阿福自己穿上衣裙，穿好後，見小正太拿著梳子站在桌前。
「不會兒子還能幫娘梳頭吧？」陳阿福太吃驚了，說話沒停頓，也沒流口水。
陳大寶不好意思地說：「兒子只會幫娘把頭髮梳順，綰頭髮要姥姥來。」他又指了指凳子說：「娘快坐下。」

好吧！自己目前還不能把胳膊抬高，又不願意繼續頂著雞窩頭，不好意思再多麻煩王氏，只能聽話地坐在凳子上。

小正太再聰慧，也才四歲，下手沒輕重，不時把她的腦袋扯得向後仰，疼得陳阿福直吸氣。

陳阿福又道：「大寶，你教娘背——《百家姓》吧！娘想——多動動嘴巴，嘴巴靈活了，娘說話——才不像破鑼嗓子，才不會結巴。」

陳大寶立刻說好，大聲背誦起來，他背一句，陳阿福跟著大聲背一句。

頭髮剛梳順，王氏就進來了，眉開眼笑道：「一大早就背書，阿福也想當女秀才了？」

她給陳阿福梳了個雙丫髻，又把陳大寶頭頂的那撮頭髮紮好。

在廚房吃過玉米糊、鹹菜疙瘩的早飯後，王氏和陳阿祿去外面澆菜地，陳大寶剁雞食餵雞，然後又把雞趕出院子自己找吃食，還撿了兩顆雞蛋。

王氏走之前，囑咐陳阿福說：「阿福乖啊！就待在屋裡玩。」

陳阿福不喜歡待在屋裡，屋裡又小又暗，還有股尿騷味。她來到院子裡轉圈圈，做伸展運動和口腔運動，當然，嘴部動作不能太大，怕把人嚇著，這個籬笆牆擋不住隱私。

舉目四望，四周的房子數他們家最小、最破舊。他們家在村裡的東北口，東面和北面沒有人家，透過竹林和一些喬木，便能看到菜地和遠處大片的良田。家裡的菜地就在東面，隱約還能看到王氏和阿祿的身影。

陳阿福往外看，時而也有路過的男人往裡瞧。
陳大寶進廚房把撿來的雞蛋放好後，又在灶臺下摸了一把。
陳阿福很自覺地彎下腰，讓他的小黑手在臉上抹了幾下。
頂著大花臉的陳阿福繼續轉圈，活動後，她覺得自己的身子骨兒比昨天靈活多了，至少沒再那麼僵硬。
王氏和阿祿回來後，王氏進屋服侍陳名起床吃飯。陳阿祿和陳大寶出去撿柴，順便挖點野菜。
走之前，陳阿祿囑咐陳阿福道：「姊姊在院子裡好好待著，別出門，有人讓妳出去也別去。」
陳大寶也說：「若是有人給娘飴糖、果子什麼的，娘千萬別要，那些人心思壞。」
陳阿福紅了老臉，說不出話來，傻笑著應是。
陳名已經吃完飯，坐在簷下編草鞋。王氏拿著髒衣裳去溪邊洗，洗完後又要趕緊回來繡花。
陳名編了一陣子，就要歇歇，咳嗽幾聲。昨天夜裡，他的咳嗽聲不時傳來，有時一咳就停不下來，足足要咳一刻鐘才緩下來。
這應該是非開放性的肺癆病，在前世不算大病，西醫就能斷根，可在古代，這種病就算大病，治不斷根，還要休息好，吃得好，鍛鍊好，一個不好就翹辮子。

這個老爹實在不錯，陳阿福可不願意他早死。她記得，林黛玉得的就是這種病，燕窩有祛痰止咳的療效，對這種病有些助益。

可是，這個家這麼窮，怎麼買得起燕窩呢？

再聽大寶說，阿祿是三年前上樹，為了搗鳥蛋卻摔下來而瘸了腿。當時家裡沒想到那麼嚴重，正好那段時間陳名又病得厲害，陳大寶的歲數也小，就沒有過多注意他，想著養養也就好了，哪想到耽誤了最佳治療時機，小阿祿也就瘸了。為這事，王氏沒少哭過，陳老太太罵王氏罵得凶，也就更加不待見陳阿福和陳大寶。

想到那個懂事的弟弟，陳阿福也是一陣心疼。她還是趕緊把身子鍛鍊好，多賺錢，有了錢，這個家才有希望。

晌飯後，除了王氏繼續忙碌，其他幾人都上炕午睡。

陳阿福醒過來的時候，陳大寶已經不在了。她躺在炕上做著口腔運動，聽到院子裡有腳步聲傳來。

接著是陳名的聲音。「娘來了。」

一個老婦人的聲音。「老二，看看你，才好一點就勞累，你媳婦掙的錢不少，你還那麼辛苦幹啥？」

陳名笑道：「兒子乾坐著也難受，這活不累，還能換幾文錢使。」

陳老太太不高興地說：「養了個拖油瓶，還要養個野……」

「娘。」陳名趕緊打斷陳老太太的話，不高興地低聲說：「娘莫亂說，娟娘是好女人，阿福……也是可憐孩子，娘不要再說這些戳心窩子的話，兒子不愛聽。」

陳老太太道：「娘是看你媳婦和阿祿、大寶都出去了，那個傻的又聽不懂，娘才說的。娘也不是狠心的，實在是心疼你和阿祿，若不養著這些閒人，你能多吃些好的，阿祿的腿也不會耽擱……」

然後是一陣耳語，陳阿福只聽清楚一、兩句，什麼你媳婦向著前一個什麼的，陳名氣得咳嗽起來，老太太才住了嘴，還加了一句。「老二放心，我和老大、老三知道這事，誰都沒說過，養了十幾年，老婆子對那傻丫頭還是有幾分情；可看到阿祿瘸了，心痛……」

陳阿福徹底明白過來，原來這個身子還有個驚天大秘密！若這是真的，老太太不待見她和陳大寶也說得過去，畢竟家裡窮，自己人都難養活，何況是養外人。

她剛穿越過來一天也看得出來，王氏對她非常好，在這個家裡，她的待遇排在第二位，僅次於陳名；而且，還替陳阿福的後半生著想，花錢養了陳大寶作保障。陳名不僅不生氣，還視他們兩人為親人，這個男人不僅良善，還胸懷寬廣。

陳老太太不敢再惹兒子生氣，又嘮叨了大房的一些事，說了大兒媳婦胡氏不少壞話，還說讓二房一家三天後去大房吃晚飯，那天是三月十七，她五十六歲生辰。

「散生日，不請外人，連老三家都不讓他們回來，就老大家和你家聚在一起吃頓飯。」陳老太太說。

陳名笑道：「娘過壽的錢不好讓大哥一家出，到時候我給娘拿五十文過去，娟娘還給娘做了一件長衣，領子上繡了許多福字。」

陳老太太聽了喜笑顏開，笑道：「那敢情好，娘知道老二媳婦是個能幹的，我沒白疼她。」又道：「那五十文錢你就別拿了，留著買些好吃食補補身子，你三弟給娘的零花也不少，娘花不完。喏，這是五十文錢，你那天當著你大嫂的面交給你大哥，胡氏那個臭娘兒們，眼皮子淺。」

陳名忙道：「這怎麼行。」

陳老太太說：「怎麼不行？你媳婦做的衣裳可值些錢，哪裡像胡氏那個棒槌，難得給娘做件衣裳，啥花啊、朵啊的都不知道繡一枝。」

然後，又是一陣陳名推拒，陳老太太硬給的聲音。

陳老太太離開了一會兒，陳阿福才走出房門。下午的陽光燦爛得多，刺得她眯了眯眼睛。

陳名抬頭笑道：「阿福起來了？」

「嗯。」陳阿福點點頭，坐在他旁邊的小凳子上。

陳名又問：「剛才妳祖母來了，妳聽到了嗎？」

「沒——聽到。」陳阿福搖搖頭。

陳名鬆了一口氣，說道：「妳娘去古橋村買豬肺了，阿福想怎麼吃？」

附近兩村，只有古橋村有豬肉攤，鎮上的豬肉每斤要貴一文錢，鄉人大多在村裡買肉。

陳阿福前世沒吃過豬肺，搖搖頭說：「我——不知道。」

陳名的笑容乾淨、溫暖，如天上的暖陽。「那就讓妳娘燉豬肺湯，少加菜，香。」

就算他是這具身子的親生父親，面對這樣一個殘疾女兒，這個笑容都算難能可貴；更何況，他養的是一個沒有任何血緣關係的女兒。

陳阿福拉著他的袖子，喊了一聲。「爹，以後，我——會孝敬你，掙錢——給你治病。」鼻子有些發酸，口水又流了出來。

陳名笑著拿起她胸前的帕子幫她擦去口水，說道：「好，爹等著那一天。」

正說著，王氏領著陳阿祿和陳大寶回來，手裡還拎著半副豬肺。

陳大寶跑過來，抱著陳阿福興奮地說：「娘親，姥姥買豬肺了，咱們晚上吃豬肺湯。」

陳名手上的活沒停，抬頭笑道：「嗯，讓你姥姥少放些菜。」

飯桌上，陳名說了陳老太太要過生辰，讓二房全家去吃飯的事。

陳阿祿倒是笑咪咪地點頭答應，可陳大寶卻皺起眉頭，翹起了嘴。他猶豫了一下，徵求著陳名的意見。「姥爺，我和我娘能不去嗎？我們寧可在家吃剩飯。」

陳阿祿見了，說道：「姊姊和大寶不去好了，大伯娘和阿菊姊，還有老太太，總要罵他們，說的話又難聽，大不了，我帶點好吃的回來給他們吃。」

陳大寶雖然懂事，到底年紀還小，一聽說小舅舅會給他們帶好吃的回來，笑開了懷，頭點得像雞啄米。

王氏嘆了口氣，對陳名說：「要不，就不帶他們兩個去？省得礙別人的眼。」

陳名不贊成地說道：「平時不去就算了，可我娘的壽辰不去不好。」摸著陳大寶的頭說：「太姥姥只是嘴碎，還是心疼你們的。大姥姥和阿菊姑姑雖說不……不太喜歡你們，但你大姥爺、大堂舅對你們還是不錯的。阿菊姑姑她們說話不好聽，就離她們遠些。」

「她們不只說話不好聽，阿菊姑姑還會揪我的耳朵，還讓大虎哥哥打我，有一次還掐了我娘呢！」陳大寶咕噥道。

陳名看看大寶和陳阿福，他也捨不得他們受委屈，無奈說道：「那就不去了吧！」

飯後，看了一個多時辰的書後，除了王氏，其他人都歇息去了。

躺在床上，陳阿福問陳大寶道：「大姥姥和阿菊恨咱們？」

小正太嘟嘴說：「嗯，她們罵我、揪我也就算了，可她們還要罵娘、掐娘，兒子心裡就特別不舒坦。」

「為什麼？」聽陳老太太話裡的意思，只有陳老太太和陳家三兄弟，知道陳阿福不是陳名的親生女兒，其他人都不知道。

小正太伸出兩根瘦指頭說道：「一個是大姥姥覺得大姥爺小時候跟太姥姥一起供養了姥爺和三姥爺，姥爺讀書和看病的錢用得比三姥爺還多。三姥爺都知道知恩圖報，給他們家修了大房子，還偶爾帶錢回來孝敬；而咱家不僅不能多給大房孝敬錢，太姥姥還會偷偷幫補咱們家。」

說著，他把小腦袋湊過來，用小手捂著嘴八卦道：「還有一個更重要的原因哦！聽村裡的人說，阿菊姑姑想嫁給長生叔叔，可長生叔叔不願意，阿菊姑姑又看上了鄰村的一個叔，那個叔叔也不願意。大姥姥和阿菊姑姑就覺得，定是娘親收了大寶當兒子，壞了陳家的家風，好後生才不願意娶阿菊姑姑。」

小正太真聰明，將事情表述得清清楚楚。他又說了陳名三兄弟的情況，聯想到陳名晚上所言，再加上自己的腦補，陳阿福知道了陳家過去的一些舊事。

陳名三兄弟的爹嫌在土裡刨食掙不到錢，跟著一個遠親去跑商。十年間掙了些錢，先後給家裡添置了二十幾畝田地，想著跑最後一次商就收手，誰知那次卻在途中掉下懸崖摔死了。那時老大陳業九歲，老二陳名七歲，老三陳實五歲。

家裡只剩婦人和孩子，陳名的二叔及二嬸便起了霸占他們家產的心思，把家搬去陳業家，還想接手他家的田地幫著管，並逼迫寡嫂再嫁。陳業小小年紀很有想法，陳老太太也不是懦弱的婦人，他們當然不會讓自家的產業被人謀奪去。兩人經過商議，偷偷賣了四畝地，用所得的二十兩銀子，分別給高里正家、族親中德高望重的人家送了大禮，求他們幫幫孤兒寡母。

這幾家本就看不上陳家二叔不齒的行為，又收了大禮，便幫著陳家母子把那個想謀奪寡嫂、姪子家產的二叔趕跑，保住了家業。

陳業覺得兩個弟弟聰明，是讀書的苗子，便說服陳老太太又賣了幾畝地，供兩個弟弟讀書，原本在私塾讀書的他卻輟學，同陳老太太一起早出晚歸下地幹活。

陳名和陳實都懂事，見母親和哥哥如此辛苦，讀書也用功。陳名十三歲就中了童生，先生說他來年定能中秀才。只不過第二年得了一場風寒，後轉成肺癆，差點死了，也就沒有繼續進學。

陳實沒有陳名會讀書，但為人精明活絡，嘴巴極甜，知道自己讀不出個名堂，學的這些已經夠用了。在他十二歲時，停了學業，去縣城鋪子當夥計，後又做了帳房；再後來娶了東家的閨女，又去府城自己開了個鋪子。

在陳名十八歲的時候，陳家正式分家。因為那時陳名病得快死了，看病的錢花得如流水，陳實要去府城創業，也需要大筆銀錢，陳業媳婦胡氏又鬧騰得厲害。手心、手背都是肉，陳老太太心疼老二陳名，但也不想因為他一個人把另外兩個兒子拖累了，便提出分家。分家了，用屬於陳名的田地給他治病，能治好是造化，治不好也不會連累另外兩個兒子。

家裡有一座院子，還剩十六畝地。院子分給大房，還多分給大房一畝地，不僅因為陳老太太要大房養老，也因為陳業勞苦功高，剩下的十五畝地三個兒弟一家五畝。

陳業先幫陳名賣了一畝地，陳業和陳實又私下各添了一兩銀子，買下現在陳名一家住的這個小院子。

剛分家，陳老太太和陳業就聽說，鄰村那個被賣去鄰鎮陳舉人家當童養媳的王家女被攆回來了。他們知道，王家女是個福星，當初就是進了陳舉人家，才把陳舉人快病死的爹給沖喜好轉起來；而且，她還學了一手好繡活，娶進門也能負擔起陳名的治療費。

雖然王氏嫁過一次，但願不願意嫁給陳名這樣的病秧子也不一定。陳老太太和陳業還是親自上門去說了。沒承想，還真說成了，這又是陳老太太和陳業兩人最聰明的一個決定。

王氏進了陳家，不僅「沖」好了陳名，也努力掙錢給他治病，七個月後因意外早產生下一個閨女，幾年後又生下一個兒子，雖然閨女是個傻子，兒子卻乖巧懂事，只可惜最後又瘸了……

陳阿福想著，陳老太太還算是個好母親，真心為三個兒子打算。三個兒子如今的日子各不相同，但都算在各自能力範圍內過得最好的了，若換成其他的村婦，家裡的日子肯定不會過得像她家一樣好。

陳業和陳實也算是不錯的兄弟，特別是陳業，有眼光，有魄力，知道適當地關愛兄弟，但也不會讓自己的日子過不下去。

陳業母子能做到這一步算不錯了，至少真心為陳名和陳阿祿打算，雖然不待見自己和大寶，但還是容忍王氏養著他們。

但那個大伯娘胡氏卻是太極品了，陳名都病得快死了，這一家子除了王氏都是弱病殘，哪裡有多的錢孝敬她？而且，孝敬陳老太太和感恩陳業還說得過去，孝敬她？她算老幾？

那有——那個陳舉人，嗯，也姓陳！那人很可能就是這具身子的親爹吧？聽小正太的意思，王氏給陳舉人當過童養媳並不是什麼秘密。

「大寶知道——陳舉人嗎？」

小正太的大眼睛骨碌碌地轉了一圈，悄聲說道：「這話娘只能問兒子，千萬不要去問姥爺和姥姥。」

真當老娘是傻子？

陳阿福笑著點點頭說：「娘知道。」

陳大寶一臉得意地說道：「村裡人都覺得兒子小，聽不懂，所以議論姥姥的時候也不避著兒子，兒子就偷偷聽了許多，兒子知道的事情，比小舅舅還多得多呢！」

然後，小臉又糾結起來。「陳舉人的家好像住在鄰鎮，他爹得了重病快死了，他娘就買了姥姥進門當童養媳沖喜，再幫著他家幹活。姥姥進陳家時才十歲，陳舉人五歲，是姥姥一手把他帶大的。後來陳舉人中了舉，他娘就不要姥姥了。聽說，那人後來又中了進士，娶了大官家的女兒，一直在一個叫江南的地方當大官，從來沒有回來過。還有哦！他們都說陳舉人長得甚是俊俏……」

陳阿福又是一陣吃驚，原來不僅王氏是童養媳，或許是自己親爹的人還是王氏一手帶大的小女婿，算算年齡，王氏今年三十六歲，比陳名還大了兩歲。這具身子十五歲，王氏就是二十一歲生的孩子。在古代，女子十五、六歲生孩子非常普遍，二十一歲生頭胎的確大了些。

想到這些，陳阿福又心疼起王氏，小小年紀被賣去當童養媳，伺候小女婿長大，在小女婿中了舉後卻被攆回娘家，或許因為肚子裡已經有了孩子，不得已又急急忙忙嫁給一個快死的病秧子，從此負擔著這一家子病弱。還好陳名活了下來，人又良善，對王氏和自己這個拖油瓶非常不錯。

她在心裡罵了那個陳舉人幾百遍，覺得他真是個陳世美，一中舉就把患難與共的老婆休了。

她又想起小正太說大伯娘母女不待見自己的第二個原因，問道：「陳家早就分家了，怎麼可能——因為咱們兩個——就沒有男人肯娶阿菊？定是她——自己不怎麼樣，沒男人要，卻把氣——撒在咱們身上。」

陳大寶低聲說：「兒子也這麼認為，阿菊姑姑脾氣不好，還又懶又饞，若是我長大了，也不會娶這樣的敗家娘兒們。」說完嘿嘿笑道：「我聽太姥姥就是這麼罵大姥姥的。」

翌日，小正太幫陳阿福梳順了頭髮，陳阿福又把小正太的腦袋當試驗田，忙碌半天，不只她鼻尖上冒了汗，小正太的臉上也出了汗，才終於把沖天炮紮好了。

望著那棵鬆垮垮的小樹，陳阿福頗有成就感，情況總是在往好的方向發展嘛！

小正太睜著崇拜的大眼睛表揚娘親。「娘好棒哦！都會幫兒子梳頭了。」

陳阿福又畫大餅。「以後，娘不只——要給兒子梳頭，還要給兒子——做新衣裳，還要賺錢——讓兒子、你小舅舅去——唸書，還給小舅舅和姥爺——治病。」

「好啊！」陳大寶高興地跳了一下，他對自己娘的信任度滿滿。

出了東屋，陳大寶不停地跟陳阿祿顯擺自己娘親會給他梳頭了，樣子臭屁得不行，還說：「娘說她病好以後，就要掙錢給咱們兩個讀書，還要給小舅舅治腿。」

陳阿祿對這話明顯不相信，但還是笑咪咪地說：「讓大寶一個人去讀書，小舅舅長大了，以後去府城跟三叔學做生意，供大寶讀書。」

陳阿寶看看這個清瘦的小兄弟，真是不錯的孩子，跟陳名老爹一樣良善。

日子轉眼來到三月十七的下午，陳名領著王氏和阿祿去大房家，陳阿福和大寶則留守在家。離開之前，阿祿跟大寶保證道：「舅舅會給你和我姊帶些好吃的回來。」

大寶一直盼到天黑透了，陳名幾人才回來。阿祿手裡果真拿著一個大碗，笑道：「姊，大寶，快來吃。」

碗裡裝著一個饅頭，一點煎豆腐，一點燒黃豆，還有幾塊半肥瘦的肉。

大寶笑得眉眼彎彎，問：「大姥姥今天怎麼這麼大方？」

阿祿笑道：「這是太姥姥裝的。」

他沒說大姥姥在一旁說風涼話，被太姥姥罵了一頓。

第二章

之後的幾天，陳阿福一直在想一個問題，就是怎麼提前讓自己立女戶，把大寶過到自己名下。現在這個兒子還沒記在自己名下，若是自己病好了，興許這個兒子真的會沒了，哪怕給她當弟弟，她也不願意。

畢竟她跟小正太相處這幾天，母子情分真的相處出來了；再來，小正太一直當她是母親，若當不成她的兒子，肯定會以為自己被拋棄了，不知道會有多難過。

「爹，娘，我喜歡大寶——給我當兒子。你們能不能趁我——病沒好的時候，給我立女戶，把大寶記在我名下？我立了女戶，大伯娘就不會——這麼不高興大寶給我當兒子了；不然，等我病好了，我不僅立不成女戶，大寶也當不成我兒子。」陳阿福說話雖然還有些結巴，說得也很慢，但條理清晰，一聽就是正常人說出來的話。

陳名和王氏都是一陣欣喜，滿意地點頭說道：「真好，咱們的阿福，病終於好了。」

「我跟妳娘已經商量過了，若妳的病徹底好了，還是要嫁人，畢竟一個女子的正常生活，是嫁人生子；至於大寶，我們不會虧待他，就給我們當兒子。」

陳阿福還沒說話，陳大寶就哭了，他大哭道：「原來姥爺還沒有把大寶記在我娘的名下，我白歡喜那麼多年了。姥爺、姥姥，求你們讓我給娘當兒子吧！我當慣了娘的兒子，不習慣當她弟弟的。姥爺和姥姥都已經有阿祿舅舅這個兒子了，可娘就我一個兒子，沒有我她會難過的；再說，太姥姥和大姥爺原本就怕我和娘分舅舅的家產，肯定更不願意讓我再當你們兒子，說不定哪天就會讓人把我給賣了。我之前聽胡五爺爺跟大姥姥說，說大寶俊俏又討喜，至少能賣十兩銀子，頂得上兩畝上等田地……」

陳大寶一哭，大家也商量不下去了，況且小屁孩最後的兩句話把幾人都嚇著了。

陳阿福只得哄他道：「大寶放心，讓娘再跟——姥爺和姥姥談談，會讓你永遠給娘當兒子的。」說完便讓阿祿把他領去了西屋。

陳阿福說道：「爹，娘，我跟大寶在一起這麼多年，已經培養出母子情分，若是讓他給我當弟弟，不僅大寶不願意，我也不習慣。」一著急，連說話都不結巴了。

王氏急道：「阿福，若立了女戶，在村裡就是立志不嫁或是招婿，妳的病好了，一輩子不嫁人怎麼行？若是招婿，凡是想當上門女婿的男人，都是想吃軟飯、沒出息的。我的阿福這麼俊，怎能找那樣的男人？再拖個大寶，就更找不到好男人了。爹和娘實在不願意耽誤阿福的幸福，才想出這個法子。」

陳阿福駁斥不了王氏的說詞，便說了這幾天她一直想的理由。「爹，娘，大寶必須要給我當兒子才行，我覺得，我的病之所以突然好了，都是大寶給我沖喜沖的。咱們村裡也有其他傻子，他們的病好了嗎？」見陳名和王氏搖頭，又繼續說道：「那就是了，大寶給我當兒子，我的病就好了，他是我這輩子的貴人，若是他不給我當兒子，我再犯病了怎麼辦？」

儘管陳阿福說得很慢，還有些結巴，但有條有理，陳名和王氏都聽進去了。他們本來就非常相信「沖喜」這一說，因為，王氏就是在陳名病得要死的時候嫁進陳家的。當時，大夫都說讓陳家辦喪事了，可王氏一進門，不僅陳名的病好了些，幾年後還添了個兒子。阿福說大寶是她的貴人，沖好了她的癡病，還真有可能呢！

而且，王氏也一直在想一個問題。阿福不是陳名的骨血，但因為自己嫁進陳家前跟婆婆和大伯言明在先，他們當時認可了，對阿福還算可以，但自從她把大寶抱回家後，他們就不高興了；特別是阿祿的腿瘸了以後，他們連一點面子都不給，若再讓丈夫收大寶當兒子，他們肯定更不高興，認為陳家的家產不僅給了阿福，還要給大寶，阿祿會更吃虧。

若婆婆和大伯不待見大寶了，胡氏原本就一直不喜歡二房，更恨阿福和大寶，若真的讓她兄弟胡老五偷偷把大寶賣了，那可怎麼辦。

王氏知道，肯花十兩銀子買一個四、五歲小男孩的，不是楚館就是戲班，若是大寶被賣進那樣的火坑，自己怎麼忍心。

陳阿福見王氏若有所思，又再接再厲地說道：「也不是每個想當上門女婿的男人都是不堪的，還是有好的；再說，阿福長得俊，癡病又好了，定會有好男人真心跟阿福過日子的。大寶擔心得也有道理，爹不缺兒子，奶奶或許會覺得大寶給爹當兒子，是要瓜分弟弟的家產，更會不喜他。」

陳阿福的話正好說中了王氏的心事，她又說出自己擔心的事。

胡氏的小弟胡老五是附近一帶有名的混混，壞事做盡，老實些的村民都怕招惹到他。他既然當著大寶的面說過那樣的話，或許還真有那個想法，只不過胡氏怕陳老太太和陳業，不敢讓胡老五做，若是討了他們的嫌，胡老五可就沒有那麼多顧忌了。畢竟陳家二房勢弱，大寶也只是一個撿來的孩子。

王氏看著陳名道：「要不，就按阿福說的辦吧？阿福能聰明到什麼地步，咱們也不知道，就讓她住在村裡招婿，離咱們近看著也放心。」

陳阿福又摟著陳名撒嬌道：「爹，你就答應娘吧！你也不希望我和大寶離開村裡，對吧？」她的嗓子已經不像剛穿越來的那幾天，好聽不少，雖然算不上清脆悅耳，但低沈軟糯，還算動聽。

陳名從來沒有被閨女這樣撒嬌求過，被她軟語相求，極是受用，眼裡溢滿了笑意。見父女兩人如此，王氏高興極了，在她心靈深處，更希望女兒能跟丈夫多親近。

陳名笑道：「哎喲，爹的頭都被阿福晃昏了。」接著猶豫地說道：「阿福，立女戶跟父母和兒子分家不完全一樣，兒子分家了，若沒錢修房子，還可以和父母一起住，但若立女戶了，跟父母家就要徹底分開。爹娘原來打算，等大寶大些能幹活的時候，賣一畝田地，把咱家旁邊那一小塊地買下來，正好能修三間茅草房，也夠你們住了。雖然兩家中間隔了道牆，但門挨門，方便我們照顧。」

陳阿福原來的計劃是先這樣住在一起，等有錢了再買塊大點的地方，建個大四合院，大家一起住，卻沒想到立女戶要另住。不過，暫時這樣也行，算是個過渡期，等以後有錢了，修建兩個門挨門的大院子，一邊自己和大寶住，一邊給爹娘、弟弟住。

「爹，娘，就這麼辦吧！」

陳名思考片刻說道：「女戶也不光是一張紙，還要立在產業上。家裡現在只有這個小院和四畝地，房子不好過戶給你們，地裡的小麥快收成了，總要等到收完了再賣地。我先去跟大哥借一貫錢把咱家旁邊的地買下來，用來給妳定居。」

他又把陳大寶和陳阿祿叫過來一起商量下一步的事，說：「阿祿，你姊姊是女孩子，身子又不好，大寶還小，爹想給他們分一畝地修房子居住，你覺得怎麼樣？」

他本來想分兩畝地給阿福，一畝賣了建房子，一畝給他們過活，但想到老娘和大哥，還是只能分一畝。想著他們以後的日子，自家偷偷接濟就是了。

阿祿痛快地說道：「爹，給姊姊三畝地吧！阿祿是男子漢，長大了可以自己掙家產。」

王氏忙道：「不行，一畝地夠了。」

王氏知道婆婆和大伯的心思，不敢讓阿福和大寶多要。

陳阿福心裡極感動，田地是農人的根本，他們竟然能這麼大方。在古代，都不一定捨得把田地給親閨女，何況她還是個拖油瓶。「謝謝爹、謝謝弟弟，我和大寶不要陳家的產業，修房子賣的一畝田地，算是我們借的。」

「那怎麼行？」陳名、阿祿、王氏異口同聲。

陳名又說：「阿福見外了，妳是我閨女，要立女戶另過，當爹娘的本該給妳蓋房子，妳奶奶和大伯也不是那種狠心不講理的人，總得讓你們活下去。」

一家人一直談到夜深才定下來。

翌日，陳名去陳家跟陳老太太和陳業商量，又讓人去請了族中長輩五老祖和三爺爺，以及高里正。聽了陳名的話，陳老太太和陳業都同意，一畝地就能把兩個外人分開，也算值了，總不能不給人活路吧！

陳業和三爺爺又提出，女子定居就應該自立門戶，自己單過。很明顯，阿福和大寶現在不可能養得起自己，勢必得繼續讓二房養著。暫時養著他們沒問題，但以後陳大寶能自立了，必須要還上這幾年陳名養育他們的錢，也不多要，一年一貫錢。

陳名力爭了幾句，但陳業和三爺爺比較堅持，陳老太太也認為應該留給瘸腿的阿祿更多好處，萬一他一直這麼瘸下去，以後不僅不好找媳婦，連幹體力活都會有問題。

無奈之下，陳名只得答應。他回家看到喜孜孜的大寶，極為內疚，孩子還不知道自己小小年紀已經揹上了巨額債務，他又對王氏和陳阿福說了許多「對不起」之類的話。

陳阿福倒無所謂，現在立女戶是第一，何況她有辦法養活一家人。

之後，陳名又讓王氏去割了兩斤肉，送去高里正家，請他劃地皮，再去縣裡幫著辦戶籍和地契。

不一會兒工夫，高里正就來了，在陳家籬笆牆外的東面劃了不到三分地的地方出來。這塊地又窄又長，前後跟陳家的院子齊平，左右剛剛夠修三間草房，兩家之間的籬笆牆可以共用一堵，面積比現在住的小院子還小得多。沒辦法，一貫錢只夠買這麼大的地方。

兩天後，蓋著大紅印章的戶籍和地契交到陳阿福的手裡，她看了直樂，終於放心了。一旁的陳大寶急得直扯陳阿福的袖子。「娘親，快給大寶看看，快給大寶看看。」

陳大寶捧著那張戶籍看了又看，逐字逐句唸出聲，不認識的字則請教陳名，唸完後，知道自己正式成了陳阿福的兒子，沒有誰再能改變，開心不已，鄭重地把戶籍還給陳阿福，說道：「娘把它收起來，藏好，萬莫弄丟了。」

他們的母子緣分終於徹底定下來了。兩人現在還沒意識到成為母子的他們，這一世相互扶持著將經歷怎樣的喜怒哀樂。

高興完，陳阿福知道，家裡借了錢，自己又開了那麼多空頭支票，下一步就是該如何賺錢了；只是自己的手腳還不算很靈活，只得先讓陳名和王氏幫忙。

她拿了根棍子在地上畫了兩個筐的形狀，一個是稍大、稍淺的小方筐，一個是稍小、稍深的小圓筐，又講了具體特點，說這是針線筐，讓陳名照這個樣子編，大中小的尺寸都編些。

她想等到六月十九——觀世音菩薩的壽辰，去紅林山靈隱寺賣。她聽王氏說過，那天靈隱寺會有許多女香客前去上香，很多還是從省城、府城來的。

陳名看著畫在地上的圖形有些懷疑，說道：「爹編過針線簍，不是這個樣子啊！」

陳阿福笑道：「針線笸跟之前咱們用的針線簍不太一樣，編好後，還會用布和絡子修飾一番，好看得多。」

陳阿福看過古代的針線簍，又問了王氏，都是清一色草編或是竹編的圓笸，千篇一律，太過古樸。針線包的樣式也非常簡單，有些像荷包，只不過多用了幾層布縫在一起，好在包上別針，裡面再裝些線。

針線笸和針線包，是古代女人必不可少的東西，幾乎要陪伴女人一輩子，若做好看了，可是能大賺一筆。

陳阿福想到了前世樣式繁多的布藝收納箱。若把收納箱改當針線笸，可比這個時代的針線簍好看一百倍不止。這種東西，賺大錢不可能，但靠著新奇引人注目，肯定能賺些小錢。

她講了怎麼用布裝飾針線笸，還說明了跟這個時代不一樣的針線包；它合上是一個扣著盤釦的漂亮包包，打開後平展的布上有幾個小包或是布袋，能放置或是固定許多做針線活的小東西，既整潔又美觀別致。她畫的兩個樣式差不多，只不過一個是長方形，一個是圓形。

做針線包的料子要好些的布料，做針線笸的布不需要太好，顏色鮮豔些就成，上面再縫點碎布剪成的花和葉，或是小動物，這樣既別致，又省了繡花的麻煩，省時間。

王氏是繡娘，對美好的東西領悟得快，聽了陳阿福的話新奇不已，眼睛都亮了。雖說還沒看到實物，但想著就別致好看。

提到買布頭和碎布，王氏答應得痛快，繡坊裡最不缺的就是這兩樣東西，但她卻不願意少接繡坊的活，想每天夜裡再做晚一些。

陳名勸道：「妳現在已經做得很晚了，再做晚，身子怕是熬不住，聽阿福的，少接點繡活。六月十九不只靈隱寺會有許多女香客，離它不遠的影雪庵香客也不會少，妳也說那種別致的針線筐和針線包肯定好賣，只怕比妳的繡活掙得還多。」

陳阿福摸著阿祿的總角笑道：「這次多掙些錢，趕緊帶弟弟去府城看腿。」

阿祿的腿瘸了是王氏心中最深的痛，聽了這話，她忙不迭地答應下來。

一家人想到美好前景，都樂不可支，兩個孩子更是笑得見牙不見眼。

之後，一家人便忙碌起來。陳阿福天天忙著做各種復健運動，身兼陳名和王氏的藝術指導；陳名在自己身子骨兒允許的情況下，不停地編著小筐；王氏白天做繡活，晚上就做針線包和用布修飾針線筐。

阿祿和大寶天天忙著到處找品質好的蒲草和細柳枝，還有檢查陳名編好的小筐，把凸出來的細草或是結塞進筐裡去，到時候用布一擋就看不到了。這次他們走的是精品路線，成品必須要細膩。

忙忙碌碌、快快樂樂，日子一晃到了四月。

陳阿福的身體已經好多了。首先是說話流利了，咬字清晰，也不結巴，只是聲音比較低沈，屬於女中音。若在前世，西方人就喜歡聽這種聲音，說是有磁性，但這個時代的人不欣賞，覺得粗，像男人的聲音。
她的身子也靈活多了，能自如地彎腰、蹲下、起身，還能幫著做些簡單的活計。她讓王氏教她打絡子，既能為針線笸和針線包作裝飾，也是在鍛鍊她的手指關節。她現在手指還不太靈活，不敢動針。還有就是她的眼睛更靈動了，臉上的肌肉、表情也更自然了，顯得她較之前更加美麗。
對於她一點一滴的進步，一家人都歡喜不已。但是看到她精緻的長相，輕盈的身形，別樣的韻味，陳名夫婦又有些發愁。這麼好看的閨女，被壞人惦記該怎麼辦？
特別是王氏，心裡更是驚濤駭浪。天，自己原先沒注意到，閨女長得那麼像他，會不會被人看出端倪？若是當家的看出來了，會不會不再喜歡閨女？
她知道，陳名早年求學的時候，是見過陳世英的。
陳名看出了王氏的擔心，私下安慰她說：「不管阿福長得像誰，都是我從小疼到大的親閨女，我之前心疼她，以後還是心疼她。」
因為王氏忙，陳名有肺病，陳阿福又是個傻子，來他家串門子的人非常少，只有陳老太太偶爾會來看看，還有大伯家的大閨女陳阿蘭，以及村裡幾個女人會來家裡請教王氏針線活。
除了陳老太太，其他人一般都不進屋，只是把王氏叫到院子裡，站在籬笆牆外問王氏。這幾個人哪怕只是偶爾看到陳阿福，也覺得她變漂亮了，見了人會甜甜地笑，不僅動作俐落多了，還能幫家裡做簡單的活計。

當「村東邊老陳家的傻閨女變聰明了」的話傳了出去，許多人還是持懷疑態度，畢竟生下來就是傻子的人，怎麼可能變好？

於是，無事到陳家外面轉悠的人多了起來。當他們看到一個窈窕的身影偶爾出現在院子裡，基本上像正常人一樣走路、幹活，只是動作稍微遲緩一些，這些人才不得不相信；而且，這些人還發現，哪怕是一晃眼看不真切，也看得出這個傻子長得極其俊俏。

於是，「靈隱寺和尚說的話靈驗了，村東頭陳家的傻子病好了，那傻子果真是個有福的，還是個美人兒」之類的話，就徹底傳開了。

進入四月中旬以後，家裡更艱難了，已經沒有餘糧，沒有餘錢。作物還沒有收成，王氏又少接了繡活，買布頭和碎布的錢有一部分還是賒的，做出來的針線筐還沒變成錢。王氏做繡活的那點錢，給陳名買藥都不夠，還賒了些，又留了點給他買營養品。

為了吃飯，前些天阿祿就開始把菜地裡的菜摘去鎮上賣，滿滿一背簍的菜，只能賣十幾文錢。除了陳名每天一個蛋，其他的雞蛋也拿去賣了。用這些錢，再買玉米麵、糙米或是少量白麵回家。

一家人都急切地盼著作物快些收成，快些賣了換成錢。

晚上，陳阿福給大寶洗了個澡。現在天熱，大寶是孩子，陳阿福幾乎隔兩天就會給他洗澡，把木盆放在廚房裡，兌上溫水，幫大寶洗澡後，又把他抱上炕。

而陳阿福自己洗澡就沒有那麼方便，因家裡太小，沒有她洗澡的地方，也沒有那麼深的木盆，平時大人洗澡，就是用濕布巾擦擦身子，再單獨洗頭。

她擦完身子上炕，只穿著一件肚兜的大寶滾進她懷裡，問道：「娘，還幫妳找胎記嗎？」

陳阿福笑著把櫥上的小油燈點著，小屋裡頓時明亮起來。

自從行動比較自如後，陳阿福便開始找身上的胎記或是疤痕什麼可能的記號，穿越文裡說過，把血滴在胎記或是疤痕上「認親」，就能打開空間之門。

除了來這裡的第一天夢到小燕子，她還夢過兩次，她充分相信小燕子肯定在她身體某處的空間裡，著急地等著她去把門打開。而且，前世她出車禍那天，燕子曾經出現，自己還能聽懂牠的話，或許就是因為她流血把空間之門打開了，讓她跟靈物小燕子有了共通點；只不過，轉眼她就死掉了。

這具身體的皮膚真好，白皙細膩，吹彈可破。在她能看到的地方，別說胎記和疤痕，連斑點都沒有。這在別人看來是求之不得的優點，是典型的美人身子，現在卻成了她的最大遺憾。

陳阿福經常讓大寶幫她檢查她看不到的地方，當然兒童不宜之處除外；可大寶每次極其認真地找，都沒看到。陳阿福不死心，總幻想著某一天會有奇蹟出現。

就著小油燈的光，陳大寶先看了陳阿福的後背，後脖子，腿的後面，又用小手把陳阿福的頭髮掀開來看，遺憾地說道：「娘，大寶看得很認真，還是沒有看到胎記或傷疤。」聽到娘親的嘆息聲，又說：「娘，身上長胎記很好嗎？那妳看看大寶身上有沒有。」

陳阿福笑道：「娘已經看過了，你左屁屁上有一塊紅色小胎記。」胎記形狀有些特殊，像三叉星，就是前世賓士的商標，只不過沒有外面的那個圓圈。

陳大寶一聽，趕緊說道：「那娘趕緊趴下，大寶看看娘屁屁上有沒有。」

陳阿福捏了捏他的小臉，好笑地說道：「娘是大人了，屁屁是不能讓別人看的。」

「大寶不是別人，是娘的親兒子。」陳大寶很受傷地說，「親」字咬得特別重。

「娘是大人了，親兒子也不能看娘的那裡。」陳阿福說。

陳大寶很是遺憾，又問：「那娘的屁屁誰能看呢？」

陳阿福愣了愣，說道：「在娘小時候，娘的娘能看。」鬱悶地躺在床上發愁，小聲嘀咕道：「那道門不會真的在那個見不得人的地方吧？」

她的腦海裡突然又出現了那隻燕子，牠像看傻子一樣看著她，說道：「哼！我怎麼這麼命苦，跟妳這個傻子跟了兩世。門怎麼可能在那個地方，虧妳想得出來。」

牠竟然在這時候出來了！

陳阿福驚喜不已，趕緊說道：「那你快告訴我在哪裡呀！」

「笨蛋，我若告訴妳，那道門就永遠打不開了。」燕子說完又消失了。

陳大寶以為娘在跟他說話，問道：「娘，妳想讓大寶告訴妳什麼？」

陳阿福愣了片刻，方才說道：「嗯，沒什麼。」

五月，地裡的作物開始收割了。今年又是一個豐收年，陳業和陳阿貴父子是莊稼好把式，地裡的產出多，每畝出產兩百多斤。

二房的那四畝地也由大房種，大房留四成，交給二房六成租金。二房的六成，除了交稅，留下一百多斤麥子在家磨麵粉，剩下的賣了兩貫多錢。這些事，每年都是陳業父子幫著做，同時，又準備了許多麥稈，堆滿了二房的後院。

有了這些麥稈，阿祿和大寶就輕鬆多了，不用再天天去撿柴。

這兩貫多錢，若是節省些，一些農戶可以支撐半年，但在陳名家，不過就是四個月的診費和藥費——這還是因為陳阿福不用買藥了，否則只夠三個月的花銷。

終於等到大房把糧食和錢交給二房的時候，還要商量下一步，地裡該種什麼以及修房子的事。

知道他們今天要來，王氏特地去割一斤肉，沽了兩斤陳業喜歡喝的燒酒，並準備了幾樣用油炒的菜。之前王氏還提議說，先借點錢買幾尺布送胡氏，陳名沒同意。

「我們又沒多收我大哥家的租金，別人賃咱們家的地，也是這個收法，有那錢，還不如給我娘或是大哥買幾尺布做衣裳。她一說，咱就送，還不知道要送多少，咱們比不上三弟家有錢，連大院子都給他們修上了。」

陳阿福不知道陳名和王氏說的是什麼意思，卻也聽出陳名雖然很尊重陳業，卻極看不上胡氏。等到晚上，看了胡氏令人牙酸的表演，她就懂了。

吃飯前，陳老太太、陳業、胡氏和陳阿貴都來了，後面還有小跟班陳大虎。陳阿貴和媳婦高氏有一子一女，兒子陳大虎只比陳大寶大一個月，以及兩歲的女兒陳大丫。

胡氏看了一眼坐在那裡燒火的陳阿福，撇嘴說道：「都說阿福長俊了，果真是長俊了呢！不過，再俊有啥用？連點聘禮都不能為娘家掙，白養十幾年了。」

陳阿福慢慢說道：「我雖然不能給我爹娘掙聘禮，但以後肯定會像兒子一樣孝順他們。」

胡氏用鼻子「哼」了一聲，進了西屋。

陳業先拿了兩貫五百文出來，這是賣糧食的錢，又拿了四貫錢出來，因陳業買下二房的那一畝地，之前借給二房一貫錢，現在便再拿四貫過來。

胡氏看著陳名把那六貫錢接過去，肉痛得不行，心道：這陳名和王氏真是只進不出的主兒，摳死了。這麼多的錢，也不說拿些出來感激大哥、姪子一年的辛苦。

陳名知道胡氏心裡的想法，拿著錢嘆道：「這些錢看著不少，但家裡開銷大，買藥、修房子，一轉眼就沒了。」

吃飯的時候，陳老太太領著兩個兒子、大孫子坐在炕上吃，這次胡氏和王氏也坐在炕沿。陳阿福和其他幾個孩子則在離地面近的桌子用餐。

陳大虎看著陳阿福乾淨的臉說：「阿福姑姑，妳的臉洗乾淨了，原來長得這麼俊啊！比阿菊姑姑還俊。」

陳阿福笑道：「你不怕阿菊姑姑聽見了揍你？」

陳大虎滿不在乎地說：「我又不傻，當著她的面，我會說她是咱們響鑼村最好看的小娘子。」

這桌氣氛很好，可炕上那一桌就不是了，都在看胡氏演大戲。

胡氏一遍又一遍地反覆訴說著自己男人、兒子及自己的辛苦。「……哎喲，忙了大半年，無論颳風下雨他們父子都要往田間地頭跑，從來都是先顧著你們家的地，再顧我們自家的地。那辛苦的，經常累得晚上趴在炕上直『哎喲』。有一天下著大雨，我當家的去排水，還摔了一跤，一身泥水回來，把我心痛得……」她捶了捶胸口，又繼續說：「到哪裡去找這麼心疼兄弟的人？反正除了我當家的，我就沒看過……我這個長嫂也是個勞累的命，一進陳家門就忙得像陀螺，兩個小叔都當親兄弟疼……」

胡氏唱作俱佳，眉毛都擰成了一道，眼睛微瞇，愁苦著一張臉，說到動情處，似乎要流出淚來。她在鄉下還算貌美，這副樣子像極了戲臺子上唱戲的。

聽了她的話，若不知道的人，還以為大房是免費為二房種地，二房不知道回報把糧食全部收回來。

陳名和王氏都如坐針氈，每次收完莊稼，胡氏都要唱這一齣。

這些話陳業還是挺受用，眼睛裡盛滿笑意，嘴上卻罵著胡氏。「妳這個臭娘兒們，唧唧噥噥個啥？兄弟手足，就是要相互幫襯。」

陳名聽了，趕緊給陳業滿上酒，說道：「弟弟謝謝哥哥了。」

陳業喝了一口酒，拍著陳名的肩膀說道：「我是長兄，爹死得早，該當照顧弟弟。」

胡氏聽了，又說道：「都說長兄如父，兄弟小的時候把哥哥當成父親一樣依靠，但成人了，又有幾個人對長兄能像父親一樣孝敬呢？」頓了頓，又道：「當然也不都是這樣不記情的人，三叔還不錯，知道我當家的養他養得辛苦，會時常孝敬……」

這話又讓陳業紅了臉，忙罵道：「我說妳這個臭娘兒們，說這些幹啥？我們兄弟互相扶持，那是我們感情好，妳說這些，不是挾恩那啥嗎？」

陳老太太特別不喜歡聽胡氏說這些，一開始大兒子喜歡聽，她就沒攔，現在見大兒子開罵了，也跟著罵起來。「聽妳這話，不知道的還以他們哥仨不只死了爹，連娘都死了，妳就當了老二、老三的娘，他們都該孝敬妳。」

胡氏一頓，沒敢繼續說下去。若是對著老三陳實，他們就是攔她也會繼續往下說，說了會有好處，挨罵也值得；可二房這一家，死摳不記情，說了也白說，挨罵不值當。

陳阿福透過觀察及兩個小正太的描述，已經對大房一家人有更進一步的瞭解。陳老太太和陳業還不錯，比較精明、典型的老農意識，不願意吃虧，但對兒子、兄弟都很好，也不會去做傷天害理的事。特別是陳業，熱情好幫忙，又極好面子；但胡氏卻是自私沒底限，臉皮厚，什麼都想要占便宜，是她的功勞她要誇大百倍撈好處，不是她的功勞她也有本事說成是自己的。

大房家的幾個孩子，陳阿貴有些像陳業，但比陳業還要老實，拙於言辭；陳阿蘭比較溫柔，也勤快，偶爾還會來二房向王氏請教繡活，只不過有些嫌棄傻阿福，但平常時過得去，也不會欺負她；陳阿菊像胡氏，極其自私又陰險，卻沒有胡氏的精明，從小就喜歡欺負陳阿福，經常把傻阿福打哭，長大後因為說親不順，更是把陳阿福和陳大寶恨上了。

胡氏沒敢再繼續唱了，幾個人又說起給阿福、大寶修房子的事。

陳名的意思是，請陳業幫忙張羅，找幾個人來修，別人給多少錢，他家就給多少錢，再出一頓晌飯。

陳業點頭道：「就那麼小一個院子，三間草房，用不了多少人，我和阿貴，再請三個人，十幾天就能修好。你只管給那三個人工錢，我和阿貴的不用給。」

陳名忙道：「那怎麼行，該怎樣就怎樣，不能讓大哥、姪子白辛苦。」

胡氏也急道：「是啊！二叔怎麼好意思讓你們白幹活呢！」

陳業眼睛一瞪，霸氣地說：「怎麼不行？聽我的。」又對胡氏說道：「妳娘家兄弟我還少幫襯了嗎？二弟家的日子不好過，當哥哥、姪子的幫點忙是應該的，不許妳偷偷向他們要錢。」

陳阿貴也點頭附和。

陳老太太人老成精，她知道，即使大兒子不要錢，胡氏也會想辦法偷偷要過來，若這樣，二兒子家沒省錢，大兒子還以為幫了兄弟，最後卻便宜了胡氏，便說道：「我也贊成老二的話，親兄弟也要明算帳，幫忙是幫忙，但該給的工錢還是要給的。」

陳名又道：「賣地還剩四貫錢，足夠修房子了，大哥若總是這麼白幫忙，弟弟以後就不好意思再請大哥幫忙了。」

現在是農忙時期，要先把玉米和紅薯種下去，大房的地多，再加上二房的，要等到五月底才有時間建房子。陳名想著家裡要忙針線笸和針線包的事，就把建房子的時間定在六月底，建完房子後，再把他們住的茅草房修繕一番。

第二天下起了小雨。小雨極小，霧濛濛的，沒有一點聲音，把樹葉、青草洗得更加碧綠乾淨。

陳阿福讓王氏閒著，自個兒去廚房做她在這世界的第一頓飯，又把鹹菜切好，切得很慢，還不敢切絲，只能切片，切好的鹹菜用水洗過，拌了點壓碎的冰糖和蒜泥。不像王氏那樣每天早晨都給陳名一顆水煮蛋，她是用兩顆雞蛋蒸成蛋羹，加了點豬油和蔥花，香味飄得老遠。

飯菜一端上桌，糙米粥也比平時稠一些，除了王氏有些心疼多費了些食材，其他人都喜孜孜。

陳阿祿吃了一口鹹菜說：「姊姊做的鹹菜真好吃，不鹹，還特別香。」

陳大寶激動得不行，像是他做出來的一樣。

陳名拿起小勺子，給他們一人舀了一勺雞蛋羹，笑道：「嚐嚐，阿福手巧，蒸出來的蛋羹也香得多。」

王氏也是欣喜不已，臉上還佯裝生氣道：「我知道那樣做好吃，可家裡就是這個條件。」

陳阿福拉著王氏的袖子撒嬌道：「娘，我的病好了，咱們家的日子會越過越好，以後，我會掙更多的錢，做更多好吃食出來。」

飯後，雨不僅沒有停歇，還越下越大。

今天沒有辦法去縣城買藥，王氏還是冒雨出門了，她要去古橋村給陳名買些肉回來補身子，這段時間陳名比較辛苦，要吃好些才行。

陳阿福勤快地剁雞食，然後又帶著蓑衣去後院餵雞。陳名則繼續編筐，今天天氣變冷，有些起風，他穿上了夾衣，頭上還戴了頂帽子，坐在廚房裡編。

阿祿和大寶則是在東屋唸書。陳阿福自從病好些以後，許多活計都搶過來做，規定兩個孩子每天必須讀書，上午一個時辰、晚上半個時辰。

陳阿福餵完雞後，便回了東屋。屋裡堆著二十幾個已經做好的針線筐，針線筐一做好王氏就會拿到東屋放著，怕被偶爾來家裡的人看到。

針線筐有圓形、方形的，有大有小，絕大多數是蒲草編的，也有少部分是細柳條編的，外面都用細布將笸內和笸沿糊上縫好，笸內的布裡零星縫著用碎布剪得極小的小花、小草，笸沿縫著兩朵用絡子編成、樣子稍大的花。

看完針線笸，她又從櫥裡拿出兩個針線包看，笑得更加眉眼彎彎。

針線包的面料極好，是軟緞做的。一面縫著三朵用細絹做的荷花和幾片荷葉，另一面是幾顆用緞子編的菊花盤釦。盤釦極其精美，是針線包的點睛之作，而且，這種盤釦是這個時代沒有的。

這概念來自之前陳阿福看王氏做盤釦的時候，才知道這個時代的盤釦比較單一，就是用布條或絡子扭成一字釦，或用布做的算盤疙瘩。

陳阿福知道，在前世的歷史長河中，盤釦蓬勃發展是從清朝開始。從一字扣到模仿動植物的大花盤釦，及盤成文字的吉字扣，越來越精美複雜，後來的盤釦，已經不是單一的釦子，更是精美的裝飾，特別是到了民國時期，旗袍上的盤釦更是美輪美奐，花樣繁多。

她前世在大學時，由於喜歡盤釦，還專門寫了一篇關於盤釦的論文，為此還查了許多資料，看了許多圖片；但她沒有做過，因為做精美的盤釦非常不易，不僅要手巧，還十分花工夫，比做一套衣裳還費精力。

陳阿福雖然不會做盤釦，但她看過、會說，家裡又有王氏這樣手巧的繡娘，所以，她又有了新的想法，不只要做不一樣的針線包，還要讓大順朝的盤釦改革從她家開始。

陳阿福已經想好，針線笸比較大眾，價格可以親民些，但這些針線包一定要賣高價。因為它不只是女人離不開的針線包，還是美輪美奐的奢侈品，更是盤釦的偉大變革。

把針線包藏好後，陳阿福邊打絡子，邊跟兩個小正太一起讀著書。

不一會兒，陳老太太竟冒雨來了，且臉色非常不好看。她本來想找由頭罵王氏一頓，但沒看到王氏，就把兒子拉去了西屋。

「娘心裡難受，昨天一宿沒睡好覺。」

陳名一愣，問道：「娘怎麼了，誰惹妳生氣了？」

陳老太太氣道：「還不是那個傻丫頭。」

「阿福怎麼惹著妳了？」陳名吃驚問道。

「阿福病好了，人才又這麼好，若是沒立女戶，嫁去別人家，你們能收不少的聘禮；可她卻立了女戶，凡是想當上門女婿的人，都是窮鬼，根本拿不出錢來。傻兒子，你們可是養了她十五年，給她看病吃藥，還給她抱了個兒子來，至少在她身上花了幾十貫錢；可她長大了，不說報答你這個當爹的，還分走了阿祿的一畝田地立女戶。哎喲，我的阿祿，腿瘸了，還被分走田地，可是虧大了。」說完，氣得捶了幾下胸口。

陳名趕緊勸道：「娘，阿福和大寶都是重情義的好孩子，他們不會忘記陳家養了他們；再說，阿福曾經是傻子的事，遠近人家都知道，哪個好人家願意用那麼多錢娶她？」

「那可不一定，聽胡氏說，鎮上的一戶有錢人家就來村裡打聽阿福的情況，聽說阿福立了女戶，才打消了念頭。」陳老太太氣鼓鼓地說。

陳名對胡氏沒有好印象，過往礙於她是大嫂，不好明說出來，可這次胡氏挑唆老太太來罵阿福，他就忍不住了。「娘，妳跟大嫂相處這麼些年，她說的話能全信嗎？若真有那麼好的人家，有錢又在鎮上，想求娶阿福，大嫂不僅不會拿出來跟妳說，還會想辦法把事情攪糊了，悄悄幫著阿菊說合。」

陳名說這些話可不是小人之心，這的確是胡氏會幹的事。

陳老太太一想也對，胡氏可不就是那種人嗎！自己一著急，就著了她的道，但她還是嘴硬道：「娘知道胡氏的心思不算好，可你和阿祿還是虧大了，你白養那丫頭十幾年，阿祿還被她分走了一畝地。」

陳名笑著起身，去東屋拿來一個做好的針線笸遞給陳老太太，問道：「娘看這個針線笸好看嗎？」

這是一個方形針線笸，裡面的細布是月白色的，零零星星點綴著些鮮豔的小花和綠色的小草。

陳老太太驚訝道：「這是針線簍子？哎喲，老婆子活這麼大歲數，還是第一次看到這麼精緻好看的針線簍子。」

陳名笑道：「這個針線笸就是阿福病好後做出來的，她說多做些拿去靈隱寺賣，攢了錢趕緊給阿祿醫腿。」

陳老太太聽了，心裡才算好過些。她聽老三陳實說過，府城裡有家千金醫館，治療骨傷極好，只是診費太貴，不是普通老百姓看得起的，都是給有錢人家看；若是把阿祿的瘸腿醫好了，她這輩子最大的心事也就了了。

「算那丫頭有良心。」陳老太太把針線笸還給陳名。「趕緊把這笸藏好，別讓人瞧了去，更不能讓胡氏知道，娘也來幫著多做些，好多賣些給阿祿看病。」

陳名笑道：「不用娘幫忙，兒子編笸慢，阿福一個人把布縫上去就夠了。」他可不敢說是王氏少接繡活做出來的，那樣老太太定要罵人。

陳老太太又問：「阿福病好了，他們就不會一直讓你家養了吧？」

陳名點頭道：「嗯，阿福的病若徹底好了，肯定不會再讓我們負擔；她還說，以後掙了錢，讓我們過好日子，要像兒子一樣孝敬我們。她還說，知道妳和大哥對她和大寶好，還要孝敬你們呢！娘等著享福吧！阿福病一好，就聰慧得緊。」

陳老太太聽了，更高興了。

陳老太太和陳名念叨著，卻不知道門外有第三隻耳朵在偷聽。

陳大寶一回東屋，便把偷聽到的話告訴陳阿福和陳阿祿。陳阿福聽了又是一陣後怕，好在先立了女戶，自己的親事別人拿捏不了。

陳阿福對這輩子的生活早就有了打算，今生，若能遇到真心對自己好的男人，就嫁——不，應該是娶；若遇不到好男人，那就一輩子不娶，哪怕再辛苦，也不娶。反正她已經有一個兒子，還有慈祥的爹娘、善良的弟弟，人生足矣。

第三章

雨終於停了，陽光明媚，無垠的天空飄著幾朵白雲，蔚藍而祥和。

王氏去縣城給陳名買藥，兩個孩子讀了一個時辰的書後，陳阿福就讓大寶去菜地看看。見大寶還要把她的臉抹黑，陳阿福搖頭笑道：「娘的病好了，不用再把臉抹黑了。」

她已經打聽清楚村裡的情況，這個村的民風還算淳樸，絕大多數人都是遵紀守法的良民，雖然有那麼幾個禍害，大白天的也不敢幹啥壞事。況且，她現在的腿腳已經很靈活了，吵架、跑路，甚至打架都不成問題。

陳阿福素淨著一張臉，牽著大寶走了出去。她手上還掛了一個菜籃子，籃子裡裝了個小鐵鏟，這個小鐵鏟既可以除草，也能當武器。

母子兩人出門往東走去，碰到的人跟大寶打著招呼，眼睛卻無一例外地往陳阿福身上瞄去，眼裡既有探究又充滿了好奇。

此時的陳阿福衣著整潔，不像原來那樣頂著一張花臉，眼神也不癡呆了，嘴角還噙著笑意，就是十里八村，也找不出比她更好看的小娘子。關鍵是她身上有一種獨特的韻味，不像鄉下的女人。雖然這些人都知道陳阿福的病好了，但看到這樣漂亮清爽的小娘子，還是吃驚不小。

村口的老槐樹下，坐了幾個歲數大的婦人在閒聊，看到陳阿福，也都愣住了。

幾個婦人的眼睛毫無顧忌地盯著陳阿福看，嘴裡卻跟大寶說著話。「大寶，帶你娘出去玩？」

大寶知道這幾個婦人都是長舌婦，不願意多說，禮貌地打招呼。「嗯，我娘病好了，我領她去我家菜地除草，再摘點菜。」說完，拉著陳阿福向村外走去。

婦人們又七嘴八舌地找話說，陳阿福雖然不喜歡她們的目光，但還是禮貌地回答了幾句話，被大寶拉走了。

他們剛走不遠，就聽見那幾個人大著嗓門議論起來。

「喲，沒想到傻阿福長得這麼俊。」

「俊是俊，就是眼睛有些木，聲音也不好聽，粗得緊，像男人。」

「是粗了些，但慢悠悠的，一聽脾性就好。」

「她即使不傻了，反應也不可能跟正常人一樣快，可不就慢悠悠的？她是想快，但是快得了嗎？」

……

陳大寶的小嘴噘了起來，不高興地說道：「娘，那些人好討厭呀！」

陳阿福倒是想得通，哪個人背後不議論人，何況是幾個長舌村婦，便笑著安慰大寶道：「那幾個是上了年紀的村婦，咱不跟她們一般見識。」

剛出村口，就看見一個二十多歲的清秀婦人拿著盆子向這邊走來，她剛在村外面那條小溪裡洗好衣裳。

「武大娘。」陳大寶隔著老遠喊道，聲音帶著親暱。

這個婦人是陳大寶好朋友小石頭的娘，武長根的媳婦，偶爾會去陳家向王氏請教繡藝。她還有一個身分，就是陳阿菊愛慕的後生武長生的嫂子。

長根媳婦對陳阿福笑道：「阿福妹子出來走走？」

這是除了家人和陳阿貴以外，跟她說話最和氣的一個，眼裡雖有探究，卻沒有惡意。

陳阿福對她很有好感，笑道：「嗯，跟大寶去菜地。」

她家的菜地離村口不遠，大概有兩分多地，用籬笆牆圍著，種了白菜、黃瓜、韭菜、冬瓜、茄子等菜蔬。

陳阿福站在菜地裡看看四周，南邊不遠處就是村東頭，還能看到她家的院子；北邊和西邊、東邊都是大片的田地，只不過北邊和西邊大多是旱地，東邊是水田，田裡的秧苗已經長到將近半公尺高。

再往東望，極目處有一大片掩映在綠樹中的大宅子，長長的白色圍牆和青色黛瓦特別醒目。

陳阿福指著那裡問：「那是什麼地方？」

陳大寶說：「聽說那裡是大官家的莊子，偶爾會有貴人去住。娘莫往那裡去，招惹了貴人，是會挨打的。」他至今想起在縣城娘被惡人欺負的事，還心有餘悸。

兩人開始蹲下除草，陳阿福的動作還沒有大寶來得熟練。

不一會兒，菜地外跑來一個五歲多的小男孩，長得厚墩墩的，很結實，比陳大寶高了半個頭。他就是大寶的好朋友小石頭，正站在菜地外大聲喊道：「大寶，我娘說你在這裡。」又禮貌地招呼陳阿福。「福姨。」

陳阿福抬頭對小石頭笑笑，對大寶說：「出去跟小石頭玩吧！娘找得到回家的路。」

陳大寶看看周圍不時有人來往，遠處田裡還有許多忙活的農人，想著應該不會出什麼事，就說道：「娘親除完草就趕緊回家，不要去別的地方。」見陳阿福點頭，他才放心地跟小石頭玩去了。

半個時辰，地裡的草都拔完了，陳阿福已經累出一身汗。她直起身，才看見一個四十多歲，頭上長著瘡的男人正癡呆地看著她。陳阿福聽說過，這個人外號二癩子，是村裡幾個禍害之一。

陳阿福氣死了，被這樣一個噁心的人覬覦比吞了蒼蠅還難受，她拿起鐵鏟惡狠狠地罵道：「死癩子，再看我就敲死你。」

二癩子抹了一把下巴上的口水笑道：「阿福妹子，妳果真如傳說中的那樣，越長越俊了。」又很意味深長地說：「妹子，妳原來是個傻子，現在又立了女戶，沒人願意當妳家上門女婿的。妳也不希望自己沒有男人要吧？嘿嘿，我就吃點虧，嫁給妳如何……」

正好有一個老頭從這裡路過，聽了二癩子的話，啐道：「呸，這話也好意思說出來，爺們的臉都被你丟盡了。人家阿福病才剛剛好一點，不要去欺負人家。」

二癩子跟老頭對罵道：「王老頭，我跟她說話干你屁事。人家阿福說不定就是看得上我，願意娶我呢？她小小年紀，總不能一輩子沒男人要吧！」

此時又走來兩個後生和一個中年人，聽了二癩子的話都圍了過來，那個中年人說：「二癩子，別作春秋大夢了，人家就是招婿，也不會招你這樣的。」聽著像是幫陳阿福說話，實則是在激二癩子，說得幾人哈哈大笑起來。

二癩子不服氣了，抬高聲音說道：「我這樣的怎麼了？若我還年輕俊俏，誰想去給一個傻子當倒插門女婿，何況這個傻子還沒成親，就先養了一個拖油瓶……」

這時，人漸漸多起來，有鄙視二癩子的，也有看熱鬧的。

陳阿福氣得渾身發抖，心想：若是任由二癩子這麼欺負，以後就會有更多的人欺負她，那自己如何在村裡立足，如何自立門戶，如何護住一家老小？今天必須讓二癩子得到教訓，反正她是傻子，只要不把他打死，付些湯藥費她也願意。

想到這裡，陳阿福直直地向二癩子走過去。

二癩子笑道：「看看，她相中我了吧？看我的眼睛都直了。妹子，若是妳願意，就讓妳爹請媒婆來哥哥家提親……」

他話還沒說完，就見陳阿福舉起手中的小鐵鏟朝他兜頭砸下，動作快到所有人都沒反應過來。

二癩子只聽「砰」的一聲，腦袋一下劇痛起來，感覺有溫熱的液體從頭上流下，用手一摸，滿手的血。

陳阿福打完二癩子，粗著嗓門罵道：「敢欺負我，我打死你！」

接著，又打第二下，二癩子一躲，沒打到，第三下、第四下接著打下去，打到了他的肩膀，衣裳被劃爛，一條血痕顯現出來，持續不停地往他身上敲。

此時陳阿福的眼睛瞪得老大，一看精神就不正常，不說把二癩子嚇壞了，連看熱鬧的人也都嚇壞了，轟的一聲全部散開。

二癩子嚇死了，拔腿就跑，邊跑邊喊。「瘋子，別打了，我再也不敢了。」

「阿福，快停手！別鬧出人命。」

有起哄的人說：「二癩子，你不是要嫁給她嗎？人家一打你就跑，以後怎麼壓制得住她……」

陳阿福舉著小鐵鏟猛追二癩子，嘴裡還粗著嗓門吼。「敢欺負我，我打死你。」

二癩子由於身上受了傷，沒跑多遠就被陳阿福追到了。陳阿福舉起鐵鏟又往他身上打，她看著瘋狂，實則手中力道控制得很好。鐵鏟雖然不停地往他身上招呼，但並沒有斜著砍，而是平打在身上「啪啪」直響，疼得二癩子直跳。

二癩子也是經常打架生事的主，先是被陳阿福打懵了，等反應過來，趕緊彎腰撿了根棍子還手。

陳阿福前世在孤兒院長大，在孤兒院長大的孩子，首先要學會打架才不會吃虧，才容易搶到飯吃飽，她從小打到大，是那群孩子裡的二大王。

陳阿福現在要做的是，不僅要把二癩子打怕，還不能讓他近身；若是自己被他捏一把或是摸幾下，當著這麼多看熱鬧的人，自己可是得不償失。所以，她寧可身上挨幾棍子，手裡的小鐵鏟都是一直上下舞動著，嚴防二癩子近身。

因二癩子受了傷，氣勢上又有些弱，而陳阿福是在拚命，明顯占了上風。但她的身子還有些弱，時間稍微長些，她就開始覺得力不從心，力道也緩了下來。二癩子的氣勢卻是上來了，連打了她幾棍子，其中一棍最狠，向她頭部打來，她下意識用左手一擋，棍子砸在手上。十指連心，她覺得手指一陣劇痛，一屁股坐在地上。

她的左手吃痛一放下，便使勁揮動右手的小鐵鏟，卻突然覺得眼前有一道黑影閃過，一隻黑色的小鳥似從她的左手中飛出來，猛地向伸手抓她的二癩子衝去。只聽二癩子「哎喲」一聲，扔下棍子捂著左臉坐在地上慘叫起來。

那隻小鳥又一閃，像一道黑色的閃電直衝雲霄，瞬間消失在天際之中。

陳阿福一開始以為那道黑色的閃電是幻覺，稍稍閃了一下神，但看到二癩子捂著臉慘叫不已，手指縫裡鮮血不住地流出來，看來他的臉傷得不輕，才覺得剛才那隻黑色的小鳥應該是真實存在，而且厲害非常。

陳阿福和二癩子都停了手，幾個男人趕緊過來把二癩子拖到一旁，兩個婦人也過來把陳阿福扶了起來。

這時，看熱鬧的人越來越多，高里正和陳名、陳阿祿和陳大寶都跑來了。

陳名是被人扶著過來的，此時已經氣得有些說不出話來，喘了幾口粗氣才說道：「阿福，妳的命怎麼那麼苦啊！好不容易病好了些，又被惡人欺負。是爹沒出息，連自家的閨女都護不住。」說到後面，竟是落下淚來。

陳阿福扔掉手中的鐵鏟，跑過去拉著陳名安慰道：「爹莫怕，我沒事，我把二癩子打傷了，以後，咱們再不受欺負了，誰欺負咱，咱就揍誰。」

陳大寶跑過來抱著陳阿福的腰大哭。「娘親、娘親，大寶怕，大寶怕。」

陳阿祿也抱著陳阿福哭，陳阿福又連忙安慰兩個小的。

陳業和陳阿貴也跑來了，他們氣得上去踢打二癩子，嘴裡罵道：「我打死你，就你這樣的癩皮狗，還敢肖想我家阿福……」

二癩子因為臉上的傷已經快痛死過去，只能坐在地上由著他們踢打。

旁邊的人趕緊勸道：「快停手，不要打了，不知道剛才二癩子被什麼鳥啄了一下，臉上竟被啄出個洞，流了好多血，可別鬧出人命。」

旁邊的人也看到了那隻鳥，都猜測那隻鳥是不是正在地上啄食，被打架的二癩子和陳阿福驚著，一怒之下才啄了二癩子。

大夫給二癩子包紮傷口時，一些在一旁看熱鬧的人，七嘴八舌地跟高里正講了經過。高里正聽了，又去問給二癩子包紮傷口的于大夫。

于大夫還在研究二癩子左臉上的那個洞，頭都沒抬地說道：「二癩子死不了，受了幾處傷，尤其是左臉上的那個洞，極深，流了好多血，這張老臉肯定是要破相的了。」

旁邊的人聽了，都有些害怕地看了看正淡定地哄著大寶和阿祿的陳阿福。二癩子除了左臉上的血洞，剩下的傷可都是她打的呢……這傻女，也太凶了。

高里正聽了前因後果，心裡有了思量。這事本來就是二癩子不對在先，陳阿福又有癡病，再加上沒有一個幫二癩子說話的人，大事化小即可。再說是二癩子先欺負人，逼得癡病才好些的陳阿福又犯了病才打他，活該！沒被打死已是他命大。

二癩子受傷嚴重，臉上的血洞雖然是鳥啄的，但頭上、身上的傷卻是陳阿福打的，流了好多血，讓陳名家賠一百文的湯藥錢，這事就算了了。

陳名見閨女沒有吃虧，除了左手的手心和兩根手指被棍子打傷了，別的地方都沒事，覺得賠一百文還能接受，便同意了。

二癩子不願意，但臉上的傷痛得厲害，根本說不出話來。他正著急的時候，一個穿綢子長衫三十多歲的男人說話了。

這個人就是胡老五，他大聲說道：「高里正，你太偏心了吧！陳阿福把二癩子打成這樣，賠一百文夠個鳥啊！至少得賠兩貫錢才行。」

二癩子聽了胡老五的話一喜，又躺在地上大聲哼哼起來。

陳業聽了胡老五的話，心裡極不高興，這個小舅子自己平時沒少幫他幹活，關鍵時候卻幫著外人，於是大吼一聲。「老五，你怎麼這麼說，明明是二癩子欺負人在先，阿福被逼狠了才打他。」

胡老五嘿嘿笑道：「三姊夫，我這也是幫理不幫親。二癩子流了這麼多血，又破了相，賠兩貫錢不算多。」

高里正說道：「二癩子破相，是鳥啄的，又不是阿福打的，這事賴不到人家頭上。」

胡老五又說道：「不說二癩子的臉，他的頭和肩膀總是陳阿福打出血的吧？至少一貫錢才合理。」

陳名氣道：「這還有沒有天理了？二癩子先欺負我家阿福，還要我家倒賠一貫錢，胡老五，你這話說得也太缺德了。」

陳阿福也不淡定了，若真被訛去一貫錢，自己這一架就白打了。她俯身撿起小鐵鏟，粗著嗓門吼道：「還想要我家賠一貫錢，我先打死你再說。」

她本來想衝去打胡老五，但想著自己的體力已經不支，肯定打不過胡老五，還是先打沒有戰鬥力的二癩子。她高舉著小鐵鏟向二癩子衝去，發直的眼睛一看就不正常，嚇得二癩子哭爹喊娘地向一邊滾去，旁邊的人也嚇得四處躲閃。

陳阿貴和陳家族親的兩個媳婦，趕緊跑過去把她攔住，陳阿貴乘機把鐵鏟子奪過去，低聲安慰道：「阿福莫急，咱不會讓他們訛去那麼多錢。」

陳老太太也來了，大喊道：「我家阿福的癡病都好了，這次又被二癩子氣得犯了病，這筆帳怎麼算？」她可不怕胡老五，對他吼道：「胡老五，你訛人都訛到親戚家來了，你真能耐啊！」看到胡氏也站在那裡看熱鬧，又罵道：「老大媳婦，家裡的活都幹完了？豬圈、驢棚那麼髒，不說洗洗，還在這裡看熱鬧，真是個懶娘兒們。」

胡氏知道老太太是遷怒自己，就算生氣也不敢當眾頂嘴。

接著，陳業父子及陳家的一些族親都開口了，說好不容易看到阿福的病好了，這回又被氣犯了病，以後的湯藥錢得讓二癩子賠。

二癩子除了胡老五幫著說了兩句話，根本沒有其他人願意幫忙。

高里正拍板道：「阿福把二癩子打得嚴重，但二癩子也把阿福氣得犯病，阿福要吃湯藥，兩相一抵，還是按我先前說的辦，就由陳家賠一百文湯藥錢，若誰不服，就去縣衙吧！」語畢，又低聲讓陳名回去好好教訓陳阿福，別讓她再出來闖禍，若是把人打殘或是鬧出人命，那是要坐牢，甚至得償命的。

陳名點頭答應，一家子相攙著離開。

兩旁看熱鬧的人都害怕地看著木著臉的陳阿福，也不敢高聲議論了，心道：這個傻子的癡病是好了，卻是更瘋、更潑辣了，以後還是離她遠些，別去招惹她。

特別是幾個之前心存想法的男人，想著找機會去占那漂亮傻女的便宜，現在就是借他們幾個膽子也不敢了。

有些婦人還小聲教育著自己的孩子。「以後離那瘋子遠些，打了也白打……」

這些看熱鬧的人中還有陳阿菊，聽著人們的低聲議論，也是害怕不已，以後可不能像從前那樣欺負陳阿福了。

回到家後，陳名把一百文錢交給跟他回來取錢的高里正的兒子。

陳阿福十分過意不去，對陳名說道：「爹，對不起啊！家裡本就沒錢，我還賠了一百文出去。」

陳名此時精神好了些，他不僅不生氣，還有些竊喜，閨女這樣潑辣，於她或許是一件好事。他不自覺地腰桿都挺直了幾分，笑道：「閨女做得對，若以後被人欺負，還這麼打回去，只要不打死人，賠錢爹願意。」

看到這麼可愛的爹爹，陳阿福笑起來。

不過，兩個小正太明顯被嚇壞了，還淚眼矇矓地拉著陳阿福。陳阿福已經累極，但還是安慰了他們許久，才把兩個小正太勸好。

中午，王氏回來聽說了這件事，也氣哭了。她不僅哭女兒被欺負了，更擔心女兒的潑辣樣子被人瞧去，以後怕是更不好招婿了。

陳阿福勸道：「娘，我要先好好活下來，才能說招不招婿的事呀！若是先被人欺負死了，別說招婿，連人都沒了。娘放心，以後，若有適合的男人我就娶……哦！不，是招婿，沒合適的男人就不招，帶著大寶好好過。」

終於盼到晚上，把大寶哄睡後，陳阿福才把左手抬起來研究。她左手手心和食指、中指上都有傷，特別是手心的那條傷很長，足有半寸。

她內心一直是急並快樂著。那隻小燕子太厲害了，小尖嘴就像一個錐子，一扎一個洞，有了這個守護神，她以後就可以橫著走。

只不過……那隻燕子跑了，也不知道牠跑到哪裡去了、什麼時候回來，她急於想找到答案。

陳阿福仔細回想當時的情景，覺得那隻燕子像是從她左手掌心飛出來的。她看著掌心的那條傷痕，默唸著：進，進，進……

突然，陳阿福真的置身於另一個空間，只不過，她不是站在陸地上，而是騎在樹杈上。這裡瀰漫著一股十分好聞的香氣，香氣沈靜幽美，令疲憊不堪的她精神瞬間舒爽起來，連有些僵硬的身體似乎也輕鬆多了。

她往下望去，樹的主幹很粗，有些歪斜，兩個成人才能環抱。主幹表皮坑坑巴巴，還有很多黑糊糊的「傷口」，像是被啄的。這棵樹一點也不好看，這種林相就是在俗世間都屬於廢材，生長在這裡真是可惜。

大樹下方是一塊陸地，許多樹根從地底凸出來，顯得地面凹凸不平，陸地不大，跟樹冠差不多大小，再往四周就是白色的霧了。

這是什麼空間？那塊陸地那麼小，還冒出來那麼多樹根，也種不了水果、糧食或藥材呀！

陳阿福失望極了，又抬頭往樹上看去，見大樹枝繁而葉不茂，也不是說葉子稀疏，只是不茂盛。葉子碧綠細長，她辨別不出來，自然也不知道這樹的品種。

突然，她發現有幾根樹杈上發著金光，再仔細一看，發金光的竟然是黃金雕琢的小房子！

她數了數，共有九個，造型各異，有圓形、方形、多邊形，還有一個像金字塔。小房子金碧輝煌，巧奪天工，雕琢得極其精緻好看，但都很小，高大概有七、八公分，直徑或是長度只有十三、四公分。她伸手拿起離自己最近的一個小圓房子，有些沈手，估計至少有半斤重。

這房子雕琢得真精緻，連牆上磚與磚之間接縫都清晰可見，房頂屋脊上雕刻的小動物更是栩栩如生。有門、有窗戶，還雕了花紋，門楣上點綴著紅寶石、貓兒眼、鑽石之類的寶石。打開門往裡看，裡面也是雕梁畫柱，房子裡還放著一個半圓形的淡綠色燕窩，這應該就是燕子的床了。

陳阿福敢斷定，就是前世那些雕刻家，手藝也不會比這更好。

想到二癩子臉上的那個血洞，還有那隻燕子對標誌性建築物的熱衷，她猜這些房子八成是牠用嘴啄出來的。

別的燕子用泥做窩，牠卻是用黃金做窩，真是個偉大的土豪建築家！

陳阿福讚嘆完，又高興起來。哦！老天，這財發得也太直接了，根本不需要種藥材、水果、糧食，這小房子至少值千金啊！還有裡面那綠色的燕窩，肯定比啥白燕窩、血燕窩更值錢。

陳阿福正竊喜著，眼前突然黑光一閃，那隻燕子瞬間飛到了她眼前。

牠張嘴說道：「我喳，妄想不勞而獲是可恥的，快把我的黃金屋放下，那是我的房子，別想著拿出去賣錢。」

聲音很好聽，內容卻一點都不討喜。不過，對這個救了自己的小東西，陳阿福還是滿懷感激。她忙把黃金屋放下，笑道：「我沒想賣你的房子，只是好奇，欣賞欣賞。」對牠招了招手。「咱們早就認識了，你叫什麼名字我還不知道呢！我叫陳阿福，你呢？」

小燕子很有禮貌地跟陳阿福問好道：「福媽好，我是金燕子，暱稱金寶。」

福媽？這個稱謂也太土了吧！

金燕子沒管陳阿福心裡的糾結，飛到陸地上，抖了幾下翅膀，從翅膀裡掉出兩根嵌玉赤金簪，一個金手鐲，垂頭喪氣地自言自語。「就這點金子，只夠做扇門，還得多偷幾次才行。」

這孩子說「偷」就像說「買」一樣理直氣壯。

陳阿福也從樹上下來，看著那幾樣金首飾問：「你去偷的？」

金燕子抬起頭，脖子一伸一縮地冷哼道：「我不去偷，還去買？笨！」說完，就展開翅膀躺在地上，尖嘴半張，很不舒坦的樣子。

陳阿福蹲下身，近距離地觀察牠一番。這燕子在這空間裡，樣子很不尋常，眼睛碧綠，嘴巴和胸部、肚皮是金色的，背部和翅膀是黑色的，黑毛也隱隱泛著金光；若將翅膀收起，體形跟普通燕子一樣大，若展開翅膀，比一般燕子的翅膀寬大得多。

她仔細地看了看那張小尖嘴，像錐子一樣尖，瑩瑩地閃著金光——不，是寒光。

陳阿福討好地笑道：「是我笨，是我不好，上輩子沒讓你出來見天日，委屈你了，對不起。」又商量道：「金寶，我現在好窮，都好幾天沒吃肉了，想想法子幫我掙點銀子唄。」

金燕子翻了一下白眼，又丟了幾個眼刀過來，嘰嘰喳喳地說道：「我喳喳喳喳，妳把我得罪到底了，還想讓我幫妳發財，怎麼可能！」

好吧！這個問題以後再說，先安撫小傢伙的脾氣，以利交流。

陳阿福輕聲哄道：「金寶，你是小燕子，可愛又溫柔，怎麼一說起話來，比我家院子裡那些嘰嘰喳喳的麻雀還急躁呢？你這樣，很影響你的形象哦！」

金燕子果真聽進去了，一骨碌地爬起來站直身軀，很委屈地說：「福媽，不是人家不顧形象，實在是人家很生妳的氣。那麼多年來，人家一個人待在空間裡出不去，餓了啃樹皮，渴了吃樹葉，還一直住舊房，日子寂寞又難挨。」

呢喃聲嬌嬌軟軟糯糯，比舌頭伸不直的陳大寶還嬌，把陳阿福的心都萌化了，她趕緊又誠懇道歉。「是，是我笨，把你關得太久了。」見小東西態度軟和了，又打探道：「金寶，別人都是靠著空間發家致富賺大錢，但我這個空間太小了，種不了糧食和藥材，還沒有靈泉，這怎麼發大財呀？」

金燕子鄙視地看她一眼說：「福媽咪，妳弄錯了，這個空間是我的，不是妳的，因為我跟著妳，空間才在妳身上。我們三個的關係鏈是這樣的——空間是我的，我是妳的，還有哦！這樹上的所有東西，包括葉子，妳都不能隨便拿。」

原來是這樣，這空間不只是廢材，還不歸自己所有。

陳阿福笑道：「哦！之前是我膚淺了，我能擁有金寶，已經是大幸。」又循循善誘道：「金寶，你能不能不去偷金子，好孩子不能當小偷。」

金燕子有些不高興地跳了兩跳。「在我們的字典裡，偷即是搶，搶即是拿，拿即是買。」看了陳阿福一眼，又不耐煩地說：「雖然我叫妳福媽，妳也別想要控制我的行動。」

陳阿福掂量自己還沒有本事控制得了金燕子，只得放棄管牠的打算，又商量道：「金寶，妳能不能只叫我媽，或是媽咪，別加『福』，不好聽，太土。」

金燕子像是聽見什麼好笑的笑話，用翅膀捂住嘴笑了兩聲，啾啾說道：「妳沒照過鏡子嗎？妳現在不只是土，而是太太太土。」又好孩子般地討好道：「好吧！人家是好孩子，不揭妳的短，叫妳媽咪就是。」

牠的笑實在太可愛了，綠豆似的小圓眼睛彎成了月牙，嘴角兩邊的肌肉微翹，半張著嘴，伸著尖尖的小粉舌頭。

只要是動物的微笑，都如天使般可愛，就像她前世喜歡的薩摩耶犬。

陳阿福瞬間被牠的微笑萌翻了，好想抓起牠咬一口，但想到二癩子臉上的那個血洞，還是放棄了這個想法，她繼續誘惑道：「金寶，你喜歡雪梨歌劇院和鳥巢體育場嗎？我會畫，到時修個那樣的房子住，好看且有特色呢！」

金燕子聽了眼睛都亮起來，飛到陳阿福的手上，伸長脖子，呢喃問道：「福媽，哦！不，媽咪，妳會畫雪梨歌劇院和鳥巢體育場？那兩個房子真的非常好看、有特色。」

呢喃聲軟軟的，好聽極了。

陳阿福點頭道：「嗯，的確非常好看，我去過那兩個地方，肯定能幫你畫出來。」

金燕子興奮地展開翅膀在空中飛了兩圈，又輕輕落在她手上。「媽咪妳真好，妳幫我把那兩個房子畫出來，人家承妳的情了。」

陳阿福笑道：「好，等家裡買了紙和筆，我就幫你畫。」

言外之意，你幫我快點掙錢，就能買紙和筆，就能畫房子了。

可金燕子似乎沒聽出她的言外之意，說道：「好，我就等媽咪給我畫出來。」又說：「媽咪，我好些年沒去林子裡玩了，晚上別等我。」

黑光一閃，轉眼就不見了。

突然，黑光又一閃，牠使了記回馬槍，站在她的手上說：「若是媽咪遇到緊急情況，掐妳的左手心，我就會馬上趕回來。記住，是不得已的緊急情況哦！」

然後黑光再一閃，身影轉眼就不見了。

有這麼一個厲害的保鏢，陳阿福喜不自禁，又看了一眼這個廢材空間，突然發現腳下樹根處有一顆藍寶石，再仔細找找，又找到幾顆，有紅寶石、玉、珍珠，還有幾塊碎金子，大概有二十幾兩。寶石、珠玉品相明顯沒有黃金屋上的品相好，金子成色也不太好，這些大概是金燕子築黃金屋時丟棄的廢材。

陳阿福的眼睛都笑彎了，金燕子說樹上的東西不能隨便拿，這些樹下的廢材應該能拿出去賣錢吧？等牠回來問問。

再看看地下，見四處有幾片樹葉，不知道掉了多久，一如樹上葉子一樣碧綠。她把樹葉撿起來放在鼻下聞聞，味道清淡雅致，跟空間裡的香氣相似，似乎更多了一絲清涼，她的腦子也更加清明起來。這葉子，不僅能當香水，還能提神。

她高興地把地上的葉子都撿起來，只有五片，拿荷包裝好，放在地上。因為這東西她現在不敢拿出去，太香了。

她默唸了一聲「出」，轉眼就坐在炕上，陳大寶還睡得香甜。

回到東屋的陳阿福沒有一點疲憊之感，不僅體力完全恢復，還覺得身體比之前更好。她活動活動手指頭，已經非常靈活了。

看來，那廢材空間不是一無是處嘛！

因為出了陳阿福打架的事，一家人這兩天都沒有出去，忙著在家裡做活，幾人都特別感激那隻啄了二癩子的小鳥，可算幫了陳阿福大忙。

陳阿福想著，以後金燕子不可能一直待在空間裡，肯定有跟他們一起相處的時候，便裝作想起什麼似地說道：「哦！對了，上個月，我救過一隻鳥，現在想來，那隻啄二癩子的鳥就是我曾經救過的那隻呢！」

陳名等人都吃驚地看著陳阿福。「還有這事？」

陳阿福點頭道：「是呢！那是上個月，爹在歇息，娘和弟弟、大寶都出去了。我看見一隻小鳥受了傷掉在院子裡，一隻野貓爬進院子正要吃牠，我就去把野貓趕跑了。等我把那隻鳥捧在手上，才看到牠的一條腿斷了，我給牠抹了點止血草，又用布把牠的腿包好，還餵了牠水喝呢！牠在我的手心裡歇了一陣，體力恢復過來，就飛走了。牠飛上了天空，又飛下來跟我叫了幾聲，才飛走了。」

陳阿福說完，幾人驚嘆一聲，竟然都相信了。

陳阿祿直說：「娘一直說好人有好報，姊姊是好人，這就是好報了。」

陳大寶直埋怨陳阿福。「娘怎麼不把小鳥多留一會兒呢！大寶都沒看到，好遺憾哦！」

金燕子是在第三天天黑前回來的，牠還帶了兩隻鳥回來。兩隻鳥都很大，嘴巴似鈎。毛色鮮豔的那隻大概有十幾公分長，一身灰色的那隻大概有三十多公分長。

陳阿福一家人正坐在炕上吃飯，突然看見三隻鳥一個俯衝落在開著的窗櫺上，其中一隻小鳥正是金燕子；不過，此時牠的嘴和胸部、肚皮的金色比在空間裡淺多了，呈淡黃色。

陳阿福笑著伸出手，金燕子跳到她手上說：「媽咪，牠們是大林子裡最聰明的鳥，是我新交的好朋友。」

這話當然只有陳阿福聽得懂，其他幾個人聽到的是小燕子啾啾的呢喃聲。

陳阿福笑著對他們說：「這就是那天啄二癩子的那隻鳥，牠又回來看我了。」

一家人先被兩隻大鳥吸引住目光，聽了陳阿福的話，都驚喜地看著金燕子表示歡迎。阿祿和大寶更是興奮地坐過來，對金燕子說著感激的話。

大寶說：「好俊的燕子，比其他燕子都俊。你就別走了，留在我家好不好？我家屋簷下就是燕巢，牠們天天晚上回來住，你也做個那樣的窩，以後就留下別走了。」

小正太還以為自己這是行好客之道，卻是討了金燕子的嫌，牠啾啾叫道：「我住的可都是漂亮的小金屋，誰住那種泥房子。」

大寶聽不懂牠的話，高興地笑道：「小燕子對我叫呢！牠定是接受了我的邀請，以後就住在咱家了。」

金燕子朝小屁孩翻了個白眼，沒理他，又對陳阿福說：「媽咪，我的這兩個朋友很好呢！讓牠們留在這裡和我作伴吧！春夏兩季，我大多時間會住在外面跟牠們玩，媽咪就給牠們和我準備幾個精美的窩。注意，我們不住那種泥房子。」

陳阿福聽了，把金燕子放在炕上，雙手對那兩隻鳥一伸，牠們就聰明地跳上她的手，還對她「嘎嘎」叫了幾聲，聲音雖然比較難聽，但著實聰明。顏色鮮豔的鳥大概有半斤多，灰色的鳥大概有一斤重。

陳阿福喜歡動物，看著牠們樂得見牙不見眼，還數了數那隻大花鳥的顏色，笑道：「這隻鳥身上有七種顏色，以後就叫七七吧！另外這隻鳥除了尾巴外其餘都是灰色，就叫灰灰吧！」

兩隻鳥看起來很懵懂，金燕子就對牠們叫了幾聲，牠們似乎搞懂了，又「嘎嘎」叫了兩聲。

大寶又說：「娘啊！這兩隻鳥都有名子了，可小燕子還沒有名字啊！」

陳阿福笑道：「叫牠金寶吧！一聽就跟大寶是兄弟。」

大寶聽了更高興，抓住「小兄弟」就不放手，小手沒輕沒重，蹂躪得金燕子直翻白眼。

全家人都無心吃飯了，阿祿和大寶逗弄著三隻鳥，還非常大方地抓了一小把糙米餵牠們。七七和灰灰吃了，連金燕子都吃了。王氏直呼不可思議，燕子只吃蟲子、蛾什麼的昆蟲，而且只吃活的，可這隻燕子居然吃糧食。

陳名笑道：「這燕子跟普通的燕子肯定不一樣，不然怎能把人的臉啄出個洞。」

陳阿福則在想著該給牠們弄個什麼樣的窩，太簡陋的不行，可自家又沒有好條件弄個奢華的出來。她看到炕邊那個做到一半的針線筐，有了主意，起身去東屋拿了三個做好的針線筐過來，問三隻鳥道：「怎麼樣，這個窩夠漂亮吧？」

七七和灰灰見了都極喜歡，這可比牠們原來住的窩好看多了。

金燕子也勉為其難地接受了，還說：「雖然粗糙了些，但還算花俏，湊合吧！」

陳阿福怕牠們排便把裡面弄髒不好清洗，又在筐底鋪了些碎麥稈，麥稈上又疊了層粗布。

等到晚上睡覺之前，七七和灰灰不僅學會說自己的名字，還學會叫「金寶、大寶、舅舅、娘親、姥姥、姥爺」。

眾人大樂，都道這兩隻的確是少見的聰明鳥兒，一晚上就學會這麼多話。

陳名也知道了這兩隻是什麼鳥。「牠們肯定是鸚鵡，不過卻不知道到底是什麼品種的鸚鵡。」

陳阿福早就看出牠們是鸚鵡，灰灰應該是灰鸚鵡，而七七像是金剛鸚鵡。

陳名怕吵，睡覺的時候，三個鳥筐都拿到了東屋。

除了金燕子，七七和灰灰吵到很晚才睡覺。牠們聲音大，嗓子像破鑼嗓子，穿透力強，「嘎嘎」一聲叫得人心慌。陳阿福煩得要命，這可把大寶樂壞了，大半夜的還不想睡，看著鳥筐直樂，被陳阿福打了小屁股，才嘛著嘴巴躺下睡了。

天剛濛濛亮，陳阿福一家又被七七和灰灰吵醒了。

早上，陳名沒起床，聽王氏說他一夜未睡好，身子又有些不好了。

陳阿福讓大寶把七七、灰灰帶到後院玩，私下偷偷跟金燕子商量。「我爹就是被你的朋友吵得犯病，大夫說患肺病的人吃燕窩最好，你能不能拿點燕窩出來給他吃？不然，我家可不敢再留你的朋友了，牠們太吵，我爹身子骨兒受不住。」

金燕子軟糯地說：「媽咪，就算妳不說，我也會拿燕窩出來給我姥爺吃。我築的燕窩跟那些燕子築的燕窩大不同，叫綠燕窩，不僅能強身健體，延年益壽，還能治許多疑難雜症，其中就包括肺癆。」

陳阿福聽了，激動得心都快跳出來了，那個燕窩果真是寶貝！

金燕子看到陳阿福的財迷樣子，又提醒道：「那個樹上的東西都是我的，只有我才有支配權，媽咪不許亂動。」

陳阿福連連點頭，把牠放在手上，順著牠背上的羽毛道：「金寶，我是你媽咪，不亂動兒子東西的品德還是有的，快拿點燕窩出來，我好給我爹煮了吃。」

金燕子又說：「我築黃金屋的時候喜歡吃燕沉香的樹葉，唾液和著樹葉流出來就形成了綠燕窩。一個黃金屋築好大概要一、二十年的時間，這麼長的時間也只能築一到兩個燕窩。黃金屋很冷，必須鋪著燕窩才暖和，所以，綠燕窩是我的褥子，不能隨便送人的，偶爾拿點出去，也只是從燕窩上撕一條，而不是整張都拿出去。」

花費一、二十年才築成的燕窩，還真是難得的寶貝，怪不得是綠色的，原來裡面有樹葉。還有，那棵樹叫燕沉香……這些等著以後再慢慢研究。

陳阿福又問：「一條燕窩能治好病嗎？」

「別說一條，就是半條都能救人命呢！」

金燕子站在陳阿福的左手心上，一晃眼就不見了。

陳阿福默唸了一聲「進」，也跟著進入空間，她又騎在樹上。

金燕子道：「媽咪進來要喊『進去』，妳才能站在地上，若是只喊一個字『進』，那進來就只能騎在樹上了。」

陳阿福爬下樹道：「好，下次知道了。」

金燕子飛進一個黃金屋，啄了細細的一條綠燕窩出來。

陳阿福有些嫌棄了，說道：「金寶，你太摳門了，這條綠燕窩比髮絲粗不了多少，這麼一點有用嗎？」

金燕子說：「綠燕窩太補，身子骨太虛的人吃多了受不住。把這一條放進姥爺的藥裡熬，以後每隔一個月就拿一條放進藥裡熬，連吃六次，他的病應該就能痊癒了。」又警告道：「綠燕窩極珍貴，媽咪萬莫隨便打它的主意。」

陳阿福邊答應邊把綠燕窩接過來，聞了聞，有一股淡雅的香味，跟這個空間裡的香味相似，還好是把它放進藥裡熬煮，若是沖水喝，很難解釋它的香氣。

出空間前，陳阿福又把那兩包碎金子和寶石拿起來，問道：「金寶，這些東西不是樹上的，媽咪可以拿出去賣嗎？」

金燕子看了一眼說：「這東西是我築房子剩下的邊角料，媽咪想賣就賣吧！」

陳阿福一陣高興，想了想，還是把小包裹放在原位，說道：「要賣也得找個藉口才行，總不能摔一跤就撿塊金子吧！那樣容易讓人懷疑。」

金燕子道：「媽咪，妳的傻病還沒好吧？連這麼簡單的事都想不通，妳讓大寶摔一跤，撿塊金子不就行了。」

陳阿福被調侃也沒辦法，呵呵笑道：「好，找個機會讓大寶摔一跤。」又拿起那包葉子問：「這葉子也是我在地上撿的，能帶出去嗎？它比前世的香奈兒還好聞。」

金燕子像看白癡一樣看了她一眼說：「妳只把它當香水？媽咪，妳都快氣死我了！不行，我得趕緊去找七七和灰灰解解悶。」說完，黑光一閃就不見身影。

言外之意，是這葉子還有其他用處？牠不說，她怎會知道，熊孩子的耐心實在不好，等以後把牠哄高興了再問問。

陳阿福出了空間後來到廚房，王氏正在熬藥，便趁她不注意時把綠燕窩丟進藥罐裡。藥味雖然很濃，但還是有一股若有還無的香氣飄散開來，聞了令人神清氣爽。

陳阿福又去了後院，哄著金燕子先把七七和灰灰帶回林子裡玩，等以後自家的新房子蓋好了，再請牠們來常住。牠們的聲音太大，即使在後院，也能傳進屋裡，這聲音正常人聽了都心慌，更何況陳名是病人。

七七和灰灰還不想走，直圍著陳阿福叫「娘」，聲音跟陳大寶一樣，萌得不要不要的。

金燕子跟牠們呢喃一陣子，才依依不捨地飛走了。

那一條綠燕窩真管用，陳名下半晌就好些了，精神明顯比以往還好，咳嗽次數也少了許多，一家人高興異常。

第四章

金燕子兩天後回來時，又帶了三隻漂亮的翠鳥回來。

「這是林子裡最漂亮的鳥，叫聲不大，也不愛叫。」

這幾隻小鳥真漂亮，三種鳥的羽毛顏色各異，俱是豔麗又有光澤，嘴巴長而尖。陳阿福知道這個時代時興做點翠首飾，這麼漂亮的鳥被捉住就可惜了。

此時天還沒大亮，她趕緊讓金燕子把牠們送回林子裡。

之後十幾天，金燕子又帶過一次其他鳥兒回來，說是歌唱得最好的鳥。牠們的叫聲果真好聽，婉轉悅耳，繞梁三日，但喜歡在夜裡唱歌，唱得陳名差點又犯病，陳阿福便趕緊趕走牠們。

另外，牠還帶過三次金首飾回空間，這麼多金子，牠竟說不夠築個房子，還得繼續偷。

後來陳阿福才知道，金燕子說的林子，其實就是紅林山深處，紅林山屬於燕山山脈，深處人跡罕至；不過，金燕子那麼厲害，陳阿福不擔心牠的安全。

一晃眼，終於到了六月十八，一家人努力做出了五十二個針線筐和八個針線包。

陳阿福提議，針線筐小、中、大號分別訂價為七十、八十、九十文。這個提議陳名和王氏都接受，公道，不算貴，只要是有些閒錢的人家，都買得起。

她又提議，針線包暫定十兩銀子一個。這個時代比較富裕，除了邊關偶有戰火，百姓們都安居樂業，也有富貴人家豪擲千兩紋銀買一盆稀世蘭花或是頂級繡品，十兩銀子一個的頂級針線包加盤釦改革，應該有人買。

陳名還是有些吃驚。「就一個針線包，這麼貴，會有人買嗎？」

陳阿福道：「有些精美的繡品可以賣上幾十兩銀子甚至上千兩呢！這個針線包，精巧、好看、實用，盤釦更是精美無比，賣十兩銀子不算貴。這個價錢，不只賣針線包，還有盤釦的設計；若是她們手巧，以後用這種盤釦做衣裳，更好看。」

王氏也有些猶豫，說道：「咱們是攤販，不是繡樓。在繡樓裡或許能賣這個價，但是咱們……要不，咱就把這個包賣給繡樓？」

陳阿福搖頭道：「繡樓是做生意的商家，以賺錢為目的。他們只須買一個包，便能研究出這種針線包的妙用和盤釦的作法。等咱們把這些針線包賣了以後，娘去錦雲繡樓一趟，把盤釦的設計賣給他們。」

陳阿福前世是搞行銷的，深知同樣的東西因為不同的銷售策略，價格就會大不同。她說：「咱們的確是攤販，但找準買家，找準賣東西的地方，照樣能賣個好價。沒錢的小老百姓，甚至一般的小富之家，肯定不會花這麼多錢買一個針線包的……」

她之前聽王氏說，離靈隱寺不遠處有一個影雪庵，裡面主要供奉的是送子觀音。因為靈隱寺太出名，大多香客去那裡，去影雪庵的香客就比較少。但影雪庵的住持據說出自大戶人家，偶爾會有富貴人家的女眷去那裡上香，甚至有人會在那裡住幾天。因為庵外做生意的人不多，有些女眷便會在庵外轉轉，買些自己喜歡的小東西。

陳阿福的意思是，王氏帶著阿祿去靈隱寺外賣針線筐，她領著大寶去影雪庵外賣針線包。晌午的時候，陳阿福母子再去靈隱寺找王氏他們；還說，若明天遇到合適的買主就賣，若是遇不到合適的買主，再想別的辦法。

因為針線筐佔地方，王氏晚上去村裡趕驢車的高老頭家，準備包專車去紅林山。單趟就要四十文，心疼得王氏直皺眉，但想到四十文就是半個針線筐的錢，心裡就好過一些，她對自家的東西還是很有信心的。

這天晚上，金燕子也回來了，鑑於上次打架事件，陳阿福還是想帶著這個保鏢，心裡踏實。

第二天，一家人早早起床，穿上自己最好的衣裳，迅速吃完飯，陳阿福將一個裝針線包的包裹斜掛在肩上，高老頭就來了。

此時才卯時，他們要早些去占位置。

陳阿福和王氏將用繩子串在一起的針線筐放上車，又用一塊大布蓋在筐上，四個人才坐上車。

金燕子展開翅膀躺在一個針線筐裡，驢車走得太慢，若讓牠以這個速度飛，牠會急死。

一個時辰後，驢車到了紅林山。靈隱寺在紅林山的山腳，離寺兩百多公尺的地方，有許多人在賣東西。驢車一停下，王氏便找好一塊地，把布鋪在地上，再把針線笸拿下來放好。

陳阿福望了一眼遠處雄偉的朱色廟門，心裡很是虔誠。王氏說寺裡的一個高僧，曾經說她這具身子的癡病能好，還是個有福氣的人。

王氏指著右邊山坡，有一座隱隱被濃蔭掩映著的院子說：「那裡就是影雪庵，離這裡有兩里多路。」又對大寶說：「照顧好你娘，別讓人欺負她。」

這話讓陳阿福很汗顏，陳大寶還一本正經地答應了。

陳阿福和大寶拿了六個針線笸往影雪庵走去，約一刻多鐘便到了。

影雪庵占地雖小卻十分幽靜，環境也美，青磚黛瓦，朱色大門，周圍是綠樹翠竹，尤以銀杏居多。庵裡還有百年玉蘭和大片梅園，冬天和春天是這裡最美的季節。正門外寬闊開朗，有兩棵百年古榕，像兩把撐開的巨型大傘。

已經有幾個人在樹下擺上小東西在賣了，可能是怕破壞這裡的幽靜，他們都沒吆喝，有人來了，就推銷幾句，東西不多，都是好貨，也都不便宜。

這裡的人少，沒有生意時，那幾個攤販就小聲八卦著各種新聞，例如：最近定州府城出了一件大案，一個偷金大盜在二十天的時間裡，竟然連續做案四起，偷了定州府三個銀樓價值二千多兩銀子的首飾。府衙出動了許多捕快，都沒能捉到偷金大盜，甚至連一點頭緒都沒有，知府大人震怒，還訓斥了總捕頭……

陳阿福的手心都出了汗，瞥了眼趴在笸裡、淡定的金燕子。

那些捕快能捉到偷金大盜，那才叫怪！

針線筐很快就吸引到人。有人問價，陳阿福把價錢漲到一百五十文，還不降價；不是她坐地起價，而是怕針線筐賣得太快，等不到他們要等的人。

就算是這個價格，一位領著幾個丫鬟的姑娘一次買走了兩個，一個婦人買走了一個。

至於針線包還沒有拿出來擺，是因她們都不像能掏出十兩銀子買包的人。

陳大寶看到她不把針線包拿出來賣很是著急，若一個針線包都賣不出去，哪裡有錢去靈隱寺前吃餛飩啊？

陳阿福對著他小聲地說：「大寶不急，不見兔子不撒鷹，有大生意來了，娘自然不會錯過。」

大概巳時末，從山下駛來幾輛馬車和十幾個騎馬的男人。馬車駛到庵門前停下，從車裡走下來幾個滿頭珠翠的女眷和一群丫鬟、婆子。她們商量了一番，兩個年齡大些的主子帶著兩個男人、幾個丫鬟進了庵裡，一個二十幾歲的麗人和青年，領著兩個小姑娘及幾個婆子向攤子前走來。

那個麗人和青年、兩個小姑娘一看就是主子，氣度非凡，穿著華麗。特別是那個麗人，頭上戴了一支特別引人注目的鑲藍寶石赤金大鳳頭釵，在陽光下熠熠生輝。

針線筐裡的金燕子一反萎靡不振的樣子，沒等陳阿福說話，就閃電般飛了出去，快得別人都沒注意到。

看見那幾位貴人往這邊走來，賣東西的攤販都提起精神，小聲推銷著自己的產品。

一個十一、二歲的小姑娘很快便被針線筐吸引過來，說道：「好漂亮的小筐。」

陳大寶趕緊道：「姑娘，這是針線筐。買一個吧！不貴，才一百五十文一個。」

大寶本就長得漂亮，脆生生的話把那幾人的注意力都吸引過來。

一個穿著體面的婆子說道：「一個針線筐就要一百五十文，還說不貴。」

另一個八、九歲的小姑娘拿起一個針線筐說：「這個針線筐好精巧，我還從來沒看過這樣好看的針線筐。娘，六叔，我喜歡。」

那個年輕麗人見了也喜歡，很痛快地笑道：「針線筐倒也別致，這幾個就都買了吧！」

陳阿福又從包裡拿出一個針線包說：「這位少奶奶，我這裡還有漂亮的針線包，您看看合不合意。」

那麗人把針線包接過去，笑道：「呀，當真別致。」又把包翻過來看，眼睛都瞪大了，驚訝道：「天，這是盤釦嗎？做得真精巧，真好看，像兩朵盛開的菊花。」

站在一旁的婆子也驚道：「盤釦還能這樣做，盤得跟朵花兒似地，老婆子可算開了眼界。」陳阿福笑道：「嗯，這是我娘做的菊花盤釦，做起來很不容易，比做衣裳還費工夫。這盤釦若是縫在衣裳上，不只能當釦子，還是漂亮的裝飾。」

那位麗人眼睛一亮，似乎也想到了某種與眾不同的漂亮衣裳。

陳阿福又笑道：「少奶奶把盤釦打開，裡面另有乾坤。」

那麗人把三顆盤釦打開後，陳阿福分別告訴她哪裡別針、哪裡裝線、頂針、錐子、鈕釦，和那幾條帶子的妙用等等。

眾人驚嘆不已，這份心思還真巧。說起來很簡單的東西，但之前怎麼沒有人想到呢！

麗人問道：「這包怎麼賣？」

陳阿福說道：「做這個針線包頗費了一些時日和工夫，十二兩銀子一個。」

她漲了二兩銀子。這幾個人一看就是極有錢的主，也不像強取豪奪的，十二兩銀子買份心頭愛和盤釦設計，他們應該不會拒絕。

那個麗人眼睛沒離開小包上的盤釦，嘴裡卻說道：「十二兩銀子一個包，算得上天價了，就是京城的水玲瓏繡坊，最貴的荷包也沒有超過十兩銀子的。」

陳大寶忙說道：「少奶奶，我們不只賣包，還有設計。這漂亮的盤釦，精巧的針線包樣式，我們可是第一家。」

陳阿福又笑著說，自家只做了八個這樣的包，還沒賣給別家，這種盤釦也是第一次拿出來賣，還沒有流傳出去，世面上獨此一家。

那麗人聽了，心裡便有了思量，笑道：「若這種盤釦還沒有流傳出去，我就把妳所有的包都買下來，再給妳多加二十兩銀子，你們不許再做或是再賣這種菊花盤釦。」頓了一下，又道：「或許用不了半年，這種盤釦就能傳開了，罷了，我也不能不讓你們討生活，一年以後你們再做吧！」接著沈下臉說道：「若是妳說了謊或是敢偷偷做了賣，我們的銀子也不是白給的……你們都是附近的鄉民吧？」

不知道他們出自怎樣的富貴之家，根本不需要跟升斗小民簽協議，只一句嚇唬的話就能搞定；不過，這家人著實不錯，並沒有強取豪奪，八個包都買了，設計費給得也還算合理。

陳阿福忙笑道：「是，民女記下了。我們的確是附近的鄉民，家在響鑼村，離這裡有二十多里路。」

那男子聽到響鑼村便笑了起來，說道：「你們是響鑼村的？真是巧了。」

八個包，九十六兩銀子，加上多給的二十兩，一共一百一十六兩銀子。四個針線笸給了一兩銀子，說不用找了。

初戰告捷，這已經是最好的結果了。

陳阿福穿越來這麼久，還是第一次摸到銀子，有些激動，她把銀子放進懷裡，實則已經收進空間裡。

她看見四周羨慕嫉妒恨的眼神，不由得有些心慌，一隻手把大寶拉得更緊了，四處找著金燕子。

那小東西，又跑去哪裡了？

陳大寶起先還歡喜得不能自持，但一看見周圍的眼神，趕緊按下狂喜的心情，緊緊拉著陳阿福小聲說：「娘親注意了，那個賣飛龍的大叔看咱們的眼睛都紅了。」

陳阿福四處找著金燕子的身影，突然，她看見快走到庵門前一位麗人的上空，有一隻燕子在盤旋，正是金燕子。

看見那麗人頭上的大鳳頭釵，她的心都提了上來，鬆開大寶的手，用右手使勁掐著自己的左手心，金燕子果真一個俯衝，飛進她的袖子裡，啾啾叫道：「妳叫我回來幹什麼，沒看人家正忙著嗎？」

陳阿福輕聲道：「別人看我掙了這麼多銀子，要害我怎麼辦，你得寸步不離保護我。」

陳大寶還以為娘在跟他說話，挺了挺小胸脯說：「娘莫怕，兒子會保護妳。」

陳阿福牽著大寶快步往山下走去，金燕子緊貼在陳阿福的衣襟處，別人一晃眼，還以為她的衣襟上繡了一隻小燕子。

此時正值晌午，路上的行人很少，雖然山中濃蔭密布，但穿過枝葉灑下來的陽光依然灼熱。陳阿福既興奮又緊張，再加上炎熱，感覺背上的汗把衣裳都浸透了。

這時，陳阿福感覺有兩個男人跟在身後，不疾不徐地走在離他們兩步遠的距離。大寶也感覺到了，不由得把娘親的手拉得更緊。

突然，她看到從山下上來十幾個騎馬的人和兩輛馬車。陳阿福樂了，穿越女的福氣真不是蓋的，她趕緊牽著大寶快步向前走去。

跟那些人相遇的時候，陳阿福卻被其中一個騎馬的人吸引住目光，那個人正是她穿越過來時救她的英雄。他穿著月白色繡團花圓領箭袖長袍，金色寬邊腰帶，傲岸俊美，騎在馬上格外引人注目。

陳大寶也認出他來，激動地向那個人大聲說：「恩公、恩公，小子又遇見您了。」

那人覺得這個孩子似乎是在對他說話，便停了下來，有些微愣地看著大寶。

大寶甩開陳阿福的手，向他作揖道：「恩公，您忘了嗎？就是幾個月前在縣城，您救了我娘親。我娘親的病已經大好了，謝謝您……」說著，又鞠了幾個躬。

大寶說話的時候，從前面那輛馬車的窗戶裡探出一個小腦袋，是一個小姑娘，大概四、五歲的模樣，粉白的肌膚，胖胖的臉頰，粉嫩的小嘴，兩顆大大圓圓的眼睛如才從水中撈起的黑葡萄……雖然水潤，卻不靈動。

這孩子，漂亮得讓人心醉，但那雙美麗的眼睛，又呆呆地讓人心痛。

金燕子的話又說不清了，呢喃道：「好漂亮的妹妹，比大寶還漂亮。」然後，一下子飛到那個女孩扶在車窗的手背上。

那個女孩的眼睛終於動了一下，頭轉向金燕子，臉上似乎有了一絲動容，低聲說道：「鳥鳥——笑了，鳥鳥——笑了。」聲音軟糯、平緩，語速極慢，小嘴一張一合，像被微風吹動的三月桃花。

金燕子也對小女孩呢喃了兩聲，語氣軟得讓人的腿發軟。

那男人快不耐煩聽陳大寶的念叨，此時聽見女孩說話了，他臉上一喜，趕緊翻身下馬，來到馬車邊，低頭含笑道：「嫣兒，剛剛是妳說的話？」

聲音很輕很柔，小心翼翼，似乎怕把女孩嚇著。此時的他，眸子裡的寒冰已經化成春水，臉上的笑意如春陽般溫暖。

女孩沒理會他的討好，還是呆呆地看著金燕子，還是那句話。「鳥鳥——笑了。」

男人聽了，更高興了，笑道：「真的是嫣兒說話了，嫣兒喜歡這隻鳥？爹爹這就捉給妳。」說完便伸手去抓金燕子。

他的手雖快，金燕子更快，只見黑影一閃，金燕子已飛上天空。

女孩見小鳥突然飛走了，眼裡滾出幾顆大大的淚珠，嘴也癟上了，慢慢說道：「鳥鳥——飛了，鳥鳥——飛了……」

那男人見自己把燕子嚇跑了，後悔得臉都青了，趕緊鑽進馬車裡，把女孩抱進懷裡哄道：「對不起啊！是爹爹不好，爹爹著急了。嫣兒乖，咱們先去拜望祖母，回來爹爹再捉那隻鳥給嫣兒。」

女孩沒有說別的話，依然是那句。「鳥鳥——飛了……」

馬車慢慢地駛走了。

陳阿福嘆道：「富貴人家，還是有可憐人。」

她覺得那孩子不像癡呆兒，倒像是前世說的自閉症。

大寶看著遠去的馬車道：「娘親，那個妹妹好可憐啊！她那麼喜歡金寶，咱們就把金寶借她玩幾天吧！」

陳阿福道：「金寶想來咱們家或是離開咱們家，咱們管得了嗎？」

等他們來到靈隱寺前，王氏和阿祿已經等得很著急了，一看見他們，阿祿高聲地招呼，他們面前還有一個針線笸沒賣出去。

大寶興奮地跑過去，把王氏和阿祿都拉得蹲下來，靠在他們耳邊悄聲說：「我娘親好能幹哦！針線包都賣出去了，掙了大錢。」

王氏和阿祿都驚喜地望著陳阿福，陳阿福對他們點點頭，笑道：「走，咱們先去吃餛飩，餓了。」

他們來到餛飩攤，要了四碗餛飩，十二文一碗，王氏也沒捨不得，吃餛飩的時候，最後一個針線笸也被一位姑娘買走了。

之後，幾人進了寺廟，給菩薩磕頭上香，陳阿福大方地添了一兩銀子香油錢。進去幾個大殿，也沒能遇到那個算命的和尚，又不知道他的法號叫什麼，令王氏失望不已。

陳阿福倒有些竊喜，她可不願意遇到高僧什麼的人。

四人出了靈隱寺後，又去買了一斤滷肉。

盛夏的午後異常炎熱，一出紅林山，覺得更熱了，還好剛走不遠，便遇到鄰村古橋村的牛車，四人趕緊坐了上去，車上還有兩個響鑼村的婦人。

一個婦人說道：「陳二嫂子，聽說妳家的針線笸一個要賣九十文錢，今兒肯定掙了好幾貫錢吧？」

王氏慌道：「哪裡掙得了那麼多，賣貴了人家不肯買，許多都是賤賣的。」

王阿祿和大寶也趕緊否認。「沒有那麼多。」

那個婦人撇嘴道：「慌什麼，你們掙再多也沒人搶。」

陳阿福沒有否認，這麼小的數目都不認，將來怎麼修大房子。

回到村裡已是申時末，離得老遠就看到陳名坐在屋簷下焦急地眺望遠方，一見他們回來，趕緊起身來到籬笆門前。

他見除了王氏揹了個背簍，所有人都兩手空空，笑問道：「東西都賣出去了？」

大寶把食指豎在嘴邊，誇張地噓了聲。「姥爺，小聲些，進屋說。」

幾人關上籬笆門，又關上房門，進了西屋，還讓大寶在窗前看外面有沒有人進院子。

王氏把背簍裡的錢放在炕桌上，堆了一大堆，還夾雜著幾個小銀角子。當陳名他們看陳阿福把幾個銀錠放在炕桌上的時候，眼睛都直了，他們還是第一次看到這麼多銀子。

陳名激動得身子都有些發顫，盯著銀子說道：「這麼多錢，何止能治好阿祿的腿，還夠給阿福母子添些田地，家裡人也能過好日子了。」想了想，把兩個二十兩的銀錠撥到自己面前，把剩下的銀子推到陳阿福面前，笑道：「爹知道，針線包能賣這麼多錢，阿福的功勞最大。爹娘這次就留四十兩，十兩給阿祿看腿，三十兩給阿祿娶媳婦的時候蓋棟瓦房，剩下的錢讓阿福買幾畝田地，再留些錢給大寶讀書、娶媳婦，以後你們母子的日子就不愁了。」

看到陳名這麼分配，陳阿福不得不高看他一眼，真是個胸懷坦蕩的好男人。

陳阿福笑著把銀子都撥在一起，先把一個二十兩的銀錠拿出來說：「這是給弟弟看腿的錢，十兩銀子不一定夠，多準備些。」又把六十兩銀子推到陳名面前。「這裡有娘的工錢，也有女兒的孝敬，爹必須收著，弟弟不僅要把腿治好，還要去讀書，爹娘也要過好日子。」最後把剩下的三十六兩撥到自己面前。「這些錢我們母子留著慢慢用，田地暫時不買，等以後再多掙些錢再說。」

看陳名還要推拒，王氏按住了他的手，說道：「當家的，你疼了閨女十幾年，這是她第一次掙錢，給你的孝敬你收著。」

她的聲音都有些哽咽。她一直感激陳名對陳阿福視如己出，如今阿福終於憑自己的能力孝敬他，她心裡比誰都高興。

陳阿福又拉了幾下陳名的袖子，說道：「爹，你就收著吧！女兒的本事你看到了，以後還要孝敬你更多。」

大寶蹲在窗邊直樂，也勸道：「姥爺，你看我娘多得人疼啊！你就收著吧！」

陳名點了點頭，激動地說：「好閨女，爹先收著，爹作夢都沒想到能有這麼多錢，以後若是阿福和大寶要用錢，就來爹這裡拿。」

幾人又數了數賣針線笸的錢，共賣得三千多文和六個小銀角子，這些由王氏保管，做為家裡的開銷。

要把銀子放在哪兒，著實讓陳名和王氏傷了一番腦筋，最後還是王氏和陳阿福把炕邊的箱子挪開，在地上挖了個坑，把放銀子的罈子埋在裡面。

幾人又商量著等房子建好後，由王氏帶阿祿去府城治腿。陳阿福是很想去府城看看，但因為要照顧陳名，她必須留在家裡。

陳阿福又建議，把屋頂的茅草換成瓦片，再來就是把籬笆牆改成土磚牆，除了安全考量，家裡的私密也不容易讓人看到。不僅他們新修的房子要做，老房子也得改。

陳名卻不同意。「新房子的確該弄個土牆院子，你們兩母子住著安全，花費也不多，只多出一貫錢，至於其他的，日後再說。咱家今天明面上掙了多少錢，人家一算就能算出來，總共四貫多錢，阿祿還要去府城看腿……」

財不露白，對他們這種弱病殘的家庭猶為重要，陳阿福也只得暫時同意。

本以為陳老太太會來吃晚飯，她卻沒來。陳名讓陳阿祿給大房送了一半的滷肉過去，順便請陳業父子明晚來家裡吃飯，商量後天蓋房子的事。

陳阿祿瞥了一眼炕桌上的飯菜，小瘸腿跑得飛快。

王氏在門口喊道：「莫急，我們等你。」

等阿祿回來，一家人才坐在炕上吃飯。

看到兩個小正太吃滷肉時恨不得把舌頭吞進去，陳名也是極享受的樣子，這滷肉真的有那麼好吃？

陳阿福吃了一塊，覺得香是香，卻不太像前世的滷肉，而是更接近紅燒肉的味道。

翌日早晨，陳阿福起床時，王氏已經在廚房忙碌了。

陳阿福看見王氏只煮了一顆雞蛋，又去小筐裡拿出三顆雞蛋放進鍋裡，說道：「咱們家病的病，小的小，我和娘又辛苦，要吃好些才行。娘別怕錢會花完，花完再掙就是了。」她把鹹菜洗過拌點糖，還讓陳大寶去地裡摘兩根小黃瓜拌著吃。

王氏雖然覺得應該節儉些，但女兒都這麼說了，她不會反對。

飯後，王氏要去縣城繡坊拿繡活，陳阿福勸她少拿些，晚上不要再做了，傷眼睛。陳名讓她沽三斤陳業愛喝的小元春，一斤晚上喝，剩下的兩斤送給他。

若不是怕胡氏太貪婪，陳名還想再孝敬娘親和大哥一些東西，但現在只能先忍著了。

另外，陳阿福又讓王氏買套筆墨紙硯回來，說阿祿和大寶應該學寫字了，她也想學。王氏雖然節儉，但還是願意買筆墨紙硯，她也希望兩個孩子多讀書，將來有出息。

下午，王氏和陳阿福就開始在廚房忙碌。今天做韭菜豬肉餃子，王氏擀皮，陳阿福負責包。

這是家裡第一次包餃子，大寶、阿祿都激動得不行。

幾人正說笑著，陳老太太來了，一入屋就說道：「胡氏那娘兒們眼皮子忒淺，昨天聽到你家賣針線筐賺大錢的風聲，下午就想帶著一家人來你家吃晚飯，被你大哥罵了一頓，害得我也沒來成。」又壓低嗓門說：「村裡有人說你家那些針線筐掙了四貫錢，還有說掙了六貫錢的，真的有這麼多？」

陳名笑道：「嗯，差不多，等修完房子，就帶阿祿去府城治病。」

老太太笑出一臉褶子，嘖嘖說道：「那筐傻是傻，卻沒想到能賣那麼多錢。」又問陳名道：「你們的錢夠嗎？聽說千金醫館收費貴，最少也要五貫錢，娘存了一貫多錢，都拿去給阿祿看病，只要阿祿的腿好了，老婆子死了都能閉上眼睛。」

陳名忙道：「那些錢是娘的棺材本，娘留著，我們的錢夠了……」

老太太仔細看了看陳名，又把他拉到門前看了看，說道：「娘怎麼覺得你的臉色好看多了呢？」

陳名笑道：「嗯，這段日子我也覺得身子骨兒好多了，氣不緊，咳嗽次數也少了。」

正說著，陳業父子、胡氏、陳大虎和陳大丫都來了。

胡氏一進屋就埋怨王氏道：「都是親戚，弟妹會做那針線筐，怎麼不教教我，讓我家也多掙點錢？」

陳阿福忙解釋道：「我娘一直在做繡活，哪有工夫做針線筐。那些針線筐都是我和我爹做的，當時也沒想到能賣那麼好，所以誰都沒說。大伯娘若想學，今天我就告訴妳。」

胡氏氣道：「現在還用妳說？全村的人都知道怎麼做了，之前幹啥去了？」

陳老太太在一般的情況下，還是會給胡氏留臉面。「老大媳婦，是我不讓老二媳婦告訴妳的，妳一嚷嚷，所有的人都知道了，老二家還賺啥錢啊？阿祿的腿不能再耽擱了。」

陳業也皺著眉說胡氏。「我說妳這個娘兒們，天天說妳都不長記性，二弟家難得賺點錢，妳摻和什麼。」

陳阿福感到有些好笑，還好胡氏有這兩座大山壓著，掀不起大風浪。

胡氏又開始表情豐富地念叨著，陳業如何長兄如父地供陳名讀書，她如何長嫂如母地照顧小叔子。「……可憐我們這麼辛苦，卻連件綢子衣裳都沒穿過。」

陳業起先還聽得高興，最後這一句話又讓他紅了臉，皺眉道：「我說妳這個臭娘兒們，咱們都是泥腿子，天天幹粗活，哪是穿綢子衣裳的人啊？」

陳名趕緊把葫蘆小元春遞給陳業，說道：「我們這次雖然掙了點錢，還要帶阿祿去府城看腿。我知道大哥這些年幫我們不少，就沽了兩斤小元春，等以後我們多掙了錢，再給娘和大哥……大嫂買綢子衣裳穿。」

陳業紅著臉推辭，陳老太太說道：「老大就收著，這是老二的心意，你的確幫了他不少忙。」

陳業聽了這才收下。

晚上，陳阿福等大寶睡了後，把鳥巢體育場和雪梨歌劇院的外形大概畫了出來。她用不慣毛筆，是用炭條畫的。鳥巢體育場簡單些，畫得八九不離十，雪梨歌劇院只能憑著記憶畫了，反正金燕子也沒見過原物。

畫到後半夜，她把圖放進空間裡，金燕子還沒回來。

那小東西，昨天連家都沒回，不知道又野去哪裡了。

人。

第二天，陳家二房就開始忙碌起來，因為院牆要砌泥磚，又多請了一個人，一共請了六人。

王氏要做繡活，做晌飯的任務就由陳阿福主動承擔了。

陳阿福一早在大寶的陪伴下，去明水鎮買食材。明水鎮在響鑼村的東面六里處，途經上水村，還經過了那個貴人的莊子。

聽王氏說那個莊子叫棠園，好像主人姓楚，原在京城，後又去了府城，上水村有一半人家都租種他家的稻田。王氏是聽長根媳婦說的，武長根兄弟是木匠，棠園管事偶爾會去武家買桌椅桶盆。

去鎮上的小路離棠園有三百多公尺遠，中間隔著一片竹林和草地，遠遠可以看見那片大院子裡的屋宇粉牆黛瓦、飛簷翹角，掩映在一片綠樹翠竹中。

那座大院子聳立在那裡，顯得特別突兀。朱紅色的大門緊閉，似關上了一門富貴，也擋住了外面的勞作與艱辛。

那座豪宅離自己太遙遠，陳阿福瞥了幾眼，就沒再看了。

明水鎮不大，只有兩條街，陳阿福先去雜貨鋪，說是要買點滷料。

掌櫃指著八角、山奈等五種調料說：「這幾樣，再加點花椒、糖、醬油一起滷，哎喲，滷出來噴香。」

果真滷料很少，陳阿福記得很多滷料在古代只是藥材。她買了那幾種滷料和調料，還買了兩小包飴糖，一包給大寶，另一包帶回去給阿祿。

她又去了鎮上的唯一一間藥鋪，買了些丁香、甘松、小茴、草果等幾樣做滷味的藥，還買了點黃耆、黨參、五味子，用這些中藥燉湯給陳名吃了很好。之後，再去買肉、豆干和粉條。

回到家已經巳時末，開始做飯炒菜。陳阿福謝絕王氏和陳名的幫忙，由阿祿幫她燒火，陳大寶在旁邊幫她遞東西。

陳阿福把豆干滷了，肉沒滷。滷肉下酒是好菜，但給這些做體力活的人吃，四斤都不夠。豬肉燉粉條，燉了一大鍋，解饞又耐餓。

當香味一傳出來，兩個小正太使勁吸著鼻子。

陳阿福覺得豆干差不多入味了，便拿出來給他們切了兩片。

另外，她又炒了幾樣素菜，蒸了一鍋二米麵饅頭。菜餚不多，但量足，味道好。

幹活的幾人吃得高興，都說豆干香，能當肉吃。

晚上，陳名也誇道：「阿福真是個能幹的孩子，第一次做滷菜，做出來的味道就比別人做得好吃。」

陳阿福得意道：「那是，這可是我的絕活。」

她心裡想著，什麼時候去酒樓看看，能不能走穿越女的老路子。

六個工人用了半個月的時間就把房子蓋好了，雖然茅草房又小又特別原生態，但那堵土磚牆足有一人高，終於讓陳阿福有了些安全感。這個小院，只有這道牆是讓她滿意的。院牆上開了兩道門，一道是對外開的大門，一道是對老房子院子裡開的小門，現在新院子和舊院子共用一堵土磚牆。

房子上樑那天請客，不僅陳阿貴的媳婦高氏來幫忙，連陳阿蘭都來幫忙了。

自從陳阿福病好了，做出別致的針線筐，陳阿蘭來向王氏討教繡活時便不在籬笆門外站著了，她會進屋，還會跟陳阿福說笑幾句。

陳阿蘭釋出善意，陳阿福也接受，大房除了胡氏和陳阿菊，其他人都不錯。

這天家裡不僅請了陳業一家，還請了陳家幾家族親、高里正家及修房子的幾家人。除了陳業一家都來，其他人家只來一、兩個代表，即使如此還是擺了四桌。

頭一天，王氏問陳名道：「請不請胡老五？都是親戚……若是不請，大嫂肯定會不高興。」家裡之前偶爾請客，都會請胡老五。

陳名說道：「若是以前，看在大哥的面上，也就請了，可上次阿福跟二癩子打架，胡老五公然幫著二癩子訛咱家的錢，他都不認咱是親戚，咱幹啥要認他？」

陳阿福也說道：「娘，妳再討好大伯娘都沒用，她不會記情。最好離胡家遠些，咱家不管有啥事，都不要跟他家有瓜葛。」

令人沒想到的是，吃飯的時候，胡老五卻靦著臉來了，跟在他身旁的還有一個十四、五歲的少年。那個少年長得非常不錯，就是眼睛看人過於不避諱，讓人不喜。他是胡老五的獨子，胡為。

人如其名，真是個無賴，臉皮夠厚。

胡老五之所以在村裡橫著走，不僅因為他無賴，還因為他的四姊夫是縣城的一個捕快。

胡老五一來就說著漂亮話。「都是親戚，蓋房子都不說一聲，不然我也來幫忙了。」

這些人雖然心裡討厭他，但面上都不願意得罪他，跟他敷衍著。陳名沒法子，總不能把他攆走。

今天滷了豬大腸、豬肝和豆干，這三樣菜是最受歡迎的。

請完客，就該準備去府城的事了，王氏後天要帶著阿祿啟程，等他們回來，陳阿福母子就搬家。

之前聽大夫說，阿祿的腿之所以會瘸，是因為骨頭長歪了。大人長歪了就沒法子了，好在阿祿還是孩子，要斷骨讓骨頭重新長正，就不會瘸了；但一般的大夫沒有這個技術，聽說府城千金醫館的大夫有這個本事。

所以，小阿祿這次不僅要遭罪，還要在府城住至少半個月，住在府城，只能住陳實家裡。

想到小小的阿祿要承受這種痛苦，陳阿福的心都揪緊了。她一直想跟金燕子見一面，看能不能再拿點綠燕窩出來，讓阿祿少受些罪。

這麼多天，金燕子都沒跟陳阿福打過照面。牠白天沒回來，卻在半夜回來過四次，都是回空間放偷回來的赤金首飾，一放完就走了。

這幾次的首飾比前幾次的更重、更好看，嵌的寶石貓眼也更大、更名貴，那一堆金燦燦又鑲紅嵌綠的金飾，讓人看得眼花繚亂。

連給陳名的那一小條綠燕窩，都是放在裝碎金的那個小包裹上。

今天晚上請客時，陳阿福聽來吃飯的高里正說，偷金大盜流竄去了京城，做案多起，不僅偷了銀樓，還偷了安王府；不僅五城兵馬司的人，連御林軍都出動了，鬧得人仰馬翻。

陳阿福還是有些擔心那小東西的安全。

前幾次她睡著了，沒跟金燕子見上面，根本不知道牠闖了這麼大的禍。這天晚上，看大寶睡著了，她掐著左手心，想趕緊把牠招回來。

大概經過兩刻鐘的時間，金燕子果真回來了，牠直接進入空間，抖下來四根金條。

陳阿福驚道：「你還繼續做案？」

金燕子啾啾笑道：「媽咪放心，這不是在京城偷的，這是在石安府偷的。」

冀北省省城石安府離這裡大概有三百多里路，牠半個小時就能趕回來，速度真夠快的。

陳阿福埋怨道：「你幹麼非得偷王府啊！去偷那些貪官污吏或是奸商，動靜也不會搞得這麼大。」

金燕子跳著腳笑了幾聲，又繞著燕沉香飛了一圈，才跳上陳阿福的手心啾啾說道：「媽咪不懂了吧！這叫『燕』過留痕。我金燕子來到大順朝走一回，總得讓人驚豔一把，等目的達到了，以後我儘量不去王府和銀樓偷了，這幾根金條，就是在沈大富家裡偷的。妳知道買妳針線包的那些人是誰嗎？」

陳阿福問：「誰？」

金燕子說：「他們是冀北省羅巡府的家人，本來我想偷那婦人的大鳳頭釵，於是便躲在窗下聽他們說話，才知道那家人是那漂亮妹妹的親戚，我就沒偷了。」還一副很給漂亮妹妹面子的表情。

那些人不關自己的事，陳阿福沒有閒心想他們，她笑道：「怎麼樣，我畫的房子好看吧？」

金燕子啾啾道：「嗯，很有特色，都漂亮。」

陳阿福又道：「金寶，你說過我畫了房子，你會承我的情。你再拿點綠燕窩出來給阿祿吃，讓他少遭點罪，快點好起來吧！阿祿是個好孩子，媽咪捨不得他遭大罪。」

金燕子說道：「阿祿的確是個好舅舅，我也想幫他，但他的病還不至於需要綠燕窩，等他斷骨後，拿一點燕沉香的樹皮放進他藥裡熬，能安神鎮痛，還能促進骨頭癒合的速度。」

陳阿福一陣驚喜，連樹皮都這麼好，這燕沉香可真是個寶貝，又懇求道：「可我不能去定州府，他們熬藥的時候，你能不能幫忙放樹皮？定州府離咱們這裡也就五十幾里路，你小半刻鐘就能飛到那裡了。」

金燕子答應得很乾脆。「好說。」

陳阿福實在太高興了，舉起手中的金燕子在牠的尖嘴上親了一下。
金燕子先愣了一下，接著啾啾笑了起來，綠豆眼都瞇成一條縫，雀躍道：「媽咪，妳把人家的初吻奪走了，不過，人家好歡喜，長這麼大，還沒誰敢親我的嘴，還是妳膽子大，懂得欣賞。」說完，躺在地上展開翅膀繼續樂，尖嘴張得老大。
陳阿福這才後知後覺，也覺得自己膽子大，牠的小尖嘴可是電錐子呢！親都親了，看金燕子高興，陳阿福決定再討點福利，湊過去說道：「燕沉香好處多多，金寶能不能給我點渣渣，我拿出去熬水喝，我們一家人身體都不好。」
金燕子聽了，拋給她一個媚眼，屁顛顛地飛到樹上，小尖嘴一啄，就啄出一小根牙籤那麼大的木棍，牠把小木棍放在陳阿福手上說：「不需要熬，直接放進水缸裡，喝了泡過燕沉香木頭的水，保證你們一家身體越來越好。」
陳阿福拿著「小牙籤」樂壞了，美人計真管用，這麼多福利，可比發小財賺多了。她又厚著臉皮道：「金寶，我馬上要搬家了，一根不夠，再給一根。」
金燕子還在激動中，又屁顛顛地去啄了一小根給她。
之後，陳阿福囑咐金燕子現在是非常時期，儘量少出去惹禍。

第五章

天亮後，陳阿福偷偷把一根小木棍放進水缸裡。哪怕只有這麼小小的一根，仔細聞聞，屋裡還是瀰漫著一股若有若無的香氣；而且，做出來的飯更好吃，燒出來的水也更好喝了。

上午，王氏去縣城給陳實家買了些禮物，晚上，陳業拿了兩斤鎮上買的糕點，讓他們帶給陳實。陳老太太也給三兒子帶了件她自己做的衣裳，還說讓陳實無事回來看看老娘、兄長。

隔天，他們走的時候，王氏把一個二十兩的銀錠揣進懷裡，又帶了兩個銀角子和幾百文銅錢。

陳阿福跟王氏說：「把那兩個銀角子給我三嬸，你們要麻煩人家半個月呢！」又摟著阿祿說：「你是小男子漢，要堅強些。」

陳大寶聽娘親說了小舅舅治療的過程，眼淚汪汪地說：「小舅舅要堅強，大寶要向你學習。」

陳阿祿點頭說：「只要能治好腿，怎麼樣我都能忍，等我的腿好了，就能讀書，能掙大錢。」

送走王氏和陳阿祿，還有偷偷跟著他們的金燕子，陳阿福更忙碌了，要挑水、洗菜地、洗衣、做飯、熬藥，還要整理新房子。

阿祿走後第三天，從定州府城回來的金燕子說，阿祿已經在千金醫館治腿了，大夫斷骨後把骨頭扶正，痛得小阿祿昏了過去。他們回到陳實家休養，金燕子已經把燕沉香的樹皮偷偷丟進藥裡，休養的頭三天，他會每天去丟一次。

陳阿福雖然沒看見，還是心疼得流下淚。之後，聽金燕子說阿祿恢復得不錯，已經沒有那麼痛苦了，她才好過些。

這天下午，陳阿福收拾妥當，領著大寶去武木匠家。她不願意把舊櫃子、舊桌子搬去新家，想買點新家具。

當她在村裡一路走過，招來很多注目禮。

武木匠是十里八村手藝最好的木匠，連鄰鎮的許多人家都來這裡買家什。

武家在響鑼村是富裕的人家。武長生十七歲，雖然有些黑，但長得高大，五官也不錯，又有一技之長，聽說俘獲了許多姑娘的芳心；但他眼光高，誓要找個特別水靈的姑娘，所以這麼大歲數了還沒有媳婦，老父、老母急得不行。

陳大寶一進去就大聲招呼道：「武爺爺、武大伯、武二叔，我家新房子修好了，要買些漂亮家什。」

武家父子跟大寶極熟，很喜歡他，都直起身來笑著打招呼，武木匠還說：「大寶喜歡哪幾樣，爺爺算你便宜些。」

陳大寶笑道：「那敢情好，謝謝武爺爺，我承你老人家的情了。」

這話逗得武木匠哈哈大笑，他拍拍陳大寶的腦袋說：「好小子，我家小石頭跟你走得近，小嘴都比以前甜多了。」

武長生笑著跟陳阿福打招呼。「阿福妹子，看看妳喜歡哪幾樣。」

陳阿福對他的印象不錯，說了自家需要哪些東西。由於她沒打算在那個小房子久住，但該有的都要有，也不會多做。

武長生笑道：「大寶跟小石頭玩得極好，你們又一次買得多，就收一個整數，一貫五百錢吧！」

陳大寶趕緊道謝。

本來武木匠還大方地想說熟人就抹掉二十文零頭，見兒子一下少收了那麼多錢，氣得瞪了他一眼，卻不好再說。

武長根也沒想到弟弟會越過父親把價格定下來，還降了那麼多，看了他兩眼，沒吱聲。

陳阿福不好意思地說：「怎麼好意思讓你們降這麼多，該多少、是多少。」

武長生趕緊說：「降得不多，別的客人買得多，也是這麼降。」

陳阿福謝過後，交了三百文的定金。陳大寶想留在武家玩，陳阿福沒同意，說要去古橋村看看還有沒有肉賣，陳大寶一聽買肉，馬上就跟著娘親走了。

陳阿福是想明天去縣城的館子瞧瞧，看能不能把滷味的方子賣了。

古橋村在響鑼村的西面，不到一刻鐘就走到了。陳阿福買了一副豬大腸和一條瘦肉，花了三十六文錢。

剛回家，就看見金燕子領著七七和灰灰來了，正在院子裡「嘎嘎」叫著，陳名邊編著草蓆邊看著牠們笑。

金燕子停在陳阿福的肩上，啾啾說：「咱們家的新房子修好了，晚上我領著牠們住新屋，就吵不到姥爺了。」

陳阿福笑著說歡迎。

「娘親，娘親。」七七和灰灰高興地對她叫著，若是背過身去，還以為是大寶在叫。然後，又對大寶叫著。「大寶，大寶。」聲音像陳阿祿。

陳名看陳阿福手裡拿了這麼多肉，不贊同地說道：「就三個人，買這麼多肉幹啥？錢要慢慢花。」

陳阿福解釋道：「我是想把這些東西滷好，明天拿去縣城，看能不能把滷味方子賣了。」

為了讓味道更好，她等到第二天一早起來才滷。由於水缸裡有燕沉香木頭，陳阿福怕滷出來的肉會變味，還專門挑了另一桶水備用。

陳名讓陳阿福帶著滷味去喜樂酒樓，雖然它在三青縣的酒樓中屬於第二大，但價格公道，不會欺負平頭百姓。

七七和灰灰見金燕子要去，牠們也非得跟著。陳阿福只好讓牠們待在籃子裡，不許到處飛，還囑咐牠們不要說話，省得有人惦記。

把牠們裝進籃子，又搭上布後，頭戴斗笠的陳阿福拎著裝滷肉的籃子，陳大寶拎著裝小鳥的籃子，去村頭搭高老頭的驢車。

到了三青縣城，高老頭說驢車下午未時在城門等，逾時不候。

進了縣城，陳阿福把斗笠又壓低了些，還低著頭，別人根本看不清她的臉。原主就是在這裡被欺負，她不敢大意。

金燕子知道自己長得小巧，大大方方飛了出來，貼在陳阿福的衣襟上看風景；另外兩隻小東西則是把小腦袋探出來，四處望著人世間的繁華和喧鬧。

他們問了喜樂酒樓的所在，便向那裡走去。路上看到一間雜貨店，陳阿福問了滷料有哪些，掌櫃一指，還是那幾種香料，她心裡又多了些把握。

一路上，陳阿福給陳大寶買了一塊棗糕，結果，七七和灰灰也吵著要吃，陳大寶只好自己吃一口，再餵牠們吃一口。

突然，幾個男人把他們攔住了，一個人指著陳大寶手裡的籃子說：「這隻鳥長得可真俊，小爺我要了。」

說話的那人像有錢人家的少爺，二十歲左右，穿著錦緞衣裳，手裡還拿著一把大扇子。

那人的話聲一落，一個下人便掏出一兩銀子。

原來，七七吃得高興，整個身子都鑽了出來，美麗的羽毛在陽光的照耀下，更是鮮豔奪目，再加上伸長小腦袋要吃食，小模樣極可愛。

陳大寶後退一步說：「幾位大爺，這鳥我們不賣。」

「喲，小泥腿子，小爺想買這隻鳥是看得起你，今天你賣也得賣，不賣也得賣。」那人霸道地說。

這是要強買了？不，應該說是強搶，一兩銀子，只夠買七七的一根毛。

陳阿福沒有說話，她怕把這幾個人的目光吸引到自己身上來，有金燕子在，不怕七七被欺負。

金燕子一下子飛了起來，盤旋在陳阿福的頭頂啾啾叫著。

「媽咪，讓大寶賣給他們。這些人太可惡了，他們不是要強買嗎？咱們讓他們雞飛蛋打。」

之後，又對七七叫了幾嗓子。

自己的確惹不起這幾個男人，既然金燕子出了這個好主意，她只有照做，便對大寶說道：「兒子，這幾位大爺喜歡，就賣給他們吧！」

「這就對了。」那幾個人哈哈笑道，然後把一兩銀子丟在陳大寶的籃子裡，砸得灰灰「嘎嘎」直叫，又把七七抓在手裡，笑道：「走，爺帶你回家過富貴日子。」

七七大概聽懂了金燕子的話，也沒反抗，被那幾個人抓走了。金燕子飛了起來，盤旋在高空中。

那幾個人一走，大寶咧開嘴大哭起來。「七七，我的七七，不賣……」

陳阿福彎腰給大寶擦著眼淚，在他的耳邊小聲說：「大寶別哭，有金寶在，七七會回家的。」

陳大寶聽了，才止住哭，掛著眼淚問陳阿福。「七七真的能回家嗎？」

陳阿福點頭道：「金寶多厲害啊！肯定能把牠帶回家。」

喜樂酒樓很氣派，裡面的生意也好，小二並沒有因為他們衣衫破舊就看輕他們，還是熱情地把他們請到一張小桌旁。

陳阿福先看了菜譜，什麼醬肘子、胭脂燒鵝、蜜釀蝤蛑、蒸鰣魚、爐焙雞、糖蒸茄、五香滷肉、青蝦卷等等，共有幾十道菜，許多菜名陳阿福都沒聽說過。

她要了一道五香滷肉，一個素菜湯，兩碗飯。

小二沒有離開，而是很有禮貌地站在一旁。陳阿福這才反應過來，人家是看他們兩個穿得破舊，怕他們吃霸王餐，趕緊掏錢付帳。

看大寶一臉心疼，陳阿福悄聲解釋道：「要先嚐嚐酒樓滷肉的味道，若是酒樓的五香滷肉比不上咱們的，才能賣方子。」

菜來了，五香滷肉還是比較像紅燒肉，少了些特殊的滷香味。

他們吃完飯，陳阿福就對小二說：「我想見見你們的掌櫃。」

小二讓他們等著，自己上了樓，不一會兒，又來把他們請入三樓一間房內。進了屋子，陳阿福在左手心掐了一把，她要把金燕子召喚回來。

屋裡，一個二十多歲穿綢緞長袍的年輕男人坐在案前，一個四十多歲的微胖男人站在一邊。兩個人看到陳阿福都愣了愣，沒想到縣城裡還有這麼出色的小娘子。雖然布裙荊釵，卻令人眼睛一亮，除去精緻的眉眼不說，別有一番風韻。

那個中年男人道：「我就是許掌櫃，小娘子找我何事？」

陳阿福說道：「我們家有一個祖傳滷味秘方，因為家裡窮，又遇到急事，想把這道秘方賣了。」說著，上前把籃子上的布掀開。

許掌櫃和那個年輕人早就聞到那股特殊的香味，他們撕下一點滷肉放進嘴裡仔細品嚐一番，道：「嗯，不錯，比五香滷肉又多了些特殊的香味，豬大腸這麼滷起來，更好吃。」

那個年輕人問道：「你們想賣多少錢？」

許掌櫃又介紹道：「這是我們酒樓的東家楊大爺。」

陳阿福喊了聲。「楊大爺，如今我父親有病，弟弟的腿又瘸了，家裡急等著用錢，所以才來賣這個祖傳秘方。我聽說喜樂酒樓價格公道，信譽好，不會欺負我們這些平頭百姓，才找來的。楊大爺就看著給吧！若價格合適，我們就賣。」

她心裡的價格是五十兩銀子，若高於這個價就賣，若低於這個價就不賣。這東西是可以保密的，不像盤釦，一做出來人家就容易學會。

楊大爺沈吟了一下，給許掌櫃使了個眼色。

許掌櫃說道：「這道滷味雖然不錯，但跟我們店裡的五香滷肉味道相差不大。這樣吧！我給個公道價，四十兩銀子，如何？」

這個價格沒達到陳阿福心中的價格，但差距不算大，說明他們不是店大欺客的主，若是有機會，還能繼續合作。

陳阿福心裡這麼想著，卻搖頭說道：「這個價格，恕我不能賣。對不起，打擾了。」說完，就牽著大寶的手往門口走去。

楊大爺一下子把大扇子打開，呵呵笑起來。「妳這個小娘子，是個急性子，凡是經商，就是要討價還價，妳不同意，可以還個價，幹麼這麼急著走啊！我再添十兩，五十兩，怎麼樣？」

見陳阿福停下沒言語，又道：「再添五兩，這已經是最多的了。」

五十五兩，超過預期目標一點點，陳阿福這就比較滿意，粲然笑道：「好，成交。」

似乎連窗外的鳥兒都在慶祝陳阿福做成了一筆大生意，吱吱喳喳地叫著，其中一隻就是金燕子，牠正跟幾隻鳥站在窗欞外的樹枝上。

許掌櫃起草了一份協議，其中還包括不能再賣給其他人的經典條款。陳阿福沒有異議，她和許掌櫃一起簽字、按手印。

陳阿福要領著大寶去廚房，楊明遠笑道：「孩子就待在這裡吧！廚房太亂。」

陳阿福見這位楊大爺眼神清明，不像個壞人，還有金燕子守在窗邊，便同意陳大寶在這裡玩，輕聲交代他。「你乖乖待在這裡，哪兒也不要去，也不要淘氣，娘過會兒就回來找你。」

陳大寶點頭道：「娘放心，大寶知道。」

陳阿福去廚房看了他們的調料，悄悄對許掌櫃說了多使用的幾味中藥，許掌櫃聽完有些吃驚，自己親自跑去買了。

炒滷料的工序跟酒樓廚師一樣，只不過使用的材料中多出幾味中藥材。陳阿福看著廚師把肉滷好，味道一樣，她也算把徒弟帶出來了。

當她回到那間小屋，竟然看到陳大寶和另外兩個孩子一起跟灰灰玩得高興，楊大爺在一旁也看得興味盎然。

沒有七七和金燕子，灰灰成了主角，張著大嘴又笑又說話。「姥爺、娘親、大寶、尿尿」一通亂喊，逗得眾人大笑不已。

陳大寶看見陳阿福，馬上起身迎上來說道：「娘親，這是楊超哥哥，這是楊茜妹妹，他們都喜歡灰灰呢！」

兩個孩子，男孩大概五歲多，女孩四歲左右，都穿著綢子衣裳，長得眉清目秀，跟楊大爺有幾分相像。他們抬頭，很有禮貌地對陳阿福叫道：「嬸子。」

陳阿福紅了臉，她還沒嫁人呢！趕緊笑道：「叫我陳姨就好。」

兩個孩子又叫了聲。「陳姨。」

許掌櫃把剛滷好的肉拿了一盤給楊大爺品嚐，楊大爺嚐過後點點頭，又讓幾個孩子吃了些。

楊明遠起身，從櫃子裡拿出五十五兩銀子交給陳阿福，笑道：「若以後陳小娘子有了好方子，再來找我們酒樓。」

陳阿福點頭應是，把銀子接過來，對大寶說：「大寶，咱們該走了。」

楊超和楊茜一聽他們要走，頓時捨不得了，特別是楊茜，眼淚都湧上來了，說道：「再多玩一會兒吧！我們喜歡灰灰，捨不得牠。」

這兩個孩子被教育得很好，沒有輕視穿著破舊衣裳的陳大寶和她，也沒有強要灰灰。

楊明遠起身把女兒抱起來哄道：「茜姊兒乖，陳家哥哥和灰灰再不回家就晚了，會出不了城門的。」

楊茜沒有再強留灰灰，但含在眼眶裡的眼淚卻落了下來。

陳大寶很不忍心，忙說道：「茜妹妹，改天妳和超哥哥到我家來玩，我家不僅有灰灰，還有金寶和七七，金寶的叫聲非常好聽，還特別厲害；七七長得跟茜妹妹一樣漂亮，也會說很多話，還會背詩呢！」

楊超和楊茜聽了一臉嚮往。

「能跟我妹妹一樣漂亮，那得有多漂亮？」

陳大寶重重點了點頭，回楊超說：「我們家就在離縣城不遠的響鑼村，坐驢車半個時辰就到了。」

楊超愉快地接受了邀請，又說：「大寶弟弟無事，就帶著灰灰牠們來縣城玩，我家離這裡不過兩條街，若我爹爹和我們不在酒樓，就讓許掌櫃領你們去我家。」

幾個孩子把友誼發展到這一步，兩家大人只得表示認可。

因為陳大寶和灰灰的公關做得好，楊明遠還讓許掌櫃送了一隻香酥鴨給他們。

陳阿福兩母子出了酒樓往南城門走去。他們路過一間小布莊，陳阿福進去買了幾塊細布、二十幾尺粗布和兩床彈好的棉絮，又買了些布頭，無事做些玩偶，可以給大寶玩，或許還能賣點小錢。

然後，她在路邊喊了輛驢車，把東西放上去，又買了鍋碗瓢盆等家什和一些食材。來大順這麼久，她第一次當了個購物狂，花了好幾兩銀子。

大寶悄聲在陳阿福的耳邊說：「娘，咱們連一畝地都沒有呢！不能把錢全花了。」

陳阿福捏捏他的小手，悄聲說：「娘知道。」

回到家，陳名等得非常著急，看見陳阿福兩母子平安回來，才放下心。

一看到車伕幫著把那麼多東西搬下車，頓時有些頭暈。直到聽說菜譜賣了五十五兩銀子，眼裡才有了些笑意。

陳阿福要拿二十兩銀子給他，他堅決不要，說道：「妳還年輕，大寶又小，你們要多攢些錢買田地。」

陳阿福想著反正自己的也是他們的，以後一起發財；再說，自己放在空間裡更保險，於是便收了起來。

陳名看見只有灰灰回來，又問金燕子和七七去了哪裡，聽大寶講了街上的經歷後，吃驚道：「金寶真能把七七領回來？」

陳阿福對金燕子有充分的信心，笑道：「牠們在更遠的深山裡都被金寶領回來了，何況是在縣城。」

晚飯前，陳名讓陳大寶給大房送去一半香酥鴨。

大寶回來的時候小臉氣得通紅，憤憤說道：「姥爺，我把香酥鴨送去，大姥姥說咱家不知用什麼手段賺了錢，成天胡吃海喝的，不是滷肉就是大肉餃子，再不就是香酥鴨，把錢都浪費了，也不說感謝大姥爺和她的養育之恩，還讓姥爺跟三姥爺學呢！我跟她說香酥鴨不是買的，是別人送的，她還不相信。」

陳名氣得沈下臉，還是說道：「大姥姥說的，你就當沒聽見。太姥姥是長輩，大姥爺曾經幫過咱們，這些情咱要記著。」

陳阿福腹誹不已，那胡氏還真是極品到了滅絕師太的等級，向別人要東西要得這樣理直氣壯和不要臉。

她之前聽陳名和王氏聊天，大房的新院子是胡氏背著陳業和陳老太太，跟陳實哭著硬要的。陳實感念陳業，又知道陳業好面子，這話不好跟他講，只得咬牙給大房修了院子。之後，就再也沒回過村裡，連去年過年都沒回來。他不敢回來了，這話是陳實走之前跟陳名悄悄講的。

晚上，躺在床上的大寶念叨著。「娘，天都黑了，金寶怎麼還沒帶七七回來呀？」

陳阿福哄道：「睡吧！等明天睜開眼睛的時候，七七就回來了。」

半夜，陳阿福正在作夢，就被金燕子用翅尖撓醒了。明亮的月光透過小窗，看到金燕子的小綠豆眼賊亮賊亮的。

陳阿福驚喜道：「回來了？七七呢？」

金燕子小聲啾啾道：「七七已經回屋了，我來給媽咪送大禮。」

陳阿福一愣。「給我送什麼大禮啊？」

金燕子啾啾道：「我偷金大盜光顧壞人的家，當然得順手牽金了，這是意外之財，就當孝敬媽咪了。」

說著，一抖翅膀，從裡面掉出兩個大金錠子，沒等陳阿福說話，牠就飛去新院子歇息了。

陳阿福掂了掂金錠子，一個有二十兩，共四十兩金子，四百兩銀子了！她輕笑兩聲，把金子放進空間，樂得好久睡不著覺。

隔天一早，陳大寶睜開眼睛，真的聽見金寶、七七和灰灰的叫聲。他翻身起床，連衣裳都顧不得穿，就跑去新院子。

晨光下，七七的羽毛更加鮮豔奪目，大寶過去把牠抱在懷中直樂，勒得七七「嘎嘎」直叫。他還想去抓金燕子，但被牠躲開了，牠可不想受他沒輕沒重的蹂躪。

陳阿福在沒人的時候，悄悄問金燕子，若是那個男人發現七七跑了又破了財，會不會找到自家。

金燕子反問道：「誰說他家破財和七七跑了有關係？只要大寶不腦抽地抱著七七去縣城顯擺，他們是發現不了的。」

陳阿福聽了，才放下心來。

金燕子又問道：「媽咪，妳想不想掙錢？」

陳阿福一陣驚喜，小東西終於想通要幫自己掙錢了？她趕緊把牠捧在手心裡，高興地說道：「當然想了。」

金燕子伸長腦袋啾啾叫道：「那咱們帶著七七去省城或是京城，那裡遠，妳把七七賣個高價後，就趕緊往回趕，兩天後我再把七七帶回來。七七長得好，又會說話，肯定能賣得好價錢。」然後，一副妳看我多聰明，快表揚我吧的表情。

這是什麼鬼主意？這是犯罪！

陳阿福一陣失望，忙搖頭道：「君子愛財，取之有道，不能這麼賺錢。」

金燕子瞪了她一眼，嘀咕了一句。「媽咪是個假正經。」然後，一拍翅膀飛走了。

陳阿福的發財大計只能又暫時擱淺了。

時間一晃到了七月底，阿祿已經去府城半個月，應該要回來了。一到午時，陳名就會坐在樹下編筐簍，不時往東邊眺望，午睡也只進屋打個盹，又出來繼續眺望。直到夕陽西下，知道他們不會回來了，才失望地回屋。

陳阿福的心也提了起來，不時出來往東邊望望，連下午在村西頭遛鳥兼撿柴火的陳大寶，都會在回家前帶著七七和灰灰去東邊逛一圈。

隔日巳時初，陳阿福正在炕上做褥子，陳大寶在練習寫字，突然聽到坐在屋簷下的陳名問：「你們找誰？」

一個陌生男人的聲音高聲問：「請問陳大寶的家在哪裡？」

陳阿福往窗外一看，見一輛馬車停在門口，楊超正扶著車窗，伸出腦袋往外瞧。她心裡暗道：那楊大爺還真不客氣，自家跟他沒什麼深交，竟真讓他兒子來了？但來者是客，何況還是合作商的孩子。

她邊下炕邊對大寶說：「兒子，快，楊超來了。」

陳大寶聽了，趕緊放下筆跑出去，大聲叫道：「楊超哥哥。」

楊超下了車，咧著大嘴笑道：「大寶，我想你家灰灰了。」

陳名還在發愣，不知道外孫怎麼會認識富家少爺。

陳阿福出去迎客，並跟陳名介紹，這孩子是喜樂酒樓的少東家。陳名聽了，也趕緊起身相迎。

「貴客來了，快請進。」

陪楊超來的下人，手裡拎了兩條肉、四隻豬蹄、兩包糖果和一串葡萄。

看來，他們要在自家吃晌飯了。

陳大寶問：「怎麼沒看到茜妹妹呢？」

楊超道：「我爹不放心妹妹來，就讓我一個人來了。」又實誠地說：「若是我這次覺得好玩，下次就帶妹妹來。」

陳阿福讓大寶陪著他們去新院子裡玩，七七和灰灰正在那邊等小主人等得無聊，在架子上跳來跳去。此時，金燕子不在家，又去了山裡。

陳阿福給他們煮了山楂湯，又把葡萄洗淨了送過去後，就開始煮飯，陳名幫著燒火。

楊超看到灰灰和七七，喜歡得不行，尤其在看到七七時眼睛直冒光。「七七果真漂亮，跟我妹妹一樣好看。」

他摸了摸七七的毛又說：「我讓我爹爹去買了兩隻鸚鵡回來，可教了牠們好久都不會說話，比灰灰和七七差得遠了。」

陳大寶更得意了，說道：「七七，背個『杜康』。」

七七便搖頭叫道：「何以解憂，唯有杜康。」聲音跟陳名一樣。

灰灰也不甘示弱，跳著腳叫。「大寶要尿尿，大寶要尿尿。」聲音跟大寶一樣。

大寶紅了臉，楊超笑得肚子痛。

正玩著，小石頭來了，他是來送牛奶的。他家黃牛前天生了小牛犢，陳阿福聽說後，就去武家問了長根媳婦，待阿祿回來後，能不能每天去買點牛奶回來給他補身子。

長根媳婦嗔道：「哪是啥好東西，還需要買？我們家的人都不喜歡喝牛奶，不喜歡那股腥味，以後我讓小石頭每天給你們送些過去，那小子，可吃了妳家不少好東西。」

這兩天，每天上午小石頭都會送來一小葫蘆牛奶。

之後，陳大寶又領著楊超、小石頭和楊超的小廝，跑去村東面「遛」鳥——兩隻鳥在天上飛，三個人在地上追。

當幾個人回來時，都已大汗淋漓。

陳阿福早已準備好熱水，給楊超和大寶洗了澡，重新換上衣裳，又替小石頭把汗擦乾，留他在家吃晌飯。

晌飯不僅做了幾樣肉菜，還有油煎奶香南瓜餅，讓楊超大呼這裡的菜，比他家酒樓的還好吃，吃得小嘴油膩膩的。

陳阿福笑道：「喜歡就多來家裡玩，陳姨做給你吃。」

楊超不客氣地點頭道：「好，下次再把我妹子帶上。」又道：「陳姨，我妹妹最喜歡吃好吃的點心了，能不能帶點南瓜餅回去給她吃？」

陳阿福點頭笑道：「好。」

陳大寶大吃著紅燒肉，小石頭則不停地啃著豬蹄子。這兩小子，可過足了肉癮。

吃完飯，楊超還不想走，說想再玩一會兒，他捨不得大寶，更捨不得灰灰和七七，但之後還是被下人硬抱上了馬車。

陳阿福把一筐剛摘的新鮮菜蔬、一油紙包奶香南瓜餅拿上馬車。

鬧了一上午，陳名和大寶都有些疲憊，他們便上炕歇著。陳阿福則把廚房收拾整齊，又把剩下的一條肉抹上鹽，晾在屋簷下。

她剛做完這些，就看見一輛牛車往自家門口駛來，王氏和阿祿都在上面。

陳阿福興奮地大聲喊道：「爹，娘和阿祿回來了。」然後，急忙向門口跑去。

她把阿祿扶下車，又把車上的幾包東西拿下來。王氏把兩百文的車錢給了車伕，又讓大寶給車伕端了碗水喝，才把他送走。

阿祿已經能拄枴杖走路了。陳阿福捧著他的臉看了看，只見他更瘦了，顯得眼睛更大，酒窩更深，臉色也有些蒼白，但精神還好。

陳阿福輕輕揉了揉他的臉蛋，心疼地說：「阿祿終於回來了，姊姊這些天好想你。」

阿祿的小臉都羞紅了，小聲說道：「姊姊，我也想妳，想爹和大寶。」

幾人進了屋，先讓阿祿躺在炕上，給他擦汗，換了衣裳，再熱過飯菜給他們吃。

王氏邊吃邊簡單講述了府城之行。治病的過程還算順利，就是阿祿遭了大罪。傷勢恢復得非常好，連千金醫館的大夫都說恢復得比別人都要快。治病、買藥，還帶了二十幾包藥及十幾帖藥膏回來，總共花了十二兩五錢銀子。

王氏又說，他們這半個多月都住在陳實家，陳實一家幫了很多忙，王氏給他家五口一人買了塊綢子做衣裳，還把那兩個銀角子悄悄留在他家。

還說陳實家的日子遠不像其他人說的那麼好過，小院子極小，又節省，每天燉點肉只給阿祿吃，家裡的三個孩子都吃不上。陳實給大房修房子，還借了幾兩銀子，前幾個月才還清。陳實媳婦張氏，對胡氏一肚子怨言，說再也不願意回響鑼村了……

陳實好面子，之前跟陳老太太和陳業總是報喜不喜憂；掙了錢，也願意孝敬老娘和兩個哥哥，時常給家裡帶錢、帶東西。被胡氏痛宰一頓後，也顧不得面子了，由著張氏把老底說了出來。他們在府城做的是小生意，天天起早貪黑地忙碌，一個月掙不到十兩銀子，府城生活花銷大，又要供兩個兒子讀書……

幾人聽完，一陣唏噓。

王氏和阿祿歇息了一陣子後，才讓大寶去大房把陳老太太請來，順便再請陳業過來吃晚飯。

不一會兒工夫，陳老太太就跑來了，摟著陳阿祿又是一陣哭。

王氏把自己在府城買的一斤糖果和陳實買的點心拿給她。

接著陳老太太問了這次他們的花費，王氏老老實實說了十二兩銀子。

陳老太太吃了一驚。「你們怎麼有那麼多錢？」

陳名小聲道：「賣針線笸掙了些錢，阿福做針線包又掙了些錢。」

陳老太太看陳阿福的眼神更滿意了，說道：「阿福果真是能幹的。妳要記著，妳爹是怎麼把妳養大的，要一輩子孝敬他。」

陳阿福笑道：「奶奶放心，我一直記著呢！不僅要孝順我爹，還要孝順妳老人家。」

陳老太太更高興了，又囑咐道：「千萬別說你們做針線包掙了那麼多錢，也別說阿祿治病花了多少錢，胡氏那娘兒們，眼皮子淺。」

王氏又把陳實家的實際情況說了，陳老太太聽了也抹起眼淚。

陳老太太埋怨陳實，道：「那傻孩子，自己日子也不算好過，幹麼要給我們修那麼大個院子啊！」

王氏忍了忍，沒敢把胡氏偷著哭要房子的事情說出來。

正說著，陳業、胡氏、陳大虎和陳大丫來了。

胡氏還沒進屋，就高聲說道：「喲，你們掙了多少錢，不年不節，屋簷下還吊了這麼大一條肉？」進了廚房，看到案上擺著剩下的小半盆豬蹄子湯和兩小碗剩菜，又叫道：「還煮了這麼多肉，你們是哪裡來的錢？」

陳阿福解釋道：「這些肉不是我們買的，今天上午楊少爺來家裡玩，他們帶來的。」

陳名說了小楊少爺是喜樂酒樓的少東家，跟陳大寶玩得好，然後也不理胡氏的好奇，直接跟陳業說起阿祿的治療情況。

飯後，他們離去時，王氏把自己和陳實買的點心，拿給大房他們。

胡氏看著點心，一臉的不可思議，問道：「三叔不會只給我們送這一包點心吧？」

王氏的臉都氣紅了，大聲說道：「若是大嫂不相信，等三叔回來自己問他，我還不至於貪別人給你們的東西。」

陳業罵著胡氏。「妳怎麼回事，會不會說話，真是越來越糊塗了。剛才三弟妹不是說了，我三弟家的日子也不好過。」

胡氏嘀咕道：「再不好過，也比咱們鄉下好過多了。」

陳老太太也不給她留面子了，罵道：「整天向小叔子要東西，只有妳這個嫂子幹得出來。三兒也只給我帶了一包點心，難道他對妳的孝敬要超過老娘？」

胡氏沒再言語，但看她的臉色，還是不相信陳實只給她帶一包點心。

為了讓陳阿祿的傷養得快一些，陳阿福替他制定了營養餐，早上必須喝牛奶，中午、晚上骨頭湯不間斷，瘦肉和豬肝換著吃，還讓他多在外面曬太陽。

每天王氏去買肉，人家一羨慕她家的日子好過，王氏便會說：「買得少，給阿祿補身子。」

幾日後的下午，小石頭跑來了，他說：「福姨，妳家的家具都做好了，我爹和二叔馬上送過來。」然後，就跑去村西頭找遛鳥兼撿柴火的陳大寶玩去了。

陳阿福聽了一喜，趕緊和王氏一起到新院子把大門打開，陳名和拄著枴杖的阿祿也跟過來看。

武長根和武長生趕著牛車來了，頭兩趟拉的是大家具，他們把家具抬進屋，又按陳阿福的要求擺放好。

家具一擺上，屋子就像一個家了。

看著自己的新家，陳阿福笑得眉眼彎彎。茅舍陋室，也是自己的家了。

擺完後陳阿福才發現，炕桌的側面雕了花紋。她指著炕桌問道：「武大哥、武二哥，你們是不是送錯了？」

武長根一看，也覺得是送錯了。

武長生咧著白牙笑道：「沒送錯，這幾個花紋是我特意刻上的。」

那些花紋是連枝梅花，有了這些小花的裝飾，整個小几好看多了。

陳阿福極喜歡，笑道：「謝謝武二哥，你花了工夫，我還是該把工錢補上。」

武長生忙擺手道：「阿福妹子客氣了，那點花紋我沒費什麼工夫，不用給錢，只要妳喜歡就好……哦！我是說，小石頭經常吃妳家的東西，我多刻點花紋也是應該的。」

武長根也趕緊說道：「是啊！是啊！阿福不要客氣。」

牛車第三趟拉的是凳子、桶盆等小件，武木匠也跟著來了。

陳阿福把錢交給了他，一兩銀子五串大錢，笑道：「謝謝武大伯了，這些家什非常好。」

武木匠拿到錢，笑咪咪地說：「阿福喜歡就好，以後要做家什，再來武大伯家，大伯還給妳算便宜些。」他跟陳名說了幾句話後，就走了。

武長根跟著他，武長生卻還站在那裡沒動。

武木匠回頭吼道：「臭小子，家裡還有那麼多活計，你不趕緊回去幹活，愣在那兒幹啥？」

武長生一聽，黑臉不由得紅了，趕緊答應一聲，對陳阿福說：「阿福妹子有事就去我家說一聲，或者跟小石頭說一聲也行。小石頭跟大寶玩得好，所以，嘿嘿……」

沒等陳阿福說話，他拔腿就跑了。

陳阿福感到有些好笑，那黑臉小青年是對自己有意思？若是在本村的小農民中考慮，陳阿福真心覺得武長生是個好人選，但他家的條件太好了些。

武長生剛才的失態不只陳阿福看到，王氏和陳名也看到了。

王氏遮掩不住眼裡的笑意，同陳阿福一起把新房子收拾妥當，悄聲對她笑道：「娘看長生對妳有點意思，阿福覺得呢？長生是個好後生，長得好，又有手藝。」

陳阿福笑道：「娘，妳沒看到武老伯的臉色？」

王氏想想武木匠的黑臉，頓時失望得不行。

陳阿福勸道：「娘，我病才好，這事還不急。」

陳名也說道：「阿福說得對，長生的條件太好了，他家裡是不會同意他當上門女婿的。阿福長得俊，又聰慧能幹，不愁找不到好後生。最好找那種自身條件好，但家裡窮些的後生。」

陳阿福點頭，陳名說的是實情，武長生不錯，卻不是自己能妄想的。

第六章

七月二十八日，宜搬家。

這天吃過早飯，陳名一家開始把鍋碗瓢盆及被褥、衣裳都搬去陳阿福的新房子。

這一天，也算陳阿福母子開始定居單獨過日子了。

陳名和王氏雖然嘴上笑著，眼圈卻是紅的，阿祿更直接，已經抹起了眼淚。

陳阿福笑著把阿祿摟進懷裡說：「傻弟弟，姊姊又不是嫁人離開家，咱們住得這麼近，還會在一起吃飯。姊姊的家，也是你的家，你想過來就過來，就像姊姊來這邊一樣啊！」她的話也是說給陳名和王氏聽的。

陳大寶更會說：「小舅舅，你要這麼想，不是我和我娘搬新家了，而是咱們家又多出了幾間新屋子；若是小舅舅想過來住更好，你住西屋，跟金寶牠們作伴。」

陳阿祿聽了破涕為笑，陳名和王氏也笑起來。

晌午，陳阿福家吃開伙飯，她本來誰都不想請，陳名的意思還是把陳老太太請來，讓新家多點人氣，也讓老太太高興高興，知道孫女心裡有她。

這次不請大房，胡氏也不會生氣，因為凡是吃開伙飯，都是要送禮的。

陳名還特地跟老太太說了，阿福搬家的事不要跟陳業說，否則陳業定會讓胡氏買賀禮。

胡氏不買東西說話都不好聽了，若是花錢買了東西更不會有好話。畢竟搬家是喜事，他們不想生氣。

陳老太太送了四個粗瓷大碗，還說不知阿貴和高氏怎麼知道阿福今天搬家，阿貴悄悄讓她帶來一個瓷湯盆，恭賀陳阿福。

老太太原本高高興興的，進屋一看滿屋的新家具，臉色便沈了下來，大聲說道：「哎喲，買這麼多新家什，那得花多少錢啊！阿福，妳爹娘養妳不容易，他們過得那麼艱難，家什都是破破爛爛的，妳怎忍心買這麼好的家什？即使買了，也應該先給妳爹娘用才是啊！怎麼一點孝心都沒有。」

陳名趕緊解釋道：「娘，妳誤會阿福了，買家什的錢都是阿福自己掙的，她還給了我一些，讓我過好日子；可我不想馬上花光，一部分給阿祿治腿，還留了一些給阿祿讀書。阿祿聰明得緊，腿好後就送他去私塾。」

老太太聽了，才沒有再多說什麼，但臉色始終不太好看，覺得陳阿福買了好家什，就是應該先給自己兒子用。

陳阿福十分無奈，但看在陳名的面子上，不想跟老太太計較。

晌午做了六菜一湯，取六六大順的意思。

陳老太太看到這麼豐富的一桌，又有些心疼，總覺得陳阿福的日子比自己兒子過得好。菜剛擺上桌，就聽到敲門聲，是長根媳婦帶著小石頭來了。

小石頭還有個哥哥武木，年僅九歲，在上水村的私塾唸書。

長根媳婦笑道：「聽小石頭說你們今天搬家，我們娘兒兩個就不請自來了，可別笑話我們嘴饞。」

她還拿了一個木桶和兩副筷子當賀禮。

長根媳婦跟王氏和陳阿福要好，陳阿福一家人都非常歡迎他們。

長根媳婦吃著菜說：「怪不得小石頭經常說阿福妹子做菜好吃，果真如此。」

陳名問了長根媳婦一些上水私塾的事，等阿祿的病好了，也想去那裡上學。

附近三個村，只有上水村有家私塾，是棠園的主子出錢辦的。上水私塾不僅離得近，一刻多鐘就能走到，聽說教書先生的學問也十分不錯。

長根媳婦得意地說：「私塾的蔣先生是秀才，學問極好，當年還考了縣案首，只不過運氣不好，後來摔斷腿成了瘸子，才不能繼續科考。十幾年前，楚大爺的娘，楚夫人出錢讓羅管事辦起這家私塾，讓人把蔣先生請來。」

看陳家人都有些愣神，她又道：「棠園是楚夫人的嫁妝莊子，棠園的羅管事就是楚夫人從娘家帶來的陪房。雖然沒聽說楚夫人來過棠園，但楚大爺偶爾會來一趟住兩天，聽說還會過問私塾的事呢……只不過，上水村的孩子讀書要便宜些，其他村的人讀書就要多點錢。」

武家人很為自家認識羅管事和知道棠園一些事而自豪。

陳老太太卻道：「都說上水私塾好，我卻覺得不怎樣。我家阿貴在那裡讀了好幾年書，他老子花了那麼多錢，還不是沒讀出個名堂來。」

聽了陳老太太的話，大家都不好多說，這哪裡是人家先生教得不好，明明是陳阿貴讀不進去。

陳名笑道：「過幾個月阿祿的腿徹底好了，就去上水私塾讀書，能讀得好考個秀才最好，實在考不上，總得識文斷字。」看到大寶期盼的眼神，又笑道：「大寶太小了，等明年滿五歲再去。」

長根媳婦又笑道：「正好，我家小石頭明年六歲，也該去上學了，到時候他們能做個伴。」

陳老太太又好奇地問：「聽說那棠園主子出身京城大家，到底是怎樣的大家？」

長根媳婦搖頭道：「具體怎樣我也不清楚，只聽我公爹說，楚家是京城的世家大族，忒有權勢。楚夫人的娘家姓羅，是省城的大官家。」

幾人又說了幾句閒話，待時間差不多了，客人們才陸續離開。

陳名一家三口，晚飯也是在新院子這邊吃，把中午的剩菜都吃乾淨了。他們商量，以後兩家人還是一起吃飯，在老房子吃。陳阿福還說，他們母子每月交兩百文的搭伙費。

王氏不同意，說道：「哪有閨女回家吃飯還收搭伙費的理；再說，妳經常買肉、買菜，用的銀子興許比我們還多。」

陳名也說道：「是啊！妳還孝敬了爹娘那麼多銀子，我們不缺錢。」

陳阿福搖頭笑道：「規矩先講好，以後才不亂。」

當天黑透了，星星布滿天際，陳名三人才起身回舊院子。

陳阿福把他們送回舊院子，再把小門關上，她又環視了一圈小院子。

星光下，這個院子很小，被枝繁葉茂的大樹擋住一小半，更顯得逼仄。黃黃的土牆，黃黃的茅草頂，還有窗內透出的昏黃燈光——這就是自己的家，哪怕再小、再簡陋，也是遮風擋雨的地方。

此時，陳大寶正瞪圓了眼睛，抬頭看著陳阿福，星光落入他的眼底，眸子也變得璀璨起來。

他喃喃說道：「娘親，現在只剩我們兩個人了。」

陳阿福笑著把他抱起來，親了親他的小臉道：「嗯，是的。」

大寶摟著她的脖子，對著她的耳朵說：「娘親，我們兩人以後要一直這樣相依為命，永遠不分家。」

「嗯。」陳阿福答應道。

「不管怎樣，我們永遠不分開。我不願意像姥爺一樣，跟他的娘親分開過，娘要答應我。」他的小臉一本正經。

「好，我答應你。」陳阿福允諾道。

得到娘親鄭重的允諾，陳大寶笑得比天上的星河還燦爛。

稍晚，陳阿福在廚房替大寶洗澡，把他抱去炕上後，囑咐道：「就待在炕上，不許下來。」

小正太點頭道：「兒子不出去，出去了長針眼。」

陳阿福在大木盆裡加上溫熱水，痛痛快快洗了澡。雖然不是理想中的大浴盆，但她已經倍感舒服，這是她穿越過來後洗澡洗得最痛快的一次。

炕上鋪的是新褥子，蓬蓬鬆鬆，又有好聞的棉花味，大寶正翹著小屁股貪婪地聞著褥子。

陳阿福上炕後，也把頭埋在褥子裡聞了好一會兒，原本一直環繞在鼻間的尿騷味終於沒有了。

這床褥子早就做好了，可大寶一直不許她拿出來用，他堅持要搬來新房子才能用新褥子。

身處新房子裡，坐在新褥子上，母子倆都很興奮，很晚才睡覺。

半夜，突然電閃雷鳴，下起了瓢潑大雨，陳大寶嚇得鑽進陳阿福的懷裡。迷迷糊糊中，陳阿福的心都是揪著的，金燕子、七七和灰灰都還沒回家。

睡夢中，陳阿福覺得有人在撓她臉，以為是大寶，用手揮了揮，說：「別鬧。」

金燕子小聲說：「是我，我回來了，還給妳帶回來個小保鏢，免得妳時時離不開人家。」

陳阿福睜開眼睛，心想牠帶回來的保鏢，不知道又是林子裡的什麼東西，趕緊說道：「嚇人的東西別往我家帶。」

陳阿福翻身起來，把小油燈點上，看金燕子像隻落湯雞，羽毛還不住地往下滴水，她趕緊把牠捧出炕沿，問道：「什麼保鏢？」

金燕子道：「是林子裡最厲害的野狗之子，牠娘跟老虎打了半天架，才被老虎吃了，我把牠從老虎嘴裡搶了過來，別看牠現在小，長大了可厲害。」

原來是隻小狗，這還能接受。

陳阿福從窗戶伸出頭去，隱約看見繩子另一端綁著一隻小狗。小狗渾身濕透了，被繩子吊著兩隻腳，腦袋懸在下方，整個身子是懸著的，像是已經死了。

陳阿福忙伸手把小狗拉進屋裡，拿起炕上的一塊布將牠包起來。「哎喲，這隻小狗都快被你折騰死了，你就這麼把牠從山裡叼回來的？」

金燕子啾啾叫道：「媽咪放心，牠死不了，弄進空間待兩刻鐘就能活過來。」說著，便進入空間。

陳阿福見大寶睡得沈，也抱著小狗進了空間。她把小狗的毛擦乾，發現這是一條灰白相間的小狗，大概有三、四個月大，或許是連凍帶嚇，渾身冰涼，還有些抽搐。

一刻多鐘後，小狗身上恢復了些許溫度，腦袋動了動，又小聲叫了兩聲，但聲音不像一般狗汪汪叫，也不像狼的嗥叫，有些像前世聽到的哈士奇，再一細看，還真的有些像。

「金寶，若是你弄條哈士奇回來，那玩笑可開大了。」

金燕子一直躺在地上，一雙翅膀也是展開的，牠有氣無力地說：「放心，牠不是，牠不只厲害，還聰明得緊。媽咪把牠抱出去吧！人家叼牠回來好累。」

陳阿福之前一直注意著小狗，這時看到癱在地上的金燕子，有些不好意思，摸了摸牠的小腦袋說：「金寶，謝謝你，為了給我找保鏢，讓你這麼辛苦。」

金燕子啾啾說道：「唉，遇上妳這樣的笨主人，人家實在沒有辦法。」

陳阿福汗顏地呵呵笑了兩聲，把小狗抱起來，出了空間。她先去廚房替小狗洗澡，又拿了個籃子把牠放進去，給牠蓋了件大寶小時候的破衣裳，接著她才悠悠入睡。

清晨時分，陳阿福是在陳大寶的驚叫聲中清醒過來的。

「娘，咱們家怎麼來了一隻小狗？」陳大寶瞪著地上的小籃子問。

「是夜裡金寶帶回來的，說以後給咱們看家。」

那隻小狗已經醒了，正睜著茫然的眼睛看他們，一看到陳大寶向牠走過來，一下子警戒起來，站直了身體不說，耳朵也立了起來；雖然沒叫，但看著比那些吼叫的狗還威嚴，一掃夜裡半死不活的慫樣。

大寶見牠這樣，嚇得站住不敢動了。

陳阿福看小狗的樣子，也有些發愣，這麼高傲又威嚴的狗，她還是第一次看見，這絕對不是哈士奇。她又仔細看了看牠，心裡便有些了然，猜測牠或許有狗的血統，但已經不知道是幾分之幾了。

她走過去蹲下看著牠，小狗的警戒居然一下子放鬆下來，在喉嚨裡嗚咽兩聲，伸出舌頭舔她的手，眼睛裡露出的是無限依戀。

陳阿福當然知道自己沒有這個魅力，八成是她身上燕沉香的功勞。人聞不出來，但嗅覺靈敏的動物卻能聞出來。她在七七和灰灰身上就發現了這個端倪，是以牠們兩個總是喜愛親近她。

「這是大寶哥哥，不許對他凶。」她把小狗抱起來，然後放進大寶的懷裡。

小狗果真老實下來，在大寶身上聞了聞，伸出舌頭舔他的手，像是認主人一樣。

陳大寶抱著小狗笑彎了眼，說道：「娘，我喜歡，咱們給牠取個名字吧！」

陳阿福道：「就叫追風吧！追著風跑，多快。」

外面的雨已經停了，屋簷還不停地滴著雨，院子裡落滿了樹葉。陳阿福把院子清掃過後，帶著大寶去舊院子吃早飯，大寶把追風也抱了過去。

陳名笑道：「先前還跟妳大伯說，他家的狗生了小崽要一隻過來，沒想到金寶還有本事先弄來一隻。」

阿祿道：「大伯家的狗生了崽，咱家還是要一隻，看守咱們這邊的院子。」

王氏笑道：「阿祿喜歡，咱就再養一隻。」

大寶把追風放在炕上，陳阿福撫著牠脖子說：「這是咱們的家人，不許對他們凶。」

追風在嗓子裡嗚咽著，閉了閉眼睛，極是享受。
陳名看清狗的長相時，說話就有些結巴起來。「這……這小狗長得怎麼有些像狼呢？」
陳阿福道：「不是純狼，或許是狼狗。」
正說著，金燕子從窗外飛了進來。
追風一見金燕子，嚇得全身都抖了起來。剛張嘴嚎了一聲，一看金燕子的眼刀射過來，大嘴趕緊閉上，鑽進陳阿福的懷裡怎麼都不肯出來。
陳阿福心道：也不知道金燕子昨夜怎麼折磨牠了，致使牠嚇成這樣。
陳名則哈哈笑道：「看牠這慫樣，的確不是狼。」
追風生長在殘酷的自然環境中，一點都不嬌氣。幾天後，牠就跟陳家所有人熟悉起來，討每一個人的喜歡，除了金燕子。
七七和灰灰也跟追風玩得好，竟然還學會牠特殊的號叫聲，不僅讓陳家人大呼不可思議，連追風都聽得表情懵懂。兩隻鳥兒嗷嗷一叫，追風的眼睛就直直地看著牠們，要愣上半天才反應得過來。
一到八月，就開始收稻子了。村東邊是大片稻田，此時正是忙碌的時候，陳阿福便不許陳大寶這段時間帶著七七和灰灰、追風去那裡玩。
陳大寶上午、下午就帶著牠們去村西頭遛。
這天上晌，大寶還在寫字，陳阿福剛澆完地回來，就看見小石頭一手拿著一個裝牛奶的葫蘆，一手拖著一個小鳥籠和一個特大鳥籠來了，很吃力的樣子。

他說：「福姨，這是我二叔給七七和灰灰做的房子。」

兩個鳥籠做得很精緻，裡面還有用木頭做的小碗，手藝都快趕得上篾匠了。

陳阿福眼前晃過那張黑黑的臉和白白的牙，還有武木匠的大嗓門。

好像……收他的東西不太好。

陳阿福笑道：「七七和灰灰沒有籠子，也不會亂跑……」

蹲在窗戶上的金燕子啾啾叫起來。「媽咪快收下，七七和灰灰不住，可以給別的鳥住。」

陳阿福聽了，只得接過來，笑道：「真漂亮，謝謝。」又拿了幾顆飴糖給小石頭吃。

直到陳大寶學夠一個時辰了，兩個孩子才準備帶著三鳥一狗出去玩。

今天金燕子也一起去，追風做了半天思想鬥爭，還是不敢跟著去，望著牠們的背影嗚咽了好一會兒。

晌午，陳大寶回來的時候，表情很憂傷，捧著金燕子滿臉不捨，他對陳阿福說道：「娘親，我今天看見好多大雁和燕子都排著隊從北邊往南飛，金寶也會飛去南邊嗎？」

陳阿福把大寶抱起來說道：「嗯，金寶也會飛去南方。」

她前些日子就聽金燕子說過，牠每年的八月五日就必須進空間，要等到來年的二月底才能出空間。牠進空間倒不是因為怕吃不到活蟲餓肚子，而是慣例。金燕子再逆天，也不可能冬天待在外面過。

陳阿福看到大寶眼圈都紅了，又說：「大寶不難過，明年春天，金寶又會飛回來。」

大寶難過道：「若是金寶找不到回家的路怎麼辦？」

「不會，咱們家金寶是最聰明的燕子，無論牠去了哪裡，都找得到回家的路。」陳阿福說道。

金燕子也憂傷地啾啾叫著。「還有三天，人家只能在外面玩三天，就要待在空間裡，等到明年春暖花開才能出來了。」

陳阿福心裡更憂傷，金燕子不在外面，自家的武力值太弱；追風又小，還當不上大用，即使長大了，現在也還不知道牠有多厲害。

下午，陳阿福和王氏一起去鎮上，買了些糯米、肉和香菇等食材，要給金燕子做糯米丸子，又買了許多棉花和細布，準備給陳名三人做棉襖、棉褲，還要給阿祿做床新被褥。

八月五日，是金燕子今年在外面的最後一天，今天夜裡子時之前牠就必須進入空間。從早上起，牠就十分不自在，哪裡也沒去，貼在陳大寶的衣襟上哼哼唧唧耍賴。

陳大寶見牠這樣，也沒有心思學習了。

陳阿福對大寶說：「你今天上午就別學習了，帶著金寶、七七、灰灰和追風去外面玩玩吧！金寶去南方後，你也不要再出去遛鳥了，怕壞人打七七和灰灰的主意。」接著，她又對金燕子說：「金寶，今天我再給你做珍珠丸子，記得回家吃飯。」

陳大寶把金燕子抓在手裡，帶著七七和灰灰跑出家門。

陳阿福見追風想去又不敢，便勸道：「去吧！金寶在天上飛，打不到你的，不是還有大寶哥哥嗎？他不會讓金寶欺負你。」

追風聽了，邁著四腳追了出去。追風今後厲不厲害，陳阿福不知道，但牠奔跑的速度絕對快，真趕得上風了。

今天陽光格外燦爛，遼闊的天空碧藍如洗。

陳大寶帶著牠們去了村西頭，鳥鳴狗嚎，鬧得極是歡暢。突然看見金燕子一拐彎，往東邊飛去，七七和灰灰也追隨而去。

陳大寶邊追邊大叫道：「不要往那邊去，那裡正在收稻子。」

無論陳大寶怎麼叫，金燕子都不聽，他只得帶著追風跟著跑去。

地裡的一個老農抬起頭笑道：「還說陳家二房的大寶聰明，哪裡聰明了？就像他那個傻子娘，竟還跟鳥說話。」

金燕子領著七七和灰灰直接飛去了棠園，轉眼就消失了蹤影。

陳大寶追到棠園門口，看到緊閉的朱色大門，不敢去敲門。他聽人說，棠園主子是惹不起的貴人，討他們嫌是要被打的。追風緊緊貼著小主人的腿站著，汪汪直叫。

他等了大概一刻多鐘，想著是不是該鼓起勇氣去敲門的時候，金燕子又帶著七七和灰灰飛出來了。

大寶興奮地叫道：「金寶、七七、灰灰，怎麼亂跑呢？快過來，咱們該回家了。」

牠們三個落了下來，金燕子緊貼在大寶的衣襟上，七七和灰灰站在他的肩膀上。

陳大寶剛想轉身回家，就看見那扇緊閉的朱色大門打開了，從裡面走出來幾個人，其中一個小女孩和一個拿著拂塵的尼姑最引人注目。

小女孩穿著淺緋色提花錦緞襦裙，梳著小包包頭，包包頭上繫著兩條紅色絲帶。漂亮的小臉上沒有任何表情，眼睛也是木愣愣的，仔細看，才能在她的眼裡捕捉到一絲平時看不到的急切。

正是那天陳大寶在紅林山上遇到的漂亮小女孩。

楚含嫣怯怯地走出大門，呆呆地看著金燕子說道：「鳥鳥——別飛，鳥鳥——別飛……」聲音軟糯，平緩極慢，像是跟金燕子說話，又像是自言自語。

陳大寶一看是這個漂亮妹妹，連腿都邁不動了。他不只喜歡這個妹妹的漂亮，更喜歡她眼裡如溪水一般的清澈，跟當初自己的娘親一模一樣。別人說那是癡呆，可他卻固執地認為那是清澈，因為他看得出來這種眼神，跟其他傻子的癡呆都不一樣。

在他的意識裡，覺得有這種眼神的人，都是良善、美麗的，將來會變得無比聰慧，就跟他的娘親一樣，他愣愣地站在那裡看著她。

楚含嫣的心裡、眼裡只有金燕子，直直地看著牠，朝著牠一小步、一小步地緩慢往前挪，兩隻手的小胖指頭扭在一起，嘴裡還說著。「鳥鳥——別飛，鳥鳥——別飛……」

當楚含嫣挪步到陳大寶的面前時，金燕子便飛到她的手上，對她笑著，賣力地展示著自己的魅力。

金燕子把小綠豆眼笑得更彎，兩邊嘴角上揚的幅度更大，尖嘴裡的小粉舌頭還不停地顫動，啾啾叫著。「妹妹好漂亮，呀呀呀，妹妹好漂亮……」

別人雖然聽不懂牠的話，雙腿卻快被牠的呢喃聲叫軟了。

楚含嫣的臉上有了一絲笑意，軟糯說道：「鳥鳥——笑了，鳥鳥——笑了……」

大寶一看漂亮妹妹喜歡金寶就忘乎所以了，得意地介紹道：「牠叫金寶，是我弟弟，不只會笑，聲音也極好聽，還會認路。」又指著肩膀上的七七和灰灰，還有地上的追風說：「這是七七，這是灰灰，牠們會說話，還會背詩。這是追風，跑得像風一樣快。」

楚含嫣的目光，緩緩從金燕子身上移到大寶臉上，停留了一下下，又轉回去，繼續看著金燕子，依然說著那幾個字。「鳥鳥——笑了，鳥鳥——笑了……」

一直對自己魅力有充分自信的陳大寶有些挫敗，他如此賣萌，竟然還是比不上金寶。他不知道的是，他已經創造奇蹟了，旁邊的幾個大人都激動得不能自持……

陳阿福和王氏把飯菜端到桌子上時，還不見大寶回來。

陳阿福正準備去找他的時候，卻看見一個四十多歲、穿綢緞長袍、甚是高大的男人來到籬笆門外，問道：「這是陳大寶的家嗎？」

陳阿福趕緊迎上前去說：「是，請問你……老爺有什麼事？」

那個男人看到陳阿福愣了愣。他偶爾也會來響鑼村走一走，卻沒見過這麼出色的小娘子，這個模樣和風韻，都能比得上府裡那些主子了。再看看這個破敗的農家小院，就是在響鑼村裡，也屬於窮的。

想不到這個赤貧之家，能養出這樣水靈的閨女，還有那個長相出眾、人小鬼大的陳大寶，甚至他家的鳥兒和小狗都與眾不同。

男人有些好奇，問道：「妳是陳大寶的姊姊？」

陳阿福說道：「不，我是大寶的娘，是我家大寶闖禍了嗎？」

男人又愣了愣，一臉的不可思議，之後趕緊收起眼裡的疑惑，忙說：「哦！沒有。我是棠園的羅管事，大寶正在棠園陪我家姊兒玩耍。我家姊兒高興，留他在棠園吃飯。大寶讓我過來跟他娘說一聲，讓家裡人別著急，他下午就回來。」

「原來是去了你們棠園。」陳阿福笑道：「我家大寶歲數小，若有衝撞之處，還請羅管事和你家姊兒海涵。」

羅管事忙道：「沒有，大寶那孩子非常懂事，我家主子很喜歡他。」說完就走了。

陳阿福心裡犯著嘀咕，回屋見一家人都極擔憂。

陳名站起來說道：「我去棠園看看。」

陳阿福忙道：「爹放心，大寶機靈，不會有事的。不是還有金寶在嗎？若是有事，牠會回來遞信兒。」

話雖這樣說，她心裡卻想著：即使大寶無事，也不知道七七和灰灰還能不能保住，真是後悔不迭。

其他幾人也是這麼想的，嘆著氣吃了飯。

大概到了未時，終於聽到遠處傳來灰灰和七七的大嗓門，又聽見陳名的聲音道：「大寶回來了。」

陳阿福急步來到舊院子，看見大寶、兩隻鳥和一隻狗都回來了，唯獨少了金燕子的身影。

「金寶呢？是被棠園強留下了嗎？」陳阿福急道。

陳大寶說：「沒有，金寶也出來了，不過我們一出棠園，牠就往西邊飛去，肯定又去林子裡玩了。」

他把手裡的兩包東西遞給王氏，抱著陳阿福的腰說：「娘親，我又看見那個漂亮妹妹了，就是那個說金寶會笑的妹妹，她的名字叫嫣姊兒。原來，棠園就是她家的別院……她家裡還有一個尼姑，那些人都叫她了塵住持……了塵住持雖然是出家人，卻好像是嫣兒妹妹的長輩……」

大寶將他去棠園的過程講述了一遍。由於他不忍心看到漂亮妹妹難過，棠園的人又非常熱情，特別是那位尼姑特別慈祥，他便帶著三鳥一狗去棠園裡做客。金燕子陪著嫣姊兒玩，大寶就在一旁跟七七、灰灰玩。因為棠園裡的人怕追風嚇著嫣姊兒，所以他一直把追風抱在懷裡。

偶爾，嫣姊兒的眼神還能轉向大寶和七七他們，可一下子又會回到金燕子身上。哪怕只有一下下，大寶都會充分展示自己的個人魅力和狂刷存在感，逮著機會跟小女孩套近乎，讓一旁的大人喜不自禁。

吃過晌飯後，嫣姊兒也不午睡，還是目不轉睛地看著金燕子。金燕子笑久了，早累了，開始不耐煩起來。

大寶跟金燕子待久了，早已摸透牠的習性，聽見牠的叫聲開始像麻雀，就知道牠不耐煩了，起身說道：「我們該回家了，我還得去撿柴火。」

嫣姊兒一聽，立時哭了起來。

就有人說，乾脆花重金把這隻燕子買下來，一直陪著姊兒玩；又有人出主意，連那兩隻鸚鵡一起買下來，姊兒會更喜歡。

他們哄著大寶說：「把這三隻鳥兒賣給我家姊兒吧！多給你家一些銀子，你家就能買田買地、住大房子了，還能天天吃肉、穿綢子衣裳。」

陳大寶連忙搖頭說：「金寶、七七、灰灰都是我弟弟，我不能賣牠們；再說，金寶也快去南方了，你們留也留不了多久。」

一聽有人說要買牠，金燕子就飛上天空，七七和灰灰也緊隨牠飛了起來。

看到飛上天空的三隻鳥兒，嫣姊兒哭得更凶了，這些人都束手無策。有一個婆子說只要把陳大寶留在棠園，就不怕那三隻鳥跑了，乾脆把大寶一起買下。

陳大寶一聽居然要買自己，都嚇哭了，抹淚說道：「我要回家，我要跟我娘在一起。求求你們了，別讓我留在這裡，我娘沒有我會活不下去的。我們村裡的人都說我聰慧，將來能考上舉人、進士，考上了就能給我娘和姥爺、姥姥撐腰，當了奴才，就不能科考了……嗚嗚嗚……」

他的哭聲讓那三隻鳥兒一個俯衝下來，盤旋在這些人的頭上，「嘎嘎」大叫著。

了塵住持沈下臉，雙手合十說道：「阿彌陀佛，凡事講求緣分，切莫強人所難。陳小施主能讓這些鳥兒陪伴嫣兒這麼長時間，又對嫣兒心存善念，這是他宅心仁厚，你們怎麼能這樣回報他的一番好意！萬莫恃強凌弱，更不能欺負一個孩子……」

那些人嚇得連連告罪，了塵住持又對大寶說：「小施主莫怕，他們不會強買你家的鳥兒，更不會強買你。謝謝你陪嫣兒玩了這麼久，你是她的第一個好朋友，她非常喜歡你，貧尼還是第一次看見她能跟一個外人相處這麼久……」

陳大寶臨走時，了塵住持還讓一個丫鬟拿了一包點心、四支筆和兩條墨送給他，讓他明天再來陪嫣兒玩。

見陳大寶不敢要東西，了塵住持笑道：「你是嫣兒的第一個好朋友，朋友之間不需要那麼客氣。」

全家人都是一陣後怕，那些人不僅想買金寶、七七、灰灰，還想買大寶，在古代，小老百姓活得真不容易。

陳阿福心痛地把大寶抱起來，輕輕親了他的小臉一下說：「無事了，大寶回家了。」

她想到那個慈悲的了塵住持，之前在影雪庵賣針線包的時候，聽那幾個攤販說八卦，提到了塵住持懂醫術，又慈悲，經常幫窮人看病。

那天，那個「英雄」對小女孩說「去看望祖母」，王氏又曾經說過影雪庵的住持出身大戶之家……會不會，她就是影雪庵裡的那位，也是小女孩的親祖母？

陳阿福很為自己的大膽猜測震驚，待回了東屋，對他們說出自己的猜測。

王氏若有所思，說影雪庵住持的法號的確叫了塵，但是不是棠園裡的這位就不知道了。她回憶說，了塵住持大概是九年前在影雪庵出家。影雪庵本來很小，裡面只有三個姑子，待了塵去了以後，擴大了庵堂，姑子才多起來。她的家人還把庵堂的後花園建得極好，花重金移植了數十株百年玉蘭樹，又建了一座梅園，吸引許多大戶人家的女眷前往上香和踏青，庵裡的香火才慢慢興旺起來。

王氏之所以對影雪庵那麼熟悉，也是她病急亂投醫，她不願意讓小阿福一直傻下去，不僅一直在給小阿福看病吃藥、找偏方，還常常去靈隱寺拜菩薩，偶爾也會去靠近靈隱寺的影雪庵。

「娘見過了塵住持？」陳阿福吃驚道。

「不只娘見過，阿福也見過。妳七歲的時候，娘還帶著妳去影雪庵，請了塵住持給妳看病。她說她的醫術有限，治不好妳的病，臨走時還拿了幾塊素點給妳吃。那了塵住持真真菩薩心腸，性情極好，長得也好。她當初看阿福的眼神，我到現在還記得，沒有一點嫌棄，有的只是疼惜。唉，不知道這麼好的女人，怎麼就……」王氏沒有繼續說下去，而是長長嘆了一口氣。

還真是一位慈悲的出家人。若她們真是同一人，又是什麼際遇，讓已經有了兒子的富貴人家，選擇出家當尼姑？而且，即使出家了，還被俗事牽絆著。

陳名道：「豪門大戶裡的隱私多得緊，那些見不得人的事，都是我們這些小老百姓想不到的。大寶記著，以後不要再去那邊玩了。」

王氏似乎想到了什麼，望了陳名一眼，低頭抿嘴笑起來。

陳大寶點點頭說：「好。那個了塵住持好慈悲，兒子很喜歡她呢！也喜歡嫣兒妹妹，她好可憐，哭都不出聲，只是大滴大滴的淚珠往下落。」

他很想說明天再去看看她，陪她玩一會兒，但想到其他幾個人想把他和他的兄弟強留在棠園，姥爺也不讓他去，就不敢說這個話了。

陳阿福又問：「你沒看到小女孩的爹，或是娘？」

陳大寶搖頭道：「沒有看到她爹爹和娘親，只聽那些人說，大爺過幾天來接姊兒，不知道那個大爺是不是指嫣兒妹妹的爹爹，至於她娘，沒聽人提起過。」

在古代，女兒一般都是親娘教導。這個小女孩上次跟她爹在一起，幾天後還是她爹來接她，在別院裡是由出家的祖母陪著，不知道她家的情況到底是怎麼樣？

下午，陳阿福想做個金燕子玩偶送小姑娘當回禮。她拿了坨棉花，又在那堆布頭裡找了半天，還真找出幾種適合做燕子的布，只是布料很一般。

聽陳大寶的描述，陳阿福更加確定那個叫嫣姊兒的小女孩，就是前世所稱呼的自閉症；但還不算太嚴重，只是有語言障礙，反應慢，不會與他人交流，若是有完整的行為治療，再加上藥物，應該是能夠治癒的。

陳阿福前世有個同事的孩子就是得了自閉症，醫生說萬幸不算嚴重，有好轉的可能。她的那位同事為了陪伴孩子，還辭職了。後來她聽說，那孩子真的好些了，還上了學。

嫣姊兒這孩子卻是個可憐的人，得了這個病，卻沒有母親時時的呵護，若那個「大爺」是她的父親，也無法時時陪在她身邊；不過，她能被金燕子吸引，還能讓金燕子對她心生憐愛，或許也是個有福的吧！只是，她想再看到金燕子，得等到明年春天了。

陳阿福想著，做了個微笑的金燕子玩偶送她，只要她好過了，她身邊的人才不會惦記大寶和金寶他們。

陳阿福太熟悉金燕子了，也看過牠的笑，所以這個玩偶做出來，應該跟小姑娘看到的微笑燕子差不多。

剪子一樣的長尾巴，靛藍色的翅膀和背部，月白色的肚皮，藍白相間的胸部，小藍腦袋上還有一圈紅色。彎彎的眼睛，微微勾起的嘴角，尖尖的薑黃色小嘴半張，裡面還有一條小粉舌頭。

小玩偶晃眼一看，真的像一隻燕子在對人笑，引得大寶和阿祿搶著看。

王氏也笑道：「阿福的心思就是巧，燕子竟然會笑，還笑得這麼討喜。」

金燕子是在天黑透前回來的，後面還跟著三隻小鳥。

金燕子一回來，追風就一下子從陳阿福的身上跳下來，竄出了屋。

那三隻小鳥，其中兩隻小鳥長相一般，但叫聲悅耳動聽，陳名說這是百靈鳥。另一隻鳥，比麻雀大一點點，羽毛華麗多彩，顏色至少有十種以上，哪怕是在昏暗的油燈下，也能看出羽毛泛著光澤，似錦緞一般燦爛。

天啊，眾人都是第一次看見這麼漂亮的小鳥，比上次帶回來的翠鳥還好看，也比七七好看得多。七七的羽毛雖然美麗，卻是大紅大綠，十分濃豔。而這隻鳥，像鳥中仙子一樣，美得清麗而脫俗，叫聲也極婉轉悠揚，聲音不大，卻讓人聽了舒心。

陳名幾人都不知道牠是什麼鳥。

金燕子啾啾說道：「快把牠們裝進籠子裡，牠們可沒有七七、灰灰聰明，跑出去就找不到回家的路了。」

陳阿福趕緊去新院子將兩個鳥籠拿過來，把那隻漂亮的小鳥放進小籠子裡，兩隻百靈鳥放進大籠子裡。

金燕子又貼在陳阿福的衣襟上喃喃說道：「那隻雲錦雀送給嫣兒妹妹。小妹妹雖然小，卻懂欣賞，又可憐，我不在，就讓雲錦雀陪她玩。那兩隻百靈鳥就留在家裡，掛在媽咪窗外的屋簷下。人家在空間裡太寂寞，聽到牠們唱歌，就會覺得自己還在林子裡一樣，日子沒有那麼難過。」

原來那鳥叫雲錦雀，名字倒很貼切。

陳阿福摸了摸金燕子的小腦袋，點點頭，對陳名幾人說道：「這隻小鳥一看非凡品，就送給棠園那位姑娘吧！有了這隻鳥兒的陪伴，說不定她就不會那麼難過了，棠園的人也不會再惦記大寶和金寶他們。」

幾人都點頭道好。他們雖然也喜歡這漂亮的小鳥，但若是能讓棠園的人不再惦記大寶幾個，他們願意把這隻小鳥奉上。

陳阿福去廚房把珍珠丸子拿出來讓金燕子吃，牠的肚皮小，吃了兩個就飽了，剩下的又便宜了大肚皮灰灰。

子夜前，憂傷的金燕子去了空間。陳阿福陪著牠進去，本來還以為要多陪牠一些時間，安慰安慰牠受傷的小心肝，哪想到牠只憂傷了一下下，就立即投入建房大業。看來，不管是人還是動物，只要生活充實，就沒有多餘的時間悲秋傷春。

第二天早上，陳大寶起床後沒有看到金燕子，問道：「娘，金寶又去林子裡了嗎？」

陳阿福搖頭道：「應該去南方了，娘剛才看見牠飛進了由北向南飛的燕群裡。」

上不下來。

陳大寶聽了不自在起來，眼淚也流下來了，哼哼唧唧，連去舊院子吃飯都賴在陳阿福身上不下來。

聽說金寶飛去南方了，阿祿的眼圈也紅了，陳名和王氏也嘆著氣。這頓早飯大家都吃得唉聲嘆氣，食之無味。

飯後，陳阿福去餵新來的三隻鳥，又去後院餵雞，餵完就聽見有人敲門。她打開院門一看，竟然是昨天來的那個羅管事。

羅管事笑道：「陳小娘子，能不能請大寶和金寶去棠園陪陪我家姊兒？我家姊兒今兒一起來就吵著要金寶，連早飯都不吃。」

陳阿福遺憾道：「哎喲，金寶今天早上就跟著燕群向南飛去，恐怕只有等到明年才能見到牠了。」

羅管事有些愣神，似反應不過來。

陳阿福又道：「是真的，我可不敢欺瞞羅老爺。今天一大早，我眼睜睜看著牠飛入一群燕子裡，向南邊飛去。哦！我們還有一隻更漂亮的小鳥，就送給楚姑娘解悶吧！」說完便把羅管事請進了院子。

當羅管事看到那隻雲錦雀的時候，眼睛都瞪大了，說道：「這鳥兒真俊，妳確定要把牠送給我家姊兒？」

看羅管事的這個眼神，這隻雲錦雀一定極少見，但話已經說出去了，何況還是金燕子囑咐的，陳阿福心口再痛也不敢食言，但話得說漂亮些。她笑道：「是，我聽大寶說你家姑娘極喜歡金寶，可惜天冷了，金寶要去南方，這隻小鳥既好看，叫聲又動聽，把牠送給你家姑娘，或許你家姑娘會喜歡。」

羅管事大樂，直說：「謝謝陳小娘子，有這隻小鳥陪著，我家姊兒肯定會喜歡。」

陳大寶也從屋內走出來說道：「這隻小鳥跟嫣兒妹妹長得一樣好看，送給嫣兒妹妹就是紅粉贈佳人了。」

羅管事聽了，哈哈大笑起來，又再次重申來意，即使金寶不在了，還是希望大寶能帶著七七和灰灰去棠園，其一是讓他親自跟自家姊兒解釋金寶已經去了南方；其次是有他和灰灰、七七陪著，姊兒也會歡喜些。

羅管事昨天白天還納悶，怎麼大寶一個才四歲的孩子，能跟自家姊兒相處得那麼好，又有耐心。當姊兒不理他的時候，他就在一旁跟兩隻鸚鵡和小狗玩，還會弄出動靜讓姊兒注意他；當姊兒看他的時候，他就會對她笑笑，沒話找話地說兩句。即使姊兒不理他，他也毫不在意，繼續好脾氣地坐在一旁，等到姊兒再次看他的時候，他又會說笑幾句。

過去自家大爺找了許多陪姊兒解悶的丫頭和孩子，沒有一個人能吸引姊兒的注意力，只有他，一個四歲的男孩子，卻意外地吸引姊兒，時間哪怕極短，已經讓自家主子激動地落淚。

昨天晚上，他媳婦出去打聽了一番，才知道原來那孩子是抱養的，他娘曾經是個癡傻的，怪不得他深諳跟這種病人打交道的訣竅。不過，這麼小的孩子真是難為他了。

羅管事眼角餘光打量著陳阿福，這麼水靈又會說話的小娘子，真看不出她原來是個癡傻的，或許，自家小主子的病有希望了……

陳阿福心裡很不舒坦，真是強權階級，硬要讓人家孩子陪著他家小主子解悶。關鍵是，好心得不到好報，還怕他們把自家孩子算計進去。她強笑道：「羅老爺，我們雖然窮，也是把孩子捧在手心裡疼的，斷不會賣孩子。」

羅管事知道昨天把人家孩子嚇著了，忙讓陳阿福放心，說他家主子已經發話，沒人再敢打大寶和金寶、七七、灰灰的主意。只要陪著他家姊兒，不只他家主子記情，他也記情；還說他一直在棠園裡管事，在附近還算略有薄面，若是陳家以後有為難的事，盡可找他。

陳阿福聽了才放下心，不打大寶和金寶他們的主意就好。同時，她之前一直擔心金燕子不在身邊，自家太弱，怕以後有人知道自家有錢欲打壞主意，現在有了羅管事這句話，家裡的日子或許能好過些。

陳阿福進屋把那個小燕子玩偶拿出來，笑道：「聽大寶說，楚姑娘說金寶會笑，我就做了一個笑著的小燕子，送給楚姑娘把玩。」又客氣道：「粗鄙東西，別嫌棄。」

羅管事見小玩偶雖然做得還行，但布料劣質，這種粗鄙東西怎能給小主子把玩，他順了順鬍子，卻沒有伸手去接。

陳阿福知道他是嫌棄玩偶的布料不好，笑了一下，把玩偶遞給大寶。

第七章

剛把大寶他們送走沒一會兒，長根媳婦就領著小石頭來了。

長根媳婦手裡拿著針線活，說要來跟陳阿福一起做。「哎喲，昨天大寶送來的玫瑰凍糕，綿密又好吃，聽我公爹說是京城慶香齋的點心，貴得緊……嘖嘖，妳家大寶就是機靈，討了小貴人的歡喜。」

她沒說的是，昨天晚上，羅管事的媳婦羅大娘，專門來她家打聽陳家二房的情況，特別關注陳阿福母子。她婆婆便把陳家的事都說了，今天一早，婆婆就讓她來陳家打聽打聽，是不是真的是大寶討了棠園小主子的歡心。

陳阿福呵呵笑道：「大寶又去妳家吹牛了，是貴人家的小姑娘在園子裡無聊，想找個玩伴。」

小石頭一聽大寶又被棠園的人叫走了，難過得眼淚都要流出來了，想去棠園找大寶玩。

長根媳婦氣得罵了他兩句。「你找死啊！那棠園哪是你想去就能去的地方？」

小石頭氣得只好跑去找其他玩伴了。

長根媳婦又絮叨了一些棠園的事。她曾經去過棠園一次，去送盆子，因那個園子海棠花栽種得多，故名棠園。武家人雖然沒見過棠園主子，但跟羅管事兩口子比較熟悉，說羅管事在這一帶勢力極大，不說附近幾個村的里正、地主不敢惹他，聽說連縣城裡的差爺都要給他面子……

聽了她的話，陳阿福更下定決心，只要棠園不打大寶和七七他們的主意，一定要想辦法把這粗大腿抱牢了。

夕陽西下，陳大寶還沒有回來，陳阿福就有些坐不住了，她來院子裡，跟樹下的陳名一起向東邊眺望。遠處，稻田裡的老農還在忙碌，金燦燦的稻子已經收割得差不多了。

突然，兩隻鳥出現在東方天際，牠們在高空盤旋著，似在等待掉隊的人，接著隱約看到一輛馬車向這裡駛來，牠們好像正是盤旋在馬車的上空。

等兩隻鳥越飛越近，便能看得真切那隻大鳥，正是灰灰。當牠們落在院子裡的時候，馬車也剛好駛到籬笆門外停下，是羅管事親自趕的車。

羅管事一下車，把抱著追風的陳大寶抱下來，從車裡又下來一個中年婦人，綢緞裹身，戴著玉簪。

陳大寶大聲招呼道：「娘親，姥爺，舅舅，嫣兒妹妹很喜歡微笑的小燕子。」

陳阿福去開門，羅管事指著那個婦人說：「這是我媳婦，我家主子讓她給妳帶幾句話。」

「羅太太。」陳阿福忙對那婦人笑道，趕緊請羅管事夫婦進屋。

小籬笆門進不了馬車，只能把新院子的大門打開，把馬車拉進去。

羅管事兩口子從馬車裡抱下幾疋緞子和一個包裹，被請進了西屋。

這兩口子可是附近幾個村裡最有勢力的貴人，別人請都請不來的。陳名趕緊過來陪著，陳阿福上茶，陳大寶又端來待客的花生和糖果。

羅大娘先誇了幾句大寶如何懂事、如何討了主子的歡喜，笑道：「陳小娘子手巧，心思更巧，做的小燕子玩偶，讓我家姊兒喜歡得什麼似的。」她拿帕子捂著嘴笑了幾聲。「天啊！我還是第一次看到會笑的燕子。」

她指著那幾疋緞子和一小包棉花說：「一個玩偶不夠，我家主子的意思是麻煩陳小娘子多做幾個，我家姊兒也可以拿去府城玩，還可以換洗。這些緞子用不完，就留著給妳家裡人做幾身衣裳。」

陳阿福心裡一喜，忙笑道：「能得貴人的喜歡，是我們的福氣，有這麼多好緞子，做的玩偶會更好。」

羅大娘又說道：「我家主子說，她雖然不認識那隻小鳥，但一看就知道不是凡品。我家姊兒不好白要你們家的東西，說是讓我家大爺看了後，再把銀子讓我當家的轉給你們。」

陳阿福忙搖頭說：「送給楚姑娘的東西，怎麼好意思收銀子。」

「我們主子這麼說了，到時候陳小娘子收著就是。」羅大娘又指著那個包裹。「這是我家主子送給大寶的，謝謝他這兩天陪我家姊兒了，他跟姊兒玩得很好。我家主子還說，大寶是我家姊兒的第一個朋友，請大寶明天再去棠園玩。我家姊兒的性格比較清高，不喜歡交朋友，大寶卻得了她的青眼，很不容易呢！」
羅管事和羅大娘的態度都很和善，交代完事情，還給面子地喝了兩口茶，才起身離開。陳阿福和陳名送他們出去，看見許多村人在遠處指指點點。有些膽子大又自覺有些面子的人，還高聲招呼著羅管事。
等馬車一走，就有人站在籬笆牆外問陳名。「陳二哥，你家怎麼跟羅老爺認識的？」
陳名呵呵笑道：「是大寶，他討了棠園小主子的歡喜，連續在棠園玩了兩天，羅老爺才剛把他送回來。」
陳大寶說了在棠園的情況，嫣兒妹妹非常喜歡那個燕子玩偶，抓著就不放手，還聽話地吃了飯。了塵住持非常高興，對他更好了。下人們對他的態度也比昨天好得多，再也沒提買他或是七七和灰灰的事。那隻漂亮的小鳥也討喜，叫聲極好聽，有時候還引得嫣兒妹妹看牠一眼……
聞言，陳阿福放了心。她回屋去看那五疋緞子，華光溢彩，光滑如鏡，正是她做小燕子玩偶用的幾種顏色。包裹裡，還有兩包糖果、點心，兩刀宣紙。
羅管事嘴裡的主子一定是了塵住持，真是有心又慈祥的女人，上次送了筆墨，這次送紙，都是大寶和阿祿能用上的。
王氏回來後，看到這些緞子驚訝道：「天啊！這軟緞是江南吳州出產的，貴得緊，用來做玩偶，真是可惜了。」

陳阿福笑道：「咱們覺得貴得緊，有錢人家卻不覺得。那家姑娘好像過幾天就要走了，娘這幾天跟我一起做玩偶吧！大中小各種尺寸都多做些。」

王氏嗔道：「小燕子只有那麼小，還能做多大？」

陳阿福抿嘴笑道：「娘聽我的沒錯。」

幾人正在新院子這邊說笑著，就聽見舊院子那邊傳來胡氏等人的聲音。大房定是聽到什麼風聲，來打聽消息的。

陳阿福不想見胡氏，也怕她來新院子念叨，便讓王氏拿著糖果和點心過去送些給大房，讓他們先不要把家裡有緞子的事情說出去，還說晚上她和大寶在新院子裡自己吃。

陳阿福怕七七、灰灰和追風禍害那幾疋緞子和棉花，趕緊抱去東屋臥房，放進箱子裡。金燕子在的時候，追風跟陳阿福和大寶在東屋睡，自從牠去了空間，追風也來西屋了。

晚上，陳阿福做了兩碗麵條，剛準備吃飯，陳大虎就來了，說：「我奶奶想問大寶幾句話。」

陳阿福本不想讓大寶去，又怕若大寶不去，胡氏往這邊來，到時攪得自己連活都幹不了，只得讓大寶去了，還跟他使了個眼色。大寶點點頭，意思是他知道該說什麼。他捨不得碗裡的麵條，抱著大碗去了舊院子。

陳阿福吃完飯，洗完碗，便傳來大寶的敲門聲。

大寶走進來，眼圈紅紅的，小嘴抿得緊緊的，把空碗放在灶臺上，緊緊抱住陳阿福的腰，小臉貼在她的肚子上。

陳阿福忙道：「兒子怎麼了？」

大寶小聲說道：「大姥姥問我在棠園的事情，我說楚家小姑娘待在棠園無聊，就讓我去陪她玩。大姥姥讓我明天帶著大虎和大丫去棠園，還說他們兩個比我機靈討喜，定會得貴人的喜歡。姥爺說不行，怕驚擾了貴人，對大虎和大丫反倒不好。大姥姥就說姥爺不記情，不說感激大姥爺的養育之恩，生怕大姥爺的後人發達。還說姥爺分不出裡外，如今我和娘都分家另過了，娘有沒有親生兒子還不一定，只有大虎和大丫才是姥爺的血脈之親，有好事了，姥爺幹麼不向著他們，只惦記我這個野孩子。還是大姥爺和太姥姥罵了幾句，她才沒再鬧。」說完，他就哭了起來。

那胡氏真是太缺德了！

陳阿福把大寶抱起來，親了親他的小臉，說道：「兒子別難過，在娘親的心裡，兒子就是娘的親兒子；不只娘，連姥爺、姥姥、小舅舅都是這麼認為的。」

大寶期期艾艾地問：「真的嗎？」

陳阿福一通甜言蜜語，才把小正太哄得破涕為笑。

陳阿福去西屋把炕桌搬到東屋。她不敢在西屋做這些東西，怕那幾個小東西搗亂。

她在紙上畫著各種小燕子，大寶在一旁讀書。

大寶看看書，總會被娘親畫的小燕子吸引住，直呼好漂亮、好可愛，又撓著頭說：

「娘，這些小鳥雖然跟燕子不完全一樣，卻一看就知道是燕子，是怎麼回事呢？」

陳阿福笑道：「只要把小燕子的特徵抓住，哪怕一些細節畫得誇張些，也能看出牠是燕子；不光是燕子，其他的東西都一樣，主要是抓特徵……」

陳阿福畫了許多形態的小燕子，從中找幾種出來，她決定做幾個跟金燕子一模一樣的燕子玩偶外，再做些其他誇張些的燕子玩偶。

小姑娘快離開了，這麼兩、三天也做不了多少，主要是這次的玩偶必須做得精緻些，而且緞面比細布難縫多了。她算了一下時間，抓緊時間，再加上王氏，十幾個還是能做完。做一個六十公分長的特大號燕子，再做六個三十公分長的中號燕子，還要做十個跟正常燕子一樣大的小燕子。

她按比例和色彩搭配把料子裁剪下來，想了想，又裁了一個中號小燕子，這個是送金燕子的。

做這些東西，緞子肯定用不完，但棉花卻不夠，自家得再添些。

陳阿福充分發揮著自己的想像力和聰明才智，卯足了勁要把這些燕子玩偶做好。此舉不僅能幫助那個小女孩，讓她盡可能快樂起來，也能感謝了塵住持的仁慈，阻止某些下人打大寶和金燕子他們的主意，還曾經對貧苦的小阿福和王氏釋出善意，並跟棠園把關係搞好，讓自家的腰桿硬起來。

聽大寶說，羅管事有個六歲的小孫女和四歲的小孫子，她也給兩個孩子做了好看的玩偶。

陳阿福心裡高興，情不自禁地哼起前世那首耳熟能詳的兒歌。「小燕子，穿花衣，年年春天來這裡。我問燕子你為啥來，燕子說，這裡的春天最美麗。」

她反覆唱著第一段，第二段沒唱，因為內容在這個時代太逆天。

她唱了一會兒，一抬頭，看見陳大寶正呆呆地望著她，大眼睛亮晶晶的。

大寶見娘不唱了，才激動地說道：「娘，妳唱的曲兒太好聽了。」

晚上，等大寶睡著後，陳阿福拿著一些糖果和點心去了空間。

一進來，看見金燕子正躺在地上傻樂，兩個翅尖還塞進小尖嘴裡。牠的周圍，散亂地放著已經把珍珠寶石取下來的金飾。

陳阿福蹲下問：「金寶，你傻樂啥？」

金燕子拋了個媚眼，把翅尖從嘴裡拿出來說道：「媽咪，妳會唱那麼好聽的歌，為什麼不早些給人家唱呢？人家好喜歡聽，好喜歡，好喜歡。」

真沒想到，一首兒歌就把小東西激動成這樣。陳阿福把牠抓起來捧在手心，又對著牠唱了一遍。

隨著陳阿福的歌聲，金燕子輕輕鼓動著翅膀，小身子還有節奏地晃動著。牠打滾撒嬌地鬧了一陣，大方地用翅膀把幾樣拆下來的珍珠、寶石，撥到陳阿福的面前，討好地說：「媽咪，這些都送妳了，拿出去賣銀子吧！」

她敢把這些東西拿出去賣，立刻會被人當成偷金大盜或是同夥抓起來。

陳阿福搖搖頭，商量道：「金寶，媽咪覺得燕沉香的葉子能讓人清明，能不能拿一點葉子渣渣出去，縫在燕子玩偶裡，給楚小姑娘送去？大寶說她好可憐，她有一位長輩也非常好，我想幫幫她。還有，再給大寶和阿祿的枕頭裡縫一點，讓他們越變越聰明，將來好考進士、當大官，咱們的日子也能過得更好。」

金燕子高興極了，非常痛快地說道：「好吧！媽兒妹妹和臭大寶、阿祿舅舅都很好，我也想讓他們過得更好。燕沉香的葉子的確能讓人變得清明，也能讓人的注意力更加集中；但是漂亮妹妹的病，光靠它還不能完全治癒，聞的時間久了，只能讓她比原來好一些。不過，葉子太香了，妳只能拿一丁點放進玩偶或是枕頭裡，別人才不容易聞出來。」

當陳阿福出空間的時候，手指捏了一小丁點燕沉香葉子渣渣，至於大寶和阿祿的分，等她給他們做枕頭時再進來拿。她緊緊地捏著那一撮小綠渣，連大氣都不敢出，怕把它弄丟就找不到了。

陳阿福把那點葉子渣渣放進一坨大棉花的最中間，這坨棉花是要做特大號的燕子玩偶，這個玩偶一定要做得花俏，顏色反差要大，才能吸引小姑娘，最好讓她睡覺抱著當抱枕。

翌日，吃過早飯後，陳阿福洗完碗就回屋忙碌，讓大寶帶著七七、灰灰和追風在舊院子等著巳時後再去棠園。昨天羅管事就是這個時辰來接大寶的，這時候楚姑娘應該起床了。

陳阿福告誡大寶，若是胡氏領著大虎和大丫來了，就留在院子裡等羅管事來接，不要擅自領著兩個孩子去。楚含嫣有病，棠園不會隨便讓人驚嚇她，肯定不會讓他們進去。大丫還小，又有些嬌氣，若是被罵被打，或是出了什麼事，自家不好交代；若羅管事來了，帶或不帶就看他的決定。

本來，今天大寶想自己去，結果出了這事，只得坐在院子裡面等。

王氏忙活完後，也趕緊來新院東屋跟陳阿福一起做活，她還聰明地把側門關上。

當王氏看到已經裁好的緞子，又聽說要做怎樣的燕子時，驚得嘴張得老大。「天，燕子還能穿花衣裳，戴頭花，圍花頭巾？也只有我家阿福才想得出來。」

說是這樣說，繡娘出身的王氏審美觀也很前衛，直覺這些玩偶肯定好看，便認真地在陳阿福指定的緞子上繡起花來。不一會兒，她們就聽到舊院子那邊胡氏的大嗓門。

且說，昨天晚上胡氏回家，聽小閨女陳阿菊說，昨天羅老爺趕了輛馬車去二房，好像有人看到他從車裡拿出好多漂亮的緞子。

胡氏一聽直咬牙，罵道：「黑心肝的玩意兒，好東西不給咱們，只給了些破糖果和點心。買了點棉花和細布給妳爹做棉襖，妳爹還感動得跟什麼似的，死摳的玩意兒，就那破東西，還只給妳奶奶和妳爹，連老娘都沒給。」

陳阿菊撒嬌道：「娘去二房幫我討些緞子回來，我想做幾身漂亮衣裳。」

胡氏點頭答應，轉頭氣憤地對陳業說：「我早說過二叔沒有三叔實誠，偏你不信，幫他家幹活就像幹自家的一樣拚命。昨天村裡好些人家都看到羅管事給二房送了好些緞子，他們卻藏了起來，只給咱家一點糖和點心……」

陳業聽說陳名藏私，心裡也有些不舒坦，他一直覺得是兄弟就應該團結一心，互相幫襯。他願意幫助兄弟，但更希望兄弟不要忘了他的付出，能夠把他放在心上。他不願意讓胡氏知道自己的心思，嘴上還是說：「瞎咧咧什麼，二弟不是那種人，定是那些人看錯了，拿出來亂說。」

胡氏想了大半夜，還是覺得該讓大虎和大丫跟著大寶去棠園。自己的孫子、孫女比大寶強得多，既然大寶都能入羅老爺和貴人們的眼，她的孫子和孫女應該更討喜才對。她等陳業和陳阿貴去幹活後，便偷偷帶著大虎和大丫來二房家了。

大寶一看他們三個來了，招呼他們坐在院子裡，說他要等羅管事來接他，姥爺和小舅舅都不舒坦，還在床上睡覺，姥姥去外面忙活了。

胡氏想去新院子，卻看見門被反鎖了，舊院子這邊兩間房都睡著人，不能進去，她只能跟著幾個孩子坐在院子裡。

大虎和大丫跟七七、灰灰、追風玩得高興，胡氏看著這兩隻鳥在想心事。

大概巳時二刻時，羅管事終於來了。

大寶一看到羅管事，趕緊起身招呼道：「羅爺爺。」

羅管事臉色微沈，心裡有火。他以為這家懂事，今天會讓孩子自己去，結果還是拿喬地等著他來接。他不進門，站在籬笆門外說道：「大寶，我來接你了，走吧！」

大寶沒動，指了指一旁的兩個孩子說：「這是我哥哥大虎，這是我妹妹大丫，他們想跟我去棠園玩。」

羅管事看著大虎和大丫愣了愣，他已經打聽過了，大寶哪有什麼哥哥、妹妹，肯定是陳家大房的孩子。

一直站在一旁的胡氏終於逮著機會說話了，走過來笑道：「羅管事好，我是大寶的大姥姥，這是我的孫子大虎，孫女大丫。論伶俐，他們比大寶強得多，他們也想跟大寶一起去陪著小貴人玩耍。」

羅管事還沒見過臉皮這麼厚的婦人，心裡冷哼，當棠園是村東頭的小樹林，想去就去？不要說自己的小主子有病不能見生人，就是沒病，也不是這些泥腿子想見就能見的。

見羅管事愣在那裡沒吱聲，胡氏又笑道：「大寶的娘原是個傻子，蠢得緊，大寶也不聰明，比不上我家孩子伶俐。」

胡氏的話，讓陳大寶氣得紅了臉，扭著指頭不敢出聲。

羅管事臉色更沈了，氣勢又足，大丫嚇得已經抱著胡氏的腿躲在她身後，大虎也不敢上前。

胡氏氣得不行，一邊對羅管事笑著，一邊硬把大丫往前面拉，大丫害怕，哇的一聲哭起來。

羅管事冷笑道：「因為妳家孩子伶俐，就要陪著我家小主子玩耍？真是笑話。這天下自認為伶俐的人多得是，我家小主子見得過來嗎？」

胡氏沒想到會是這樣，自家的孩子的確比大寶強啊！

「我沒有亂說，的確是我家孩子更聰明些。聽說你家小主子是女娃，應該更喜歡跟女娃玩才對啊……」

羅管事實在不想跟這個村婦廢話，向大寶招手道：「大寶，快走，我家姊兒要等急了。」

大寶「哦」了一聲，帶著七七、灰灰和追風跟著羅管事走了。瞬間院子裡只剩下胡氏、大虎，以及大哭的大丫。

胡氏沒想到會是這樣，她又羞又氣，抓住大丫就使勁向她的屁股打去，邊打還邊說：「打死妳個沒用的死妮子，平時嘰嘰喳喳，能幹得緊，一到關鍵時候卻沒用。」

大丫又怕又痛，尖叫聲更大，胡氏實在氣不過，又在院子裡大罵起陳名和王氏不知感恩，只知自己海吃海喝，有好事就把自家親戚甩開，有緞子還藏著。

這話吸引了幾個村人過來看熱鬧。見來人多了，胡氏說得更來勁。

陳名在屋裡聽到胡氏的罵聲和村人的笑聲，氣得直咬牙，但他一個小叔子也不好出去跟嫂子講理。

陳阿祿拄著枴杖想出東屋，被陳名攔住了，說道：「你一個男孩子，不要去跟一個潑婦爭執，若是被她推一跤，把腿再摔斷了怎麼辦？」

王氏更是氣得不行，但大寶已經說她出去做活了，她不好出面。

陳阿福受不了胡氏的顛倒黑白，起身把手裡的活計放下。

王氏趕緊拉住她。「阿福莫去，妳是姑娘家，不好去跟大伯娘吵架。等胡氏罵累了，她自會回去。」

「不行，我不想聽她這麼罵爹和娘。娘放心，我不會和她吵架，我只是去講理。」

王氏急道：「妳講理，胡氏不會認為妳是在講理，到時候會跟妳吵架，甚至打架都不一定。陳家丟了人，妳奶奶和大伯都會不高興，他們可以教訓胡氏，但容不得妳不尊重胡氏；還有胡老五，咱們得罪不起。前幾天村裡有個得罪他的人，半夜院子裡就被人潑了屎尿，孩子一出家門，也被一塊飛來的石頭砸破了頭。那人沒法，送了一貫錢陪禮，胡老五才放過他家。想想大寶，不是陳家血脈，若妳奶奶和大伯不護著他了，胡老五起了壞心是防不勝防的；還有妳，剛剛立了女戶，又長得這般水靈……」

一想到大寶，陳阿福只得氣鼓鼓地坐下。自己現在太弱，連自保都不能，憑什麼去跟一直護著二房的大房起爭執，跟胡氏那個惡女人鬥。可惜現在金寶不在外面……

胡氏越說越來勁，看熱鬧的人也越來越多。

陳名實在聽不下去了，沈臉走了出來，忍著氣說道：「大嫂，妳請回吧！有什麼事，讓我大哥來跟我說，妳在我家這麼吵，讓別人把陳家的熱鬧都看去了。」

胡氏道：「我怕啥？要看就看，又不是我不記情……」

「阿貴他娘，妳不要臉，我陳家還要臉，我兒子、我孫子還要臉。」一個大嗓門傳來，是陳老太太來了。她看到大丫和大虎在院子裡大哭，胡氏還在尖聲說著她如何勞苦功高。

老太太一罵，胡氏就有些怕了，又一想，自己有理，怕什麼？趕緊說道：「婆婆，我是為妳和我當家的氣不過。妳還不知道，昨天羅管事送給二叔家好些漂亮的緞子，他們卻藏起來了，只給妳老人家一點破糖果、點心，和幾尺破布……」

陳阿福一看老太太來了，趕緊出來，解釋道：「大伯娘，妳誤會了，那緞子是羅管事讓我娘給他家小主子做什物的，我們怎麼敢貪墨下來送人？」

阿祿也拄著楊杖跳出來，大概講了胡氏想讓大虎和大丫去棠園，羅管事不願意，胡氏惱羞成怒就開始罵人，說到後面，他哭了起來。「奶奶，我大伯娘罵我爹罵得不像樣，總說我爹不知道攢錢孝敬她，她又厲害得緊，若妳老人家不來，我和我姊都不敢出來。」

陳老太太氣得要命，這胡氏太貪心不要臉皮，沒搞清狀況就在二房大吵大鬧。她問陳阿福道：「既然妳大伯娘誤會了，妳怎麼不出來跟她解釋清楚？」

陳阿福委屈地說：「大伯娘正在氣頭上，我怕她不相信我的話，吵起來更難堪。」

胡氏尖聲道：「我當然不相信妳說的鬼話，妳當我像婆婆那麼好騙。」

「若大伯娘不相信，咱們去棠園問問羅管事，看我有沒有說謊。」陳阿福又對老太太說：「奶奶，我家只是普通村民，人家棠園主子憑什麼賞我們那麼多漂亮緞子？真的是羅管事讓我們給他家主子做東西，也沒有給我們多少，就只有三疋。」

她當然不會說給了五匹，怕胡氏再獅子大開口。

陳名上氣不接下氣地對老太太說道：「娘，我們為什麼不敢說，妳老人家也應該猜得到。」

陳老太太一看陳名的臉色煞白，嘴唇也有些發紫，她嚇壞了，忙扶著他說道：「老二，你別是又犯病了，快，回屋裡歇著。」

他們進了西屋，胡氏也有些怕了，若是陳名被她氣犯了病，自己可得不了好，趕緊牽著大虎和大丫跑了，陳家外面的人也漸漸散開了。

王氏聽說丈夫犯病了，嚇得趕緊跑過來。她實在忍不住了，便把胡氏暗地向陳實哭著要房子的事說了。她不只要了房子，還偷要了張氏的衣裳、銀簪子和金丁香。

陳實為了給大房修大房子而借錢負債，前幾個月才還清，一家人過得極是拮据。現在他們一家都不敢回村，實在是怕了……

陳老太太都氣哭了，直用拳頭捶胸口，罵胡氏潑皮不要臉，罵老胡家沒有好玩意兒，後悔讓大兒子娶了這個攪家精。哭過了，又囑咐他們幾人，胡氏哭著要房子和首飾的事情千萬別說出去，陳業聽了會難堪。她的大兒子，是陳家的功臣，又極好面子，她不願意讓大兒子沒臉。但胡氏大鬧二房、把陳名氣病的事情卻要告訴陳業，讓陳業懲罰她。

陳實的事情之所以不敢跟陳業說，是因為陳業已經享受到要來的好處；而二房這件事可以說，是因為好處還沒要到，與陳業無關。

老太太還說回去會收拾胡氏，讓她立規矩、洗豬圈。老太太能拿捏胡氏的，除了在陳業面前告胡氏的狀，就是讓她做這兩件事了。

陳阿福暗嘆，胡氏敢這麼強要東西，就是知道自己做得越過分，這些人越不敢鬧到陳業那裡去。陳業在陳家就是神一樣的存在，他難堪了，沒臉了，老太太就會心疼，陳名和陳實也會難過。

晌午，陳老太太沒留在二房家吃飯，而是回去告狀兼收拾胡氏了。

陳名的身子不太舒服，連午飯都是在床上吃的，剛吃過飯，陳業和陳阿貴就來了。

他們父子向陳名道歉，陳業說已經教訓了胡氏，還揍了她，讓陳名消氣，又大談了一番兄弟齊心、其利斷金的話。

陳名對陳業極是信服，聽了這些話心情立即好了起來。

二房被欺負就被欺負了，胡氏胡鬧也就胡鬧了，這讓陳阿福極不舒坦，更加想要自己趕緊強大起來。

經過陳阿福和王氏的日夜趕工，第三天下午就把燕子玩偶全部做好了。另外，還做了一個老虎玩偶和小雞玩偶，這兩個是送羅管事孫子、孫女的。老虎玩偶比較複雜，陳阿福不會做，她只把圖畫出來，最後由王氏裁剪做出來的。

看到這些玩偶，陳名和阿祿都瞪大了眼睛；特別是阿祿，喜得拿了這個又拿那個，最喜歡的還是那個老虎玩偶。

陳阿福笑道：「等空下來，姊姊就給你做個一模一樣的老虎玩偶。」

王氏嗔道：「那哪行，拿這麼好的緞子給阿祿做玩偶，太不惜福了。」

「姊姊拿不值錢的布頭給我做就好。」阿祿又拿著那個大燕子玩偶說：「姊姊，這個大玩偶不只好看，好像還有一股好聞的香味。」

陳阿福故意把大花燕子拿過來聞聞，笑道：「沒有啊！我倒覺得這些日子咱們家一直瀰漫著一股淡淡的香味，有時候有，有時候無。」

幾個人都有這種認知，但又想不通到底怎麼回事，想不通就不想了，反正都是好事。

他們走後，陳阿福就進了空間，把那個燕子玩偶送給金燕子。這隻玩偶穿的是黃翅膀、紅尾巴的花衣，頭上還戴了朵紅花，喜得金燕子啾啾直笑。

傍晚，大寶帶著七七和灰灰回來了，連羅管事都來了，他手裡還拎著一個包裹。

羅管事把包裹交給陳阿福說道：「這是我家主子送給大寶的，大寶這些日子陪姊兒辛苦了。今天接到我家大爺差人送信來，大爺有急事去了京城，不能來接姊兒了，明天我要護送我家姊兒回府城。不知道那些玩偶做得怎麼樣了？聽大寶說做得極是好看。」

陳阿福笑著去東屋把那些玩偶拿到西屋，羅管事驚得眼睛瞪大，直說：「哎喲，哎喲，這、這，這燕子還有這麼做的？我今天可算開眼界了，真俊，太俊了。」

陳阿福又把老虎玩偶和小雞玩偶給他，笑道：「聽我家大寶說，羅老爺和羅太太極是照顧他，真的是謝謝你們。這兩個玩偶給羅老爺的孫子和孫女，請別嫌棄。」兩個玩偶都有三十公分長，醒目又亮眼。
羅管事沒想到陳阿福還給自家孫子、孫女做了玩偶，還做得這麼好看又新奇，極為高興。這個陳家閨女不只癡病好了，還如此能幹又通透。他謝過陳阿福，趕緊把這些玩偶用布包起來，拿回了棠園。
陳阿福把羅管事帶來的包裹打開，裡面裝的是一包糖果、一包點心和一包海棠果蜜餞，還有四本書。
「了塵住持聽說我和小舅舅要去上水私塾上學，就送了我們兩本書，還讓我和小舅舅好好發憤。嫣兒妹妹回府城後，她也要回庵裡了。」大寶很捨不得她們的樣子。
晚飯後，一家人在東屋閒話，聽大寶講著棠園的一些事情，阿祿擺弄著給自己的嶄新的書，喜得咧嘴而笑，他還是第一次拿到新書。家裡的幾本書都是陳名用舊了的，已經黃了，還缺了頁。
這時，聽見有人在門外叫門，原來羅大娘來了。
她這麼晚來自家幹什麼？陳阿福納悶是納悶，還是趕緊把她請進西屋。
羅大娘是附近一帶最有權勢也最受尊敬的女人，哪怕是高里正家，請她去做客也是極不容易。她拉著王氏的手笑道：「知道大妹子是繡娘出身，手巧，沒想到生的閨女手更巧，心思也巧，做出的玩偶真俊，討了我家主子和姊兒的歡喜；特別是我家姊兒，哎喲，就沒看她那麼高興過。我家主子特地讓我來道謝，謝謝你們有心了。我孫子和孫女也喜歡妳們做的玩偶，謝謝了。」

王氏忙謙遜地笑道：「應當的，能得妳家主子喜歡，得羅太太喜歡，也是我們的福氣。」

羅大娘表情又嚴肅下來，壓低聲音說：「再讓大寶把嘴管緊些，我家姊兒的事情不要拿出去亂說。」

王氏忙道：「不會的，我家大寶聰明，知道哪些話該說、哪些話不該說。」

羅大娘點點頭，拿出一個荷包，從裡面取出四個十兩的小銀錠。「這是我家主子給你們的，說阿福做的玩偶極好，她有心，辛苦了。只是，這些小燕子玩偶是我家姊兒喜歡的，還希望你們不要做同樣的玩偶拿出去賣錢。期許小燕子微笑，只有我家姊兒才會有這個善心。」

陳阿福心道：說來說去，他們還是怕把她家小主子的病傳出去，自家就是有天大的膽子，也不敢做這事。

王氏直說不好意思，羅大娘還是把銀子塞進她的手裡。

之後，羅大娘看陳阿福的眼神更加熱絡起來，笑說：「阿福真是長了一顆七巧玲瓏心呢！誰都想不到，玩偶還能那樣做。」

然後見她欲言又止，似有話跟王氏單獨說，陳阿福便知趣地退出房。

原來，羅大娘是問王氏給陳阿福吃了什麼藥，在哪裡看過病，還道：「是我家的一個遠親，她有些不好，我想問問。」

一說到這個話題，王氏便想到當初的滿腹辛酸和四處奔波，眼圈不由得有些紅了，話也多了起來。她說了自己帶著閨女在哪些醫館看病抓藥，吃了多少偏方，受了多少冷言冷語，人家都說治不好了，但她就是不信自己閨女會一直癡傻下去；又拜了多少菩薩，以及靈隱寺高僧給陳阿福批的命，連當初帶著阿福去影雪庵找了塵住持看病的事都說了。

「直到現在，我都記得了塵住持看我家阿福那憐惜的眼神，她沒有把阿福當窮人看，沒有瞧不起我們，還給阿福吃素點……」

羅大娘聽了，眼圈似有些紅了，說道：「了塵住持就是這麼慈悲。也不瞞妳，我家主子就是了塵住持，因為一些不得已的原因出家，這事你們知道就好，千萬別說出去。妳家大寶討喜，我家姊兒似乎只能跟他玩在一起，以後姊兒來莊子看望我家主子，還是要讓大寶來陪她玩。若是明年金寶真的找來妳家，也帶去棠園跟我家姊兒玩……」

羅大娘從王氏嘴裡打探清楚陳阿福求醫過程後，才滿意地離開陳家。

送走羅大娘後，王氏把裝銀子的荷包遞給陳阿福，說道：「那些玩偶都是妳想出來的，這些銀子妳拿著。」

陳阿福笑著把荷包接過來，從裡面拿出兩個銀錠遞給王氏，笑道：「娘也做了，這兩個給妳。」

「那玩偶是妳想出來的，妳拿三個，娘要一個就成。」

陳阿福把兩個銀錠塞到王氏手裡。「他們給這銀子還有一層意思，就是不希望咱們把做燕子玩偶的事說出去，也就是不把他家姊兒有病的事說出去。」又對阿祿和大寶說：「記住了？楚家小姑娘的事，誰問都不要說。」

大寶和阿祿忙點頭。

回了棠園，羅大娘去到一個精緻的小院，廳房裡瀰漫著檀香味，擺設非常簡潔，不像廳房，倒像禪房。從右邊的側屋裡，傳來敲木魚的聲音。

羅大娘站在廳房外側恭敬地候著，大概一刻多鐘後，一個年近四十的尼姑從佛堂走出來。

了塵未施粉黛，皮膚白皙，柳眉杏眼，雖然眼角有細細的皺紋，依然能看出年輕時的異常美貌。她坐在圈椅上，示意羅大娘坐下。

羅大娘屈膝告罪，從牆邊端來一張錦凳坐下。自家主子雖然出了家，但她還是習慣性地對主子用俗禮。

了塵問道：「打聽出來了嗎？」

「都打聽出來了，那家的阿福當初比姊兒的病症嚴重多了，如今卻都治好了，姊兒定然也會好起來的。」羅大娘便把王氏的話都說了。

了塵聽了，激動得眼圈都紅了，雙手合十道：「阿彌陀佛，嫣兒總算有希望了，貧尼不敢奢望她能像陳家阿福一樣聰慧，只要能像個正常孩子，就滿足了。」

羅大娘笑道：「住持太過謙虛了，姊兒的父親那樣聰明能幹，若姊兒的病好了，定是冰雪聰明的。那母女兩人您還見過呢！至今那王氏還念著您的好。」

了塵一臉驚詫。「哦？」

羅大娘便把王氏去影雪庵找了塵住持看病的事說了。

了塵想了想，笑道：「哦！貧尼記起來了，那個孩子，那時才幾歲大，癡傻得厲害，但她的小模樣長得極討喜，特別是那雙眼睛，雖然呆滯，卻極其漂亮。貧尼不只憐惜她，還喜歡她。唉，她母親請貧尼幫她看癡病，貧尼除了傷風頭痛的小病能看看，哪裡有那個本事。陳家是良善之家，以後若有難處，你們能幫就幫忙。」

羅大娘點頭應允。

了塵又問：「只不知王施主說的靈隱寺高僧是哪位？」

「我問了王氏，她也不知道，只說那位高僧頭髮、鬍子全白，左眉心有一顆大痣。」

了塵點點頭。「貧尼知道是誰了，一定是無智大師。可惜，無智大師三年前便雲遊去了，到現在也未歸寺。」她自從知道嫣兒患了癡病，就一直想請無智大師幫忙看看，現在聽了這話，更堅定了這個心思，又吩咐羅大娘。「讓羅肖跟宣兒說說，把嫣兒身邊的人清理清理，至少許婆子絕對不能留。不說嫣兒有病，就是沒病，也只是一個四歲孩子，斷不會放縱下人欺壓良民，甚至強買良民；更不要說，以後嫣兒的病若真的好了，被人帶壞了去！」

第八章

棠園主子一走，陳阿福一家的日子便恢復了正常。

早晨，陳阿福到舊院子做早飯，母子倆吃了飯就回新院。陳阿福打掃院子和家裡的整潔，陳大寶餵鳥和雞。之後，陳大寶進屋學習，陳阿福去挑水和澆菜地。

做完這些，陳阿福回屋拿出海棠紅的緞子拿四尺半給陳阿蘭，四尺藍色緞子給老太太。到時候說這是王氏母女做的東西討了棠園主子的歡喜，賞了兩塊緞子，讓她們做衣裳。

陳阿蘭年底就要成親，新娘子穿著這麼亮麗喜氣的衣裳，不僅漂亮，還很體面。

陳阿蘭雖然跟陳阿福的關係並不算很親近，但溫柔勤快，心地也好。她在胡氏那個娘的教導下，從來就沒有欺負過小阿福，這已經很不錯了。嫁人一生只有一次，陳阿福還是希望她做個漂亮新娘子，能夠一輩子幸福。

想到陳阿菊的自私又沈不住氣，陳阿福壞笑了一下，但願這塊紅緞子不辱使命，既能讓陳阿蘭將來當個漂亮新娘子，又能挑起陳阿菊的火氣。

陳阿菊一鬧起來，胡氏肯定沈不住氣。

陳業不是好面子嗎？就讓他看看自己妻女的貪婪面目，臊臊他的臉，也讓陳名和王氏看清大房人的本性。

了。

因為怕胡氏鬧，又實在不想給她，剩下那麼多緞子也不敢給自家人做，只有暫時壓箱底

這天晚上，陳名和王氏一起去大房送緞子，聽陳名和王氏從大房回來後說，陳阿菊一看到緞子，伸手就去抓。

陳阿蘭嚇得趕緊躲開，以最快的速度把緞子鎖進箱子裡。她別的都可以謙讓妹妹，但這塊紅緞子絕對不會謙讓，因為她也極喜歡。

陳阿菊看到陳阿蘭把漂亮緞子鎖進小箱子，大哭起來。「陳阿福肯定藏私了，她不可能自己不留都送給姊姊，我也喜歡那塊紅緞子，讓陳阿福把她的給我。」

胡氏見小閨女哭了，不高興地問王氏道：「棠園主子就只賞了這麼多？阿福就沒有留下幾尺？」

王氏嚴格按照陳阿福教的話說：「沒了，棠園主子只賞了阿福和我一人一身衣裳料子，我們都拿來了。」

胡氏平時疼小閨女多些，又唸著阿蘭。「就給妳妹子分兩尺，妳們一人做件小襖。」

陳阿蘭一聽流淚了，她很是委屈，自己要出嫁了，就這麼幾尺好布，妹子不懂事跟自己爭，連老娘都跟著要搶。

陳老太太不高興了，說道：「阿蘭就要出嫁了，好不容易堂妹送了塊好看的料子，親妹子不懂事去爭，當娘的還縱著。」

陳業也沈臉叱道：「妳還是親妹子，連阿福都比不上。阿福知道阿蘭出嫁，寧可自己不穿都讓給妳姊，妳還好意思去跟妳姊爭，真是被妳娘寵壞了。」

陳阿菊大哭道：「我就喜歡那塊紅緞子，大姊太自私了，她都訂了人家，還穿那麼好看做甚？」

陳阿蘭委屈得不行，哭道：「我從小什麼都讓著妳，我還自私了？妳說話可要講良心。」

陳業怒目吼了陳阿菊一聲。「那緞子是給妳姊姊的，不許再爭，再鬧騰，老子拿鞋底子抽妳。」

陳阿菊平時一看陳業生氣，便不敢再吵鬧，但今天她實在是太想要那塊緞子了，跳著腳地哭鬧。

陳業氣得不行，脫下鞋子抽了陳阿菊幾下，被陳阿貴和胡氏拉開。陳阿菊挨了打，更不得了，跑到一邊跺著腳大哭。

胡氏看到小閨女如此，極心疼，對王氏說道：「弟妹，就再想法子給阿菊弄幾尺吧！我家阿菊現在正是說親的時候，打扮漂亮了，也容易找到好人家。阿福立了女戶，不急著說親，若她真還有剩，就把她的給我們阿菊吧！」

陳阿貴早臊紅了臉，大聲喝道：「娘，妹妹是姑娘，人家阿福也是姑娘，妳怎能這樣強人所難。妳不能再這麼寵小妹了，不然她以後可是要吃虧。」

陳阿貴性子悶，話很少，今天實在是忍不住當眾說了自己的老娘。

陳業的臉早就臊得像隻大紅蝦，可以說已經震驚得有些反應不過來。他能猜到自己的媳婦會暗示二房、三房，讓他們不要忘了兄嫂當初的付出，該孝敬的時候要孝敬。在他想來，那只限於暗示，但沒想到她會這麼不要臉面地要，而且步步緊逼。他覺得自己的臉面已經丟盡了，氣得眼睛瞪得很大，起身就把胡氏推了個趔趄，甩了她幾巴掌。

陳阿貴趕緊把他攔下來，陳名也趕上前拉著他坐下。

陳業坐在炕上指著胡氏大罵。「妳這貪心的臭娘兒們，眼皮子淺的東西，老子的臉都被妳丟盡了。」說完又想起身去打人，被陳名死命拉住。

胡氏剛才被小閨女鬧得心慌，當著丈夫、兒子的面忘了遮掩。見丈夫生氣了，兒子也說了重話，嚇得不敢再鬧騰，便坐下抹起眼淚，又開始嘮叨她一嫁過來就如何操持家務，孝順老人，服侍小叔，委屈得不行。

陳老太太瞪了胡氏一眼說道：「妳少在那裡哭天兒抹淚的，操持家務、孝順老人、照顧小叔是妳當媳婦的本分，哪家媳婦都是這麼做的。」

王氏回來後還在生氣，說道：「咱們去送禮，還要看那母女兩個哭哭啼啼，好像我們強要了她家東西一樣，真是讓人生氣，阿菊被大嫂教得跟她一個德行。」

陳名搖頭嘆道：「大哥那麼好的人，怎麼媳婦和閨女……還好阿貴和阿蘭不錯。」

陳阿福暗樂不已，那塊紅緞子果真不辱使命。「爹看見了吧？大伯娘和陳阿菊就是這麼貪心，我和娘掙的東西，都給了她家還嫌不夠，還想著我們肯定有剩的。你看大伯多縱著他的媳婦、閨女啊！爹總不能為了全大伯的情面，讓你的妻兒眼睜睜看著大伯的妻兒過好日子，自己卻穿不上衣、吃不上肉吧？大伯的恩情我們都記著，也會報答，卻不是這麼縱容大伯娘和陳阿菊。」

陳名嘆了口氣，點點頭。

舊院子裡的棗子熟了，往年這些棗子是二房一筆不菲的收入，但是今年不需要再賣錢了，於是便送了些給親戚朋友，剩下的曬乾自己吃。

這天下午，陳家二房都在東屋裡邊吃棗子邊說笑，王氏趕著做手裡的活計。

王氏明日去縣城交繡活的同時，要再拿些活回來做，還要買些月餅和水果在中秋節吃。月餅是這個家從來沒有買過的奢侈品，阿祿和大寶聽了，高興得歡呼起來。

陳阿福也想去縣城一趟，她想把做好的小雞玩偶、老虎玩偶和小狗玩偶拿去繡樓看看，若是他們看上了，或許能賺點小錢。

王氏建議道：「下個月初九，阿祿在千金醫館接骨就滿兩個月了，大夫讓我們那時候去複診。阿福不如跟我們去府城，府城的繡坊或許價錢能出得高些，我們繡坊的掌櫃有些摳門，我不敢跟他說價。」

陳阿福聽了一喜，她早就想去府城看看，順便再賣點空間裡的珠寶。

偷金大盜沒有再繼續做案，風聲已經小了許多，她想著把金燕子偷的珠寶賣幾顆套現，買些田地，當個米蟲小地主。

陳阿福看了陳名一眼，問道：「我也走了，爹怎麼辦？」

陳名笑道：「爹的身子骨兒已經大好，能夠自己做飯，只要讓阿貴隔幾天幫我挑兩趟水，澆澆菜地就成。」

陳大寶聽了，也鬧著要去玩，陳名又笑道：「好，大寶也跟著去，只不過這些天要辛苦些，多撿些柴火放家裡。」

見大寶抱著阿祿直樂，陳阿福又建議道：「娘後天再去縣城吧！我明天多做些桂花糯米棗，給羅管事家送些，娘再給喜樂酒樓的少東家楊超和楊茜拿些去。這小點又甜又香，孩子們肯定愛吃。」

她早就在想著該如何跟羅管事家把關係維持得更好，並跟楊家把關係搞好。自家勢弱，以後買了田地，修了大房子，怕有人惦記，得有倚仗才行。她想了半天，他們兩家都有孩子，決定做這道小點心，抓住孩子們的胃。

這是她前世非常愛吃的東西，不管這個時代有沒有，她覺得自己做的應該相當有特色，況且她家的水缸裡可是泡著燕沉香的木頭渣。

王氏驚詫道：「那是什麼小點，阿福怎麼會做？」

陳阿福笑道：「是我這些天琢磨出來的，想著肯定好吃。」

正說著，突然聽到外面傳來一個婦人的大嗓門。「陳二兄弟，陳家弟妹，你們在家嗎？」

幾人往窗外一看，見籬笆門外站著一個穿紅戴綠的中年婦人，儘管離得老遠，都能看到她的臉抹得像剛從麵缸裡鑽出來的樣子，大嘴也塗得通紅。

「是李媒婆。」阿祿說完，看了陳阿福一眼。

陳名和王氏還是希望陳阿福能夠招個好女婿，把女兒的門戶頂起來。見來了媒婆，都高興地起身迎出去，還把陳阿福、大寶往新院子那邊趕。阿祿想聽牆根，便拄著枴杖往自己的西屋去了。

這個場合，陳阿福也不願意待在這裡，只低聲說：「爹娘不要隨意給我訂親事，要問過我再做決定。」然後便牽著大寶回新院。

王氏喜上眉梢地跑去開門，笑道：「李大嫂，妳還是第一次登我家門。快，請進。」

陳名站在屋簷下難得大著嗓門說話。「喲，李大嫂，請進，快請進。」

李媒婆大著嗓門笑道：「陳二兄弟，陳家弟妹，恭喜你們、賀喜你們，有人家託我給阿福說親來了，他們若成了，哎喲，真真是一對郎才女貌的璧人。」

陳名和王氏聽了，更高興了，說著笑把李媒婆請進東屋，倒茶並拿出糖和花生招待她。

等李媒婆把說親的後生名字一講，陳名和王氏對視一眼，剛才興奮的心情跌入谷底，臉色頓時難看起來。

幾個人進屋不到半刻鐘，就出來了，而且都沈著臉。

站在院子裡，李媒婆還在說：「陳二兄弟，陳家弟妹，想找好女婿也要看看自家閨女的條件不是？正所謂鑼鼓配鈴鐺，西葫蘆配南瓜，誰和誰正好配對，我們媒婆看得最準。汪應俊不錯了，剛滿二十五歲，人白淨、勤快，腦子好使又節儉，還自己置下了兩畝地，多好的後生……」

西屋裡的阿祿早憋不住了，把腦袋伸出窗戶大聲說道：「李媒婆，妳走吧！我姊姊就是一輩子不成親，也不會看上他。那汪應俊長得那麼寒磣，還死摳，臉都髒得看不出什麼顏色，也只有妳才說他白淨。哼，真是癩蝦蟆想吃天鵝肉……」

李媒婆氣道：「汪應俊不愛乾淨，那是因為他從小沒有娘幫著打理，等他成了親，媳婦給他打理乾淨些，不就俊俏了？」

陳名制止阿祿道：「阿祿，小孩子胡說八道什麼？不能這麼說人家。」又向李媒婆道歉。「小孩子不懂事，李大嫂別介意。我家阿福現在還不急著找相公，以後再說。」

李媒婆本以為能拿到手的謝媒錢沒能拿到，只得不高興地走了。

舊院子裡幾人說的話傳到新院子，坐在西屋窗邊的陳阿福有些發懵。能把阿祿那麼斯文的孩子氣得說出那些話，不知道汪應俊是哪號人。

「汪應俊是誰？」

陳大寶的臉也氣紅了，噘著嘴說道：「那個汪應俊只比小舅舅高一點，腿有些跛，還非常髒，離得老遠就能聞到他身上一股酸臭味。聽說，他從小沒吃的，長大又捨不得吃，所以才不長個兒；他還為自己的個子高興，說做衣裳省布……」

嘰哩呱啦，又拉拉雜雜說了一些他摳門的事，死命地掙錢，掙了錢又捨不得用。一年別說吃一兩肉，就是連顆蛋都捨不得吃；那身衣裳也是縫了一年又一年，還不願意洗，說洗多了布容易破……

陳阿福知道是誰了，這個人經常會在自家菜地周圍轉悠。他大概只有一百五十公分高，特別髒，身上的味道極不好聞。他來陳阿福跟前說話，陳阿福都是屏住呼吸的。

原來他就叫汪應俊！就是這樣一號人，還自信地經常到她面前刷存在感，在媒婆的眼裡跟她居然是郎才女貌正相配，自己就那麼差勁？他娘的！他奶奶的！

陳阿福在心裡狂罵不已，極不舒坦，讓大寶去找小舅舅玩，她自己回東屋躺著。

大寶紅著眼圈跟來東屋說：「娘別生氣，小舅舅說得對，那汪應俊是癩蝦蟆想吃天鵝肉，咱不要他就是了。」

陳阿福敷衍地說：「娘不是生氣，只是累了。大寶聽話，去找小舅舅玩。」

王氏走了進來，她也怕女兒生氣。

陳阿福對她說：「娘，我無事，就是累了，歇歇就好。」

王氏的眼圈有些紅，摸了摸她的臉頰說道：「我的阿福這麼俊，會找到好後生的。」

陳阿福又道：「嗯，我也這麼覺得，即使找不到也無事，我還有兒子，這輩子我和大寶過就是。」

等王氏和大寶走了，陳阿福起身進了空間。

金燕子還在辛苦忙碌著，牠的小尖嘴啄在金子上竟然還閃出火花。

陳阿福倚著燕沉香，對牠說了今天的鬱悶。她實在憋得太難受，又找不到人訴說，只能跟金燕子念叨。她不奢望小東西能聽她絮叨，或是開解自己，只是想說出來讓自己心中好過些。

誰承想，金燕子一聽這話馬上就停下嘴裡的活計，饒有興趣地看著她，小綠豆眼瞪得老大，眼裡的八卦之火熊熊燃燒著，還用一雙翅膀捂著小尖嘴，一副不可思議的樣子。

聽完陳阿福的話，牠就像聽到什麼笑話，笑得直跳腳，還輕靈得越跳越高，那小嘴張得都快咧成兩半了。

陳阿福很受傷，氣道：「我都快氣死了，你還這麼高興。」

金燕子笑夠了才停下來，充滿同情地看了陳阿福兩眼。「媽咪，人家之前跟了四個主人，都是女的，她們找的男主，個個高大英俊、上檔次。後來跟了妳，本以為妳前輩子能夠找個霸道總裁，等妳百年後，讓人家有面子跟下個主人吹噓，沒想到啊沒想到，妳不僅被甩了，還把命送了。來到這裡，竟然被那種人惦記上。嘖嘖，妳怎麼混得這麼慘！」說完，又用翅膀捂著牠的小臉。「唉，有了妳這樣窩囊的主人，都害我沒面子了。」

這幾句話，把陳阿福說得直想吐血。

稍後，金燕子突地把翅膀從眼前移開，瞪著小綠豆眼說：「難道，妳不是女主角？」

陳阿福悶悶說道：「前世、今生，我就是一個配角。我現在這個出身，不說如何上檔次，就是有錢人家的少爺，都要離遠些，省得再被甩……只是，我再不怎樣，也不能把我跟那樣的男人扯到一塊兒呀，還說我們正相配，氣死人了！」

金燕子翻了個白眼，一臉鄙視。「連有錢人家的少爺都不敢想，妳也太沒有追求了。」接著豪爽地一甩翅膀，擲地有聲地說：「記住，我金燕子的主人肯定是女主，別這麼沒出息。」

陳阿福搖搖頭說：「不管女主、女配，找個普通的男人也挺好的，做對平凡夫妻，恩恩愛愛，共同脫貧致富奔小康。」

金燕子伸長脖子問道：「是不是妳想娶那個黑木匠？他可不行，檔次太低，妳找了他，把人家的面子都丟光。」

陳阿福嘆了一口氣說：「你別瞧不起他，就是他，他家裡還不同意。」

金燕子的小綠豆眼轉了轉，啾啾笑道：「我倒幫妳相中了一個男主。」

陳阿福忙問：「是哪個？」

金燕子又恢復了可愛的語氣說：「就是漂亮妹妹的爹爹呀！人家雖然只見過他一次，但看得出來，他有當男主的潛力和氣場。」

陳阿福聽了失望不已，悶悶說道：「你拿我開心呢！他若是男主，那我就是串場演員，連女配都算不上。我們兩個根本不是一個世界的人，他是天上的神，而我是地下的草，怎麼可能在一起。」她看了金燕子一眼。「人比人，氣死人。你千萬別拿我跟你過去那些女主比，我前生是孤兒，今生是農女，還曾經是癡女，若是眼界太高，會把自己摔死的——就像前世。」

她的聲音越來越低，很是傷感。

金燕子跳上陳阿福的肩膀，用翅尖輕觸著她的臉頰，似在安慰她。「妳太自卑了，別這麼妄自菲薄，妳還是非常優秀、漂亮、有氣質，還有這個世界沒有的知識；最最重要的，妳擁有我——超級優秀無敵金燕子。找相公，不是找個條件比妳低得多的，妳就能幸福，妳能低就他，他卻不一定能高就妳。」

陳阿福吃驚極了，把牠從肩膀上抱下在手中問：「金寶，你還懂這些？真是太厲害了！」

金燕子得意道：「經歷了這麼多，人家就是聽也聽懂了，當個感情心理分析師綽綽有餘。人家不僅知道這些，還經常聽到女主和男主他們嘿咻呢……啾啾啾啾……」牠笑得小尖嘴大張，渾身直打顫。

這小東西，話題轉得也太快了。

「討厭，這些你也能聽，還要拿出來說。」陳阿福趕緊把牠放在地上嗔道，然後，一閃身出了空間。

跟金燕子說了一會兒話，倒讓陳阿福的心緒平復許多，再聽聽簷下百靈鳥清脆的叫聲，還有被風吹進屋來的桂花香，她的心情也好了起來。這個世界這麼美好，她還是個十五歲的花樣少女，有兒子、有金燕子，還有關愛自己的家人，不能讓那些事情壞了心情。大不了，不娶就是了。

吃晚飯的時候，沒等大寶過來叫，她自覺去了舊院子。

幾人看到陳阿福不在意那件事，才放下心。

晚上，明亮的月光透過窗櫺灑進來，照得屋內朦朦朧朧的。透過半開的窗櫺，看到天幕深邃，皓月當空，群星璀璨，還有隨著夜風飄進來的桂花香，及大寶枕中幽幽散發出來的幽香……

夜色如此迷人，讓陳阿福的心情美麗得如花兒一樣——但要忽略身旁的小屁孩，他正躺在炕上翻來覆去睡不著，還嘆著氣。

隱約看到大寶的眼睛瞪得老大，眉頭還皺著，陳阿福捏捏他的小耳朵笑道：「兒子，娘都不生氣了，你怎麼還在生氣？男子漢這樣小氣可不好。」

大寶側過臉來對陳阿福說道：「我不是在生氣，我是在想，姥爺和姥姥當初的決定是錯誤的。」

陳阿福一愣。「決定錯誤？什麼決定？」

陳大寶激動到一骨碌坐起來，聲音也提高了，說道：「當初姥爺和姥姥抱我回來就不應該給娘當兒子，而是應該當女婿；若我給娘當了小女婿，肯定會一輩子對娘好，順便絕了那些人的念想。等我長大了，跟娘才是郎才女貌正相配。」說完，還嘟著嘴，等娘親表揚他早慧。

陳阿福看看眼前一本正經的小正太，形象和深沈的話實在不協調，讓她大笑起來。

小屁孩見自己被笑話了，十分受傷，臉也紅了，癟嘴說道：「娘笑什麼？有什麼好笑的？本來就是嘛！那陳舉人都可以給姥姥當小女婿，為啥我就不能給娘當小女婿？我給娘當了小女婿，會一輩子對娘好，比姥爺對姥姥還好。」

陳阿福止住笑，這是她前生、今世聽到最令她感動的甜言蜜語。她起身把小屁孩摟進懷裡說：「謝謝兒子，你的話讓娘很感動，但你還是給娘當兒子得好。大媳婦和小女婿是極不協調的夫妻，根本沒有幸福可言，正因為陳舉人給姥姥當了小女婿，所以他們兩人最後才分開了。你給娘當兒子多好，你現在小，娘就撫養你，等以後娘老了，你就孝順娘。這樣，咱們這輩子都不會分開，多好啊！」

大寶想想也是這麼個理，抬頭說道：「若這樣，我還是願意給娘當兒子，以後好好孝順娘。」

陳阿福笑著低頭親了他的小臉一下，囑咐道：「小女婿這些話，千萬別當著姥爺和姥姥的面說，他們聽了會傷心。」

大寶點頭說道：「嗯，兒子知道，兒子不傻。」

隔天早飯後，王氏去鎮上買紅棗、糯米粉及芝麻。

陳阿福把買來的紅棗用水泡著後，便挑著水桶帶著追風去溪邊挑水澆菜地。當她正低頭在菜地裡忙碌，聽到追風一陣狂吠，她抬頭一看，是陳阿菊來了。

陳阿菊穿著藍色緞子做的上衣，半舊的細布淺綠色長裙。這身打扮，在鄉下小娘子中算是非常亮眼了，地主家的小姐也不過如此。

陳阿菊笑咪咪地挑眉說道：「陳阿福，哦！阿福姊，聽說汪應俊請媒婆去妳家說親了？看你們剛才說得那樣高興，這是快吃阿福姊的喜酒了？」

汪應俊託媒婆去陳家二房說親的事情，已經在響鑼村傳開。陳阿菊笑得不行，說就該讓陳阿福娶了汪應俊臭死她。

胡氏可沒那麼高興，點著她的前額悄聲說：「傻妮子，那汪應俊死摳，若是他入了阿福的門，不只咱們再討不到那丫頭的好處，怕是連妳二叔都討不到了。」

陳阿菊不管這些，還是樂得不行。她今天一大早來這裡轉，就是想來笑話、笑話陳阿福。

陳阿福看了她一眼，心想：她還真有本事把陳老太太的緞子弄到手。

陳阿福面無表情地說道：「吃我的喜酒還早，我可沒有阿菊妹子那麼著急，瞧瞧，妳惦記的男人來了。」

陳阿菊氣得剛想罵人，一轉頭，看見武長生正從菜地邊的小路上經過，她顧不得罵人了，甜甜地叫了一聲。「武二哥。」

武長生穿著灰布短襟，身材又高又壯，他朝這邊笑了笑，竟然走了過來，這讓陳阿菊十分激動，仰著頭甜甜地說道：「武二哥，你去哪裡？」

武長生似乎沒聽到她的話，站在籬笆牆外對陳阿福笑道：「阿福妹子在澆菜地？」

陳阿福也叫了聲。「武二哥。」

陳阿菊壓下眼底的一絲恨意，又笑著對武長生說道：「武二哥，我叫了你好幾聲，你怎麼都不理我呢？」

武長生似乎這時才看到陳阿菊，轉頭招呼一聲。「阿菊。」然後又轉過頭來對陳阿福笑道：「聽小石頭說那個大鳥籠裝了兩隻百靈鳥，妳家的另兩隻鸚鵡還需要籠子嗎？我再做兩個。」

陳阿福忙笑道：「我家的那兩隻鸚鵡都成精了，不裝進籠子也不會飛走，謝謝，不需要了。」說完，又低頭澆著菜地。

陳阿福澆完菜地，對武長生說：「武二哥忙，我去挑水了。」然後擔著水桶去井邊挑水，這次的水是挑回家的。

武長生見陳阿福走了，一臉落寞，也抬腳往村裡走去，陳阿菊還跟在他身後說個沒完。

陳阿福挑完水，又去新院子的東面，那裡長著兩棵桂花樹。這時正是桂花飄香的季節，風一吹就有許多嫩黃色的小花飄落下來，她掃了一大茶碗的桂花回家。

陳阿福把桂花洗淨後，又在簸箕裡鋪開，晾在院子裡，等晌午做桂花糯米棗。做完這些，她才回自家的西屋歇息，坐在陳大寶旁邊看他認真練習大字。不得不說，這孩子的定力是少見的，七七、灰灰和追風不停地在他旁邊搗亂，就是影響不了他。

而且，他寫的大字很不錯，比阿祿寫得還要好。他們兩個都是陳名教出來的，都是從兩個多月前才開始練習寫字，連陳名都說，這就是天賦，羨慕不來。

再看看他漂亮的小臉，陳阿福想著，誰家丟了他，是誰家的大損失。

這時，聽見隔壁的籬笆門外傳來一個男人的大嗓門。「陳大寶在家嗎？」

陳阿福和陳大寶從窗戶往外一看，一輛馬車正停在門外，說話的車伕是上次來過的老楊伯。馬車的窗戶裡，伸出兩個小腦袋，一個是楊超，一個是楊茜。

陳阿福和大寶馬上下炕去舊院子，一把門打開，陳阿福直接走到馬車邊把楊茜抱下車，請楊超及小廝立冬，還有個黃嬤嬤進院，老楊伯則趕著馬車去新院子把車停好。

陳名和阿祿也出來相迎，楊超和楊茜兄妹受到了熱烈歡迎，連兩鳥一狗都圍著他們轉，追風還高聲嚎著，刷自己的存在感。

「超哥哥，茜妹妹，看看，這是我家的追風，可愛得緊。」大寶顯擺道，又對七七和灰灰說：「快，學追風嚎，學好了，就給你們吃好吃的。」

七七和灰灰一聽，便齊齊地站在追風前面，伸長脖子嚎起來，聲音跟追風的一模一樣。

追風又懵了，不嚎也不跑了，瞪著眼睛愣愣地看一眼七七，再看一眼灰灰，表情極其懵懂，逗得楊超和楊茜笑得直跺腳。

陳阿福腹誹，看追風這個傻樣，哪裡是護家的保鏢，明明是賣萌的寵物，看來，金燕子的眼光也不一定準嘛！

老楊伯、立冬和黃嬤嬤從馬車裡拿了許多東西出來，有月餅、蘋果、兩條肉，還有兩隻喜樂酒樓的胭脂鵝。

陳阿福把兩個孩子請去新院子，讓大寶和阿祿以及那兩鳥一狗陪著他們玩，又端來新鮮棗子請他們吃；陳名則陪著老楊伯說話喝茶，她就跟著從鎮上回來的王氏去廚房忙碌。

早上泡的棗子已經好了，陳阿福把它們撈出來做桂花糯米棗。

做好後，陳阿福端了一小盤去新院子給孩子們吃，又拿了一盤請老楊伯、立冬和黃嬤嬤吃。

糯米棗子得到所有人的大力稱讚，陳阿福抿嘴暗樂，看來這道小點在這個時代應該還沒有出現。

因為他們來得晚，又做了桂花糯米棗，晌飯就做得比較簡單，陳阿福還做了一道黃金豬扒，由於醃製時間短，黃金豬扒並不算美味，但幾個孩子都大呼好吃，特別是楊超，說他們酒樓都沒有這麼好吃的肉。

不說幾個孩子，就連王氏都納悶，吃起來沒有油水還有些乾的瘦肉，經閨女這麼一弄，特別好吃，外酥內嫩，還好看，金黃金黃的。沒想到，最簡單的饅頭渣，做出的東西也能這麼好吃和好看。

吃貨陳阿福前幾日想起前世的黃金豬扒，想著這個時代的排骨和瘦肉比肥肉還便宜，便想做這道菜。這個時代可沒有現代的麵包粉，於是她自製了饅頭糠取代麵包粉，還跟王氏說這叫細糠，讓她千萬別把做法說出去。

只是這兩天事多，還沒去買瘦肉或是排骨，正好楊超兄妹來了，又帶來了里肌肉，於是就做了這道菜。她給這道菜重新取了個適合的名字「黃金滑肉」。

陳阿福和王氏沒有跟他們一起吃飯，因為要再做些糯米棗子給他們帶回去吃。

楊茜聽說陳姨又在給他們做棗子時，還特地跑來廚房說：「陳姨，麻煩妳多做些行嗎？這棗子好吃，茜姊兒想讓爹爹和奶奶多吃些。」

小姑娘玉雪可愛，說話軟糯，惹人疼愛。

聽她的話，只打算帶回去給爹爹和奶奶吃，肯定又是一個沒有娘親的孩子，無論哪個時代，孩子沒有娘，都是可憐的。

陳阿福對楊茜笑道：「茜姊兒真是孝順孩子，好，陳姨多做些，不只讓妳爹爹、奶奶吃，還讓茜姊兒多吃些。」

楊茜聽了陳阿福的話，咧開小嘴笑起來，軟糯說道：「謝謝陳姨。」

吃完飯後，黃嬤嬤、老楊伯和立冬說他們兄妹該走了，兩兄妹一起哭了起來。

陳阿福進屋給楊茜拿了個小雞玩偶。這個玩偶大概二十公分長，黃身子、紅雞冠，是她準備拿去府城賣的。

小姑娘抱著這個無比好看的玩偶，才不哭了，含著淚說：「這隻小雞好可愛，茜姊兒喜歡。」

送走他們後，已經犯睏的陳名、阿祿和大寶去午睡，陳阿福和王氏把剩下的一條肉用鹽醃好，掛在背光通風的地方晾上。

陳阿福又開始做桂花糯米棗，這些是要送給羅管事家和自家吃的。羅管事雖然送楚含嫣去了府城，但羅大娘和小羅管事及兩個孩子還在棠園。

大寶起床後，便讓他領著追風送了一大碗到棠園，另外還送了一小口袋鮮棗子，兩樣東西放進小背簍裡，讓他揹去。

大概兩刻多鐘，大寶回來了，後面還跟著一個十一、二歲的小丫頭。她叫小青，是羅管事家的小丫鬟，長得甚是機靈。她說她家的姊兒和哥兒都非常喜歡吃那道小點，她家太太極高興，讓她來致謝，又特地派她送大寶回來，還回送了一大碗的紅燒肉，大寶拿著的大碗也裝滿了海棠果蜜餞。

陳阿福道謝，把紅燒肉倒出來，又把那個超級大的木碗洗淨擦乾。想著大寶拿回來的那一碗海棠果蜜餞，總不好讓小青拿空碗回去吧？那羅大娘還真是個妙人兒。

陳阿福心裡感到有些好笑，又把那些剩下要留給自家人吃的糯米棗子都裝了進去，勉強裝了一碗。

看看那一大碗紅燒肉，暗紅有光澤，肥肉又特別多，陳名笑道：「把這肉給妳大伯送去吧！現在秋收，他們辛苦，要多吃些油；再送他們半隻鵝吧！給妳大伯和阿貴下酒。」

本來他還想拿些稀罕的月餅和蘋果給老太太吃，但怕胡氏時常來要，還是等到中秋當天再送吧！

隔天吃早飯的時候，阿祿卻沒有起床，陳阿福進屋問他，原來是他的腿痛得厲害，一定是昨天跟幾個孩子玩得瘋，動到腿了。

阿祿回來後，陳阿福特地向金燕子要了一小塊燕沉香樹皮，給阿祿熬藥的時候就放進去，等倒藥渣時，又把這塊小樹皮揀起來，下次再跟藥一起熬。阿祿的腿恢復得非常好，很少叫痛。

因此這天陳阿福便不讓他下炕，飯都是王氏端來餵他的。

飯後，王氏去縣城送繡活，她不需要再買東西，過節的吃食都準備好了。

陳阿福去村外溪邊把一家人的衣裳洗好，回院子剛晾上，就看見一個穿著體面的小男孩在籬笆牆外轉悠，還不時踮著腳尖往院裡瞧。

小男孩四歲左右，長得白白胖胖，穿著過膝綢緞長衣，月白色褲子，一看就是有錢人家的少爺，雖然看著眼生，卻又有熟悉之感。

陳阿福走過去問道：「你找誰？」

那小男孩也不怕生，對她說道：「我找陳大寶，這是他家嗎？聽說，他家的院子就是籬笆牆的。」

陳阿福高聲把在屋裡寫字的陳大寶叫出來，陳大寶一看見小男孩，趕緊跑過去招呼道：「成哥兒，你怎麼來我家了？」

陳阿福才知道，小男孩是羅管事的小孫子羅明成，成哥兒，今年四歲，比大寶還小幾個月。

羅管事一家即使是奴才，人家的孩子也是矜貴的，不像陳大寶、小石頭這些鄉下孩子到處野，他獨自跑來自家做甚？棠園到這裡，可要穿過一大片稻田呢！

陳阿福趕緊出去把羅明成牽進院子，蹲下問道：「我是大寶的娘親，你來找大寶有什麼事嗎？」

羅明成扭著小胖指頭說：「我喜歡吃妳家的甜棗子，可我奶奶把那些甜棗子，都讓我爹送去給府城主子吃了，我只吃了幾個。」小嘴翹起來，很委屈的樣子。「我家姑娘不太好，連我娘都去省城照顧她了。」

陳阿福還以為他也跟楊超兄妹一樣，惦記自家的七七和灰灰，沒想到是惦記自家的吃食；還有，那位嫣兒小姑娘又怎麼了？可憐的孩子，但願她平安無事。

「好，我馬上給成哥兒做。」

一旁的大寶聽說楚含嫣不太好，也擔心起來，說道：「娘，嫣兒妹妹又生病了。」

陳阿福安慰他道：「府城有好大夫，會治好她的病的。」讓他帶著追風去棠園跟羅大娘說一聲，成哥兒在他家，讓他們別著急。

陳阿福先進廚房把棗子泡著，接著帶成哥兒去新院子，讓七七和灰灰陪他玩。

大概過了兩刻鐘，大寶回來了，身後還跟著兩個女孩。一個是小青，另一個女孩六歲模樣，穿著綢緞小比甲，跟羅明成有幾分相似。大寶向陳阿福介紹了那個小女孩，是羅明成的姊姊羅梅。

羅梅比羅明成懂事多了，笑咪咪地向陳阿福打招呼，又教訓了弟弟幾句，說他不見了，把奶奶和她都急壞了。

之前聽大寶說過，這位羅梅小姑娘很是聰明能幹，在楚含嫣來棠園的時候，就一直伺候在嫣姊兒左右。還聽說這位小姑娘，明年滿七歲了就會去嫣姊兒跟前當差。

陳阿福把家裡的紅棗全用完，也只做出兩大碗，盛了一盤給孩子們吃，又留了一小碗給大寶和阿祿吃，剩下的一碗都送給羅家。

陳阿福又留幾個孩子在家吃了晌飯，家裡有現成的肉，她做了一道昨天極受孩子歡迎的黃金滑肉，又炒了幾道家常菜，連小石頭和玩伴四喜子都是在這裡用飯。

羅明成一直被家裡寵著，覺得黃金滑肉好看又好吃，就霸著吃，這道菜有一大半進了他的胃。

晌飯後，小青才端著一大碗糯米棗子領著兩個孩子回了棠園。

第二天上午，小青領著羅梅和羅明成又來陳家玩。聽小青私下說，羅家的大人，除了羅大娘，其他人都去了府城。羅大娘剛好生病，沒精力管他們，成哥兒嚷著來這裡，便讓他們來了。陳家當然是好吃好喝好招待，讓他們三人吃了晌飯才走。

此後，羅明成和羅梅便會在小青的陪伴下，隔個兩、三天便來陳家玩半天，基本都是上午巳時後來，吃完晌飯就走。羅家很高興自己的兩個孩子有了玩伴，而且陳家的大人和孩子們都懂事，也不像鄉下人，沒有什麼不良嗜好，把兩個孩子招待得十分好，便默許了孩子間的來往。他們來的時候，羅家也會給陳家送些魚、肉和蜜餞等吃食，或是頭花、絲帶等小東西。

晚上，陳阿福在紙上畫了一套衣裳，她想給羅梅和楊茜一人做一套；但她不會裁，便拿出緞子讓王氏照著畫裁，她在一旁跟著學。

其實，陳阿福更想給楚含嫣那個漂亮得讓人心疼的孩子做衣裳，不過又想到楚家肯定有自己的針線房，不一定看得上她做的，便歇了心思。

中秋十五，陳名和王氏午後給大房送去兩斤月餅、幾顆蘋果，還有一油紙包的海棠蜜餞及四根絲帶。

胡氏一看這月餅，吃驚道：「喲，這可是縣城桂明園的月餅，貴得緊。二叔家可真是發達起來了，連那裡的月餅都買得起。」

陳名道：「這不是我家買的，是喜樂酒樓的少東家送的，蘋果也是他們送的，至於蜜餞和絲帶是羅管事家送的。」

陳業一聽二房攀上了這些人家，喜道：「二弟不錯，病好些了就攀附上這些老爺們，到底是童生。」又囑咐道：「這兩家貴人一定要攀附好，對你們二房，甚至是我們大房、三房都有好處。」

陳名老實地說：「我連家門都難得出，哪裡攀得上他們。是大寶那孩子聰明，凡是跟他玩過的孩子，都喜歡和他玩。」

胡氏道：「孩子們玩得那麼好，肯定不只送了這些東西吧？」

陳業的眼睛瞪大起來，罵道：「老子一直都是怎麼跟妳說的，妳這臭娘兒們怎麼還在找事？不只送這些，難不成要把人家送的東西都給妳拿來？」

胡氏見陳業又發了火，便不敢多話了。昨天，她特別跟陳業提了提，說大虎喜歡二房的那兩隻鳥兒，能不能要過來給大虎玩。

陳業聽胡氏想讓自己去要二房的鸚鵡，不高興了，說道：「人家的東西，人家孩子也喜歡，憑什麼給妳？」

他們正說著，陳阿貴就走了進來，也說道：「娘，妳就聽點勸吧！妳總這樣向叔叔們要東西，不好。爹和我沒日沒夜地幹活，也沒委屈妳和妹妹們，咱們家如今在村子裡已經是日子好過的富戶了，妳就給爹和我留點臉面吧！還有阿菊，娘要好好教教她。」

第九章

過了中秋節，只要羅梅和羅明成小姊弟沒來家裡玩，陳大寶便忙著去村東頭撿柴火。上午、下午各一次，他要多撿些存著，等下個月初他們去了府城，姥爺才有得燒。有時候陳阿福把手中的事做完了，也會陪他一起去。

雖然搬了許多玉米稈回院子，但還沒有乾，得等過些日子乾透了才能當柴火燒。這天夜裡，迎來了第一場秋雨，細雨綿綿，下了一夜。

隔天，陳大寶寫完大字已是巳時，見羅明成姊弟沒來，他便帶著追風去村裡，約小石頭和四喜子一起去撿柴。小石頭和四喜子的家裡不用他們撿柴，但他們兩個願意跟著大寶去樹林裡玩。

陳阿福勸道：「地還有些濕，明天再去吧？」

大寶搖搖頭，說道：「不，要給姥爺多攢些柴火。」

陳阿福只能隨他，見七七和灰灰也想跟著去玩，便囑咐道：「你們想玩就在高空中飛幾圈，或是去山裡的林子裡，千萬離人遠著些，別被人抓著。」

七七和灰灰聽了，一展翅，飛上了高高的天空。

陳阿福拿著給楊茜做的衣裳，去舊院子的東屋裡做。她手裡邊做著活計，邊同陳名和王氏說話。

這時，胡氏來了，她沒有在門口叫門，而是直接開籬笆門進來，王氏只得把她迎進東屋。

陳阿福已經把做小衣裳的緞子放進櫥裡，心裡鬱悶得要命，用自己家緞子做衣裳，還得跟做賊一樣躲躲藏藏。

胡氏今天難得滿面春風，跟他們東拉西扯一陣子後，說：「咦，你家那兩隻鳥兒呢？」

王氏道：「出去玩了。」

胡氏笑了笑，又說：「我給二叔和弟妹指條掙錢的法子，以後你家的日子就好過了。聽我家老五說，他有個縣裡的朋友，特別喜歡會說話的鸚鵡，讓我家老五幫他收羅，說一隻鸚鵡可賣五兩銀子呢！嘖嘖，兩隻就是十兩，這些錢，夠你家掙一年多的了。怎麼樣，讓我家老五搭個關係，幫你們把那鳥兒賣了吧？咱們鄉下人家，重要的是吃飽穿暖，哪有閒錢像富貴人家一樣養寵物。」

陳名、王氏和陳阿福心裡暗罵不已，當他們是傻子嗎？七七和灰灰會說很多話，還認得回家的路，像這麼聰明的鸚鵡，每隻至少能賣幾百兩銀子。

他們現在跟這兩隻鳥的感情已經非常深了，家裡再艱難也不會賣了牠們。

陳名直接拒絕道：「謝謝大嫂，這兩隻鸚鵡如今就像我們的家人，再多錢我們都不賣。」

王氏又補充道：「我們也不敢賣，羅管事跟我家大寶說了，他家小主子喜歡這鳥，以後他家姊兒來了棠園，還得讓大寶帶著牠們去陪他家姊兒玩呢！」

胡氏沈下臉。「知道你們巴結上羅管事，也不至於屁大的事就扯上他吧？我四妹夫可是衙門裡的差爺，去年他還陪著縣尉大人去羅管事家吃過飯呢！我們也沒動不動就拿出來說嘴。我可聽說了，大戶人家的鳥兒多得是，掛滿了院子，那棠園主子那麼富貴的人家，小主子還會稀罕你家這兩隻破鳥？我家老五好心幫忙，你們還拿喬了。」

她也沒想到那兩隻鳥能賣得鉅款，否則根本不會這麼淡定。胡老五跟她說的是，他能在縣城把這兩隻鳥各賣得二十五兩銀子。他留二十兩，剩下的三十兩給胡氏，胡氏就想著自己留二十兩，給陳名十兩，這已經不錯了，誰想到他家竟然不願意賣。

陳名慢悠悠地說道：「我們不是拿喬，也不需要胡老五好心幫我們的忙，這兩隻鳥就像我們的家人，出多少錢都不會賣。」

看胡氏還要說，陳阿福似笑非笑地說道：「大伯娘，我奶奶跟我們說了，若是妳再背著我大伯來我家氣我爹，讓我爹犯了病，就讓我們告訴她；再過分了，她還會跟我大伯說，妳跟我三叔哭著要房子的事。」

胡氏心裡一沈，那件事老太太和二房怎麼會知道？看來，老三也不是老實人，虧自己一直說他好。

胡氏氣得不行，盯著陳名問道：「二叔，原來沒分家的時候，大嫂可是盡心照顧過你，你就這麼不記情，讓你閨女這樣對待我這個大伯娘？」

陳名譏諷地笑了幾聲，說道：「大嫂，我一直記著我大哥的好，也一直記著妳的那份情。原來沒分家的時候，妳把我『照顧』得可真好，若沒有妳那幾年的賢慧，有些事，我還真會跟我三弟一樣磨不開臉。」

「照顧」兩個字咬得極重，胡氏才想起來，沒分家的時候，自己是如何背著人辱罵陳名。這麼多年來，她經常說自己如何照顧小叔，說久了，連她自己都錯認為她過去就是那麼賢慧。

胡氏噎了一下，說道：「話我可是帶給你了，老五看在親戚的情分上，才讓我好心來問的，失去了賺大錢的機會，你們可別後悔。」然後，就起身氣沖沖地走了。

胡氏一走，一家人的心情都跌入了谷底。

王氏擔心地說道：「胡老五是個小霸王，他惦記的事沒做成，不會來尋咱們家的事吧？」

「大寶回來後，這些天就別讓他單獨出去了。今天我大哥和阿貴去縣城賣糧了，要下午才回來，我晚上就去跟他說說。」陳名又對陳阿福說：「妳也少出去。」

王氏道：「我手上的繡活做完以後，也不接活了，撿柴火、挑水、澆地和洗衣裳這些活，都由我來做。」

「爹娘莫慌，下午我去棠園跟羅管事家說一聲，畢竟他家小主子也喜歡七七和灰灰，如今咱家跟他們的關係不錯，求他們幫個忙，去敲打、敲打胡老五。」

陳名和王氏聽了，才放下心來，胡老五再橫，也不敢惹羅管事。

下午，陳阿福看大寶睡得香，便拿著給羅梅做的那套小衣裳，帶著追風來到舊院子。王氏正等著她，她們一起去了棠園。

雖然追風還小，戰鬥力不一定有多強，但牠的叫聲大，能夠壯膽。

穿過一大片水田，如今這些田裡種的都是油菜，又走過一片樹林，便來到那座高貴又神秘的棠園。朱紅色大門緊閉，越過白色院牆，看到園內飛簷翹角掩映在鬱鬱蔥蔥的樹木之中，即使在外面，也能隱約聞到甜酸的海棠果味。

她們沿著院牆往後走，聽大寶說過，羅管事家在棠園的後面，那裡有一排棠園下人住的院子，第一個院子就是他家。

轉到棠園後面，果然看見有一排連在一起的幾個小院子，第一個院子最大，是其他院子的好幾倍。

來開門的正是小青，她笑著把她們請進院子，又抬高嗓門喊道：「太太，阿福姊姊和陳大娘來了。」

這是一個大四合院，極為敞亮。

羅大娘從上房迎了出來，笑道：「喲，陳家弟妹、阿福啊！什麼風把妳們吹來了，快請進。」

幾人進了屋，說笑幾句，陳阿福便把小衣裳拿出來，笑道：「一點小心意，羅太太別嫌棄。」

這套小衣裳是緋色比甲，月白色立領中衣、中褲。比甲下方縫了一個黃色的大耳朵狗臉，狗嘴裡伸出條紅舌頭，笑得很是開懷，別致又有喜感。小中褲的剪裁更別致，褲襠沒有那麼大，簡潔又好看，褲腳邊還繡了幾朵小花和一隻小蜻蜓。

羅大娘拿著衣裳看了半天，樂得嘴都合不上，直誇好看。

之後，陳阿福便說了，想請羅管事幫忙，能不能幫自己家和胡老五說合。因為胡老五惦記她家裡的鸚鵡，自家沒給，怕他報復尋事，最擔心的還是怕他找人打大寶的主意。

羅大娘也不想鸚鵡和大寶出事。「哎喲，可不巧了，我當家的現在還在府城，要等下個月我家小主子過完生辰後，帶著她一起回來。不過，我大兒子倒是在家，讓我大兒子去說合也一樣。我大兒子今早去了縣城，晚上才回來。這樣吧！讓他明天去會會那個胡老五，一個混混，也忒輕狂，妳們別怕，今天莫讓大寶出家門就是了。」

也只有先這樣了，陳阿福和王氏自是千恩萬謝。

夜深了，天地之間空曠而靜謐，唯有漫天繁星眨著眼睛。

突然，響鑼村東北頭的一個小院裡傳來一陣淒厲的嗥叫聲，這叫聲有別於一般的狗，也有別於狼，聲音還特別大，在寂靜的夜裡顯得特別突兀、嚇人，把整個村子都吵醒了，頓時狗吠雞鳴，還把幾家的小娃嚇得大哭起來，其中就包括陳大寶。

陳阿福也嚇醒了，那是追風的聲音。她還是頭一遭聽到牠的叫聲如此大、如此淒厲，她安慰大寶道：「莫怕，是追風。」

但大寶嚇壞了，依然大聲哭泣不已。

陳阿福趕緊起身，套上外衣，抱著掛在她身上的大寶出了東屋。

追風早就從西屋的窗戶跳了出來，正立起身使勁抓著側門，邊抓邊嚎；七七和灰灰也飛了出來，站在地上學著追風的嗥叫，只是聲音要小許多。

舊院子傳來陳名和王氏的叫喊聲。「誰，是誰？」

陳阿福把側門打開，舊院子裡瀰漫著一股惡臭味。

追風像箭一樣衝到籬笆牆邊，由於身子太小翻不過籬笆牆，急得邊撞牆邊大聲嗥叫。

星光下，院子裡有一大灘黃黃的東西，一看就是屎尿。

籬笆門外還放著一個桶，桶裡還有半桶屎尿，看來那個人還沒來得及潑完，就被追風的嗥叫聲嚇跑了。

這正是胡老五的做派。他這麼明顯的做法，就是要讓陳名知道，這些事就是他做的！

陳名和王氏看到這一幕，氣得大罵道：「胡老五，你個天殺的！」

鄰居家有人起來在自家院子裡大聲問：「啥事？」

陳名大聲道：「有人往我家潑糞。」

鄰居又說：「哦！沒傷到人就好。唉……」然後，就沒有聲音了。

王氏邊打掃院子邊咒罵不已。

陳阿福看了一眼在院子裡轉圈圈極其不甘心的追風，才覺得牠不只萌和傻，還有三個優點：一是嗓門大，二是耳朵好使，還有一個是勇猛，金燕子的眼光還挺準的。

陳阿福把啼哭的大寶抱回屋裡，把他哄睡了，自己卻沒有睡意，睜著眼睛一直到天明。

早上，一家人隨便吃了早飯。剛洗完碗，陳老太太、陳業和陳阿貴都來了，他們夜裡也隱約聽見追風的嗥叫，再聽說陳名家被潑糞的事，老太太和陳業又是一通咒罵。陳業更是氣得緊，胡老五如此，這是打他的臉呀！

陳阿貴的臉色也不好看，起身說道：「我去問問我舅舅，太不像話了，竟然把這招用到了親戚頭上。」

不一會兒，他耷拉著腦袋回來了，說：「舅娘說我舅舅昨天去了縣城沒回來。」

幾人正說著，羅小管事竟然來了，陳名幾人熱情地把他請進屋。

羅小管事摸了摸大寶的頭說：「嚇著了？莫怕，羅大伯給你撐腰。」

大寶的眼淚流了出來，用袖子擦了擦說道：「謝謝羅大伯。」

陳阿福笑道：「羅大爺就在我家吃晌飯吧！我會做幾道拿手好菜，請羅大爺嚐嚐。」

羅小管事沒客氣，笑道：「好啊！我早聽我家成哥兒和梅丫頭說，陳家娘子做菜手藝好。人少吃酒不熱鬧，去把高里正、武木匠叫來，再去上水村一趟，對劉里正說，我在這裡，讓他也來喝酒；還有古橋村的余地主，余里正，把他們也叫來。」

陳名、陳業等人聽到這些傳說中的人物，都有些愣神。

陳阿福趕緊笑道：「好、好。」

心裡無比佩服羅小管事的老練，他這樣把附近最有權勢和體面的人叫來陳家吃飯，不用多說一句話，也能震懾到胡老五。

陳阿福和王氏泡了茶，又把花生、糖果拿出來招待貴客，便退了出來。

「娘趕緊去古橋村買些肉和排骨、豬肝和豬頭肉回來，再沽幾斤好酒。」陳阿福對王氏說完，又把陳阿貴叫出來，讓他幫忙去請羅小管事要請的人，陳阿貴忙應下去請了。

陳阿福帶著追風去菜地裡摘了菜，又趕緊回來忙碌。

高里正和武木匠前後腳地來了陳家，待余地主、余里正、劉里正到來之後，小屋就有些坐不下了，眾人便來院子裡的棗樹下坐著聊天，陳阿福和陳阿貴去新院子把新桌子和凳子都搬了過來。

路過陳家的村民們，看到這麼多貴客在他家院子裡坐著，都羨慕不已。

羅小管事話裡話外說著自家跟陳家二房如何交情好，他父親如何看重陳大寶，說這孩子以後會有大出息，他的一雙兒女如何愛吃他家的吃食……

其餘幾人都是聰明人，不住地附和著。

這時，竟然又來了四個意想不到的客人——楊明遠、楊超、楊茜，還帶了一個三十幾歲的男人。那個男人陳阿福也認識，是喜樂酒樓的廚師，上次滷肉就是教他的，他們還帶了許多禮物來。

羅小管事竟然認識楊明遠，見他來了，吃驚不已，拱手道：「楊大爺，你怎麼來了？」

楊明遠拱手回道：「羅大爺，幸會，幸會。我家小兒、小女想跟大寶玩了，我也要跟陳家談談生意上的事，所以就來了。」

陳阿福讓阿祿領著楊超兄妹在新院子裡跟兩鳥一狗玩，又讓陳阿貴領著大寶去棠園把羅明成和羅梅姊姊弟請來，想了想，又道：「再把大虎和大丫叫來，孩子們一起玩熱鬧。」

陳阿貴搖搖頭說：「算了，他們來了，我……」

他不好意思說胡氏會跟著來，他怕他娘來了又說什麼不妥當的話，今天人家明顯就是來給二房撐腰，收拾胡老五的。

待羅明成和羅梅來了後，大寶又把小石頭叫來，新院子裡更加熱鬧了。孩子們逗著七七和灰灰，笑鬧聲此起彼伏。

開始吃飯時，舊院子一桌，坐著那些貴客，新院子一桌，由老太太帶著孩子們，陳阿福和王氏則一直在廚房忙碌。

羅小管事起先還納悶，楊明遠跟陳家有什麼生意往來，吃了滷菜後便有些了然，這個味道跟喜樂酒樓的獨門九香滷肉幾乎同一個味道。羅管事父子都喜歡吃九香滷肉，只要去縣城便會去喜樂酒樓買；有時候去府城，也會繞個彎去縣城多買些，回去孝敬大爺。

如今，他覺得這裡的味道還要更香些，不只滷菜，每道菜都好吃，連那黃瓜都要脆嫩些，怪不得自己的一雙兒女那麼喜歡吃陳家的菜。

若是陳阿福沒猜錯，楊明遠今天就是為了黃金滑肉而來。

桂花糯米棗好做，可黃金滑肉卻不容易做好。哪怕肉的味道差不多，但絕對做不出外酥內嫩的口感。首先這個時代沒有麵包粉，還有就是要先用刀背把肉打鬆，吃起來才不老。

眾人吃得正盡興的時候，胡老五突然來了。

胡老五在響鑼村甚至附近幾個村都有一定的名聲，很多人家請客，特別是請貴客，不管真心還是違心，都會請他作陪。「哎喲，今天陳二哥家吹了什麼香風，竟然來了這麼多貴客。」胡老五笑著對陳名說：「先前你讓阿貴去我家是請我來陪貴客吃飯吧？我昨天去了縣城，剛剛才回來。」

陳名看了他一眼，沈著臉把頭轉到另一邊。

羅小管事似笑非笑道：「陳二叔家原沒打算請你吃飯，不過我倒是稍後想請胡五爺過來商討些事情，你是來早了。」

胡老五渾然不覺，哈哈笑道：「在羅大爺面前，小的還不敢稱爺。陳二哥是我親戚，我該早些來幫他招待貴客的。」又對陳阿貴說道：「去，拿個凳子來。」

這桌的人中，胡老五真正忌憚的只有羅小管事和余地主，因為這兩人的後臺比他硬得多；特別是羅家父子，聽他四姊夫說，連縣太爺、縣尉大人都要給面子。另外幾個里正，他倒是不怕，但他們若是聯手起來整他，他就怕了。

桌上還有一位年輕人，胡老五沒見過，不過一看他的穿著氣度，胡老五就能猜到不是一般人。

胡老五從一個鄉下小混混能混到今日，自然有他的生存法則。他的臉笑開了花，不停地說著奉迎話，一坐下，就先自罰三杯，說自己來晚怠慢貴客了。

陳阿福在廚房裡聽得直咬牙，王氏也低聲咒罵著。「殺千刀的，臭不要臉！」

羅小管事看胡老五念叨完了，又重複說了一遍他家跟陳家二房交情深的話，之後，話題一轉，問陳名道：「聽說昨天夜裡竟然有人往你家院子潑糞水？」

陳名咬牙說道：「我們一家都是老實人，從來不與人結怨，可不知為何，昨天夜裡竟然有人往我家院子裡潑糞水。這些人，真是太過分、太壞了！」頓了頓，又說：「有人在打我家兩隻鸚鵡的主意，我們不給，肯定是他們在報復。」

外村的幾個人一聽，這些可都是胡老五的做派啊！原來是想要人家的鸚鵡賣錢，人家不給便威脅人家了。此時都了然為什麼羅小管事突然讓他們來陳家吃飯，這是明顯給陳家撐場面來了。

他們興味盎然地看了幾眼裝作無事人一樣的胡老五，既然他不承認，那麼這些人就跟著陳名和羅小管事一起斥責起幹壞事的人。

羅小管事冷哼道：「惹了陳二叔家，也就是惹了我老羅家，若是找到幕後之人，我定要好好收拾他。」

胡老五也義憤填膺地說道：「太不像話了，在響鑼村裡，還有敢欺負我胡老五親戚的人！」

羅小管事看了胡老五一眼，對高里正說道：「高大叔，我家離你們村有些遠，麻煩你幫我看顧陳二叔家一些；若有人欺負他家，伸把手幫幫，這個情，我爹和我都會記著。」

高里正忙點頭應允，胡老五也搶著說道：「羅大爺請放心，不僅高大哥會看顧著陳二哥家，我也會幫著看顧。」

羅小管事又說：「還有陳二叔家的那兩隻鸚鵡，那是我家小主子喜歡的鳥兒，回棠園都會讓牠們去玩，若是哪個貪心的再敢打牠們的主意，別說陳二叔家不同意，我羅某人也不答應。」

胡老五又搶著說道：「羅大爺放心，我胡老五也幫你家小主子看著，誰敢打那兩隻鸚鵡的主意，我絕不答應。」

余地主忍不住笑出了聲，挾了一顆滷鵪鶉蛋，對其他幾人說：「你們嚐嚐，這軟蛋一經拾掇，還真夠味。」

眾人又是一陣笑，胡老五似沒聽出來，也跟著笑了幾聲。

陳阿福正好端了一盤滷肉過來，見胡老五如此，更嚴重鄙視他。這種不要臉的人，面對比自己弱的人，能把人踩到塵土裡；面對比自己強的人，就會自動跌到塵埃裡。

羅小管事似笑非笑說道：「胡五爺的這個承諾我都記下了，也承了你的情，若是再有人暗算陳二叔家，或是敢打他家鸚鵡的主意，我不找別人，先找你。」

胡老五擦擦汗，笑著點頭應允。

楊明遠搞懂了，陳家今天擺的這是鴻門宴，原來是這個胡老五欺負了陳家，羅大爺來幫忙撐腰了。「我楊某是一介商人，雖不才，但也認識不少衙門裡的人；若以後有誰不長眼，欺負了陳二叔，陳二叔就來縣城找我，我會請我的幾個好兄弟幫忙。」

陳名激動非常，起身給羅小管事、楊明遠敬酒。之後，又給桌上的其他人敬了酒，只有胡老五除外。

陳業也以陳名大哥的名義敬了各位貴客的酒，也沒有敬胡老五。他心裡苦澀不已，這件事，胡老五明顯不買自己的帳，枉費自己當老胡家「長工」這麼多年，胡老五對自己的尊重原來一直是假象，二弟是靠著羅大爺和這一桌的人才把事情擺平了……

胡老五見兄弟倆都沒有敬自己，心裡氣惱卻也沒辦法，又為自己找著臺階，端起碗以陳名親戚的名義，向各位貴客敬酒。

這頓飯吃得賓主盡歡，當然除了胡老五以外。桌上所有的菜都受歡迎，連涼拌黃瓜都吃光了好幾盤，眾人不停地誇獎陳家婦人的廚藝好。

余地主都起身了，還玩笑道：「陳二兄弟，我們都喜歡吃你家的菜，以後多讓我們來這裡聚聚。」

其他人都笑道極是，陳名趕緊表態，以後一定請貴客們多來寒舍相聚。

眾人陸續走了，羅小管事見該辦的事辦完了，也想帶羅明成和羅梅一起走，但幾個孩子玩得正高興，都不想走，他便讓小青服侍好成哥兒和梅丫頭，自己則先回去了。

陳阿福暗道，自家被欺負的事，就這麼輕易解決了。胡老五能混到如今，的確有他的鼠道，能屈能伸，厚臉皮地跟上位者拉關係，被他詮釋到了極致，這樣的人，比有勇無謀的混混更厲害。

眾人走了之後，尚留下楊明遠和陳業。楊明遠有生意要談，陳業則想聽他們有什麼生意要談。

陳阿貴拉了拉陳業，悄聲道：「爹，走了。」

陳業想了想，才不情願地起身，見陳名幾人並沒有挽留他，只得扶著陳老太太一起離開。

楊明遠開門見山，想用六十兩銀子買黃金滑肉的方子；還不好意思地說，桂花糯米棗他已經讓人做出來了，雖然味道比陳阿福送的稍微差些，但還算不錯。可那道黃金滑肉，無論他們怎麼做，都做不出那個味。

上次楊超來陳家做客以後，天天吵著吃黃金滑肉。楊明遠聽了老楊伯的形容，覺得跟酒樓做的蒜香里肌差不多，但老楊伯搖頭說，蒜香里肌雖然也香，但炸出來的顏色沒有那麼好看，表皮沒有那麼酥脆，肉也沒有那麼細嫩。

本來他前些天就想來陳家嚐嚐這道菜，但因為家裡有事，因此耽擱了。陳阿福很痛快地答應下來，這個價已經非常不錯；再說，人家在飯桌上也明確表態，以後自家有事他會幫忙。

家裡正好有幾個早上剩下的饅頭，她便把楊明遠和跟來的那位康師傅請到廚房，看著她做細糠，並說明用這細糠，不僅炸的瘦肉好吃，還能用來炸排骨、雞翅、雞腿、肉圓、蝦、魚片等等，唯獨不能用老母雞的翅膀和腿，因這兩個部位怎麼炸都不會嫩。此外，必須用刀背先把肉拍鬆，這樣既容易入味，吃起來又滑嫩。接著，她用細糠做出了黃金嫩肉。

楊明遠給了陳阿福六十兩銀子。「這道菜你們可以做了自己吃，但千萬不能把其中的訣竅告訴別人。」又重申道：「我們這些做生意的平時沒少給差爺們孝敬，若是妳家有什麼事，可以來縣城找我。」

陳阿福再次道謝，又把那套替楊茜做的小衣裳拿出來，這套衣裳跟給羅梅做的一樣，只是把緋色換成了海棠紅。「知道楊大爺家有錢，孩子們不缺衣裳，但茜姊兒討喜，我給她做了套小衣裳，別嫌棄。」

楊明遠忙笑道：「陳家娘子手巧，妳上次給茜姊兒做的玩偶，她極喜歡，連睡覺都抱著，謝謝妳了。」

送走楊明遠父子幾人後，陳阿福和王氏又把羅明成和羅梅小姊姊弟送回棠園，順道帶去一大碗滷肉，另外也送了楊明遠帶來的一罈小元春酒。

楊明遠這次來，送了兩罈小元春酒、兩包點心、兩包糖果，還送了一套筆墨和幾刀紙，這個禮算是非常重了。

陳阿福猜測他送這麼厚的禮，不只因為兩家的孩子玩得好，還因為她們做出了桂花糯米棗這道小點，打算用這些東西作補償吧！這次他直接給了六十兩銀子，又沒有提出簽協議，這樣厚道的商人，無論前世、今世，都不多見。

第十章

一晃到了九月初，胡氏難得沒來家裡找事，讓二房的小日子過得很愜意，再過兩天，他們就要去府城了。

現在「偷金大盜」引起的反應已經趨於平靜，陳阿福打算拿幾樣寶石出來去銀樓賣，好多買幾畝田地。在古代，只有買了土地，才能安心，不怕沒飯吃。

她這麼急著買地還有一個不為人知的原因：一個月前，她拿了點黃瓜菜種進空間放了一天，之後拿去菜地種，等黃瓜成熟了，長得竟比一般的黃瓜大，口感也更好些。

陳阿福暗樂不已，那個空間還不算太廢嘛！雖然不能在裡面種地、種藥，但裡面的靈氣養種子。她想再做試驗，若是真能培養出好種子，她就多買田、買地，種糧食、種水果。

有了這個作弊神器，自己的目標就不只是當小地主，當大地主都指日可待。

這天夜裡，陳阿福等大寶睡熟了，一閃身進了空間。

空間裡的香味更加濃郁了，金燕子築房必須時常吃燕沉香樹的葉子，牠此時正在賣命地築著金房子，連理都不理她。

陳阿福也不打擾牠，理了理牠原本築房剩下的那些碎金子和珠寶。除了碎金之外，還有紅寶石、珍珠、祖母綠、藍寶石，雕了花鳥的漂亮翡翠和玉石，以及鑽石，一共十五顆。這些珠寶，雖然比不上鑲嵌在黃金屋上的那些寶石，但已經非常好了。
陳阿福打聽到，大順朝沒有鑽石，所以什麼時候讓這兩顆小石頭面世，她還沒想好，至於其他珠寶都可以找個恰當的機會拿出來賣。
在通緝偷金大盜的告示中，也把被偷的東西羅列出來，其中沒有鑲祖母綠和紅寶石的金飾，所以陳阿福挑了三顆紅寶石和一顆祖母綠出來，準備讓陳大寶在撿柴火的時候，摔一跤，撿到這些寶石。
現在，她有一百三十幾兩銀子，四十兩金子，若能再賣個兩、三百兩銀子，加起來就能湊足八百多兩銀子。
這裡的上等地是五兩銀子一畝，水田是六兩銀子一畝，不管水田還是地，她都想買個一百多畝，分給陳名幾十畝，自己留下一百畝，當個名副其實的小地主，舒舒服服過日子。
該抱的大腿抱牢了，她不想太苛刻自己。現在的茅草屋，一下大雨她就擔心漏水，便打算將楚家大爺給的錢，留著明年修大院子和零用。
陳阿福把幾顆寶石包在帕子裡，跟金燕子說了自己的想法。
金燕子停下嘴中的工作，說：「只要不是燕沉香上面的東西，媽咪想拿就拿出去吧！」
陳阿福又說了楚含嫣生病的事，意思是，等小姑娘回棠園後，能不能拿點燕沉香上的東西給小姑娘吃。
金燕子痛快地說道：「好，幫了漂亮妹妹，又幫了媽咪，一舉兩得。」

「你幫漂亮妹妹，怎麼又把我扯進去？」

金燕子啾啾說道：「幫漂亮妹妹的人是媽咪，人家只是無名英雄。」

哦！小東西說得也對。

隔日，吃了晌飯，也沒午睡，陳阿福戴上斗笠拉著大寶領著追風，一起去村西邊的林子裡撿柴火。

此時正是一天中最熱的時刻，她帶著陳大寶和追風往人少的地方去，來到一處沒有人的地方，陳阿福跟大寶分開約一定的距離後，見大寶撿柴火撿得認真，她迅速用小砍刀挖了一個小坑，把三顆寶石埋進去，再迅速用土填平，又拿了些葉子和樹枝蓋上，把剩下的一顆紅寶石丟進樹枝裡。

陳阿福起身，將陳大寶招呼過來，說這裡柴多。等大寶過來，陳阿福突然被樹枝絆了一下腳，「哎喲」一聲，順勢把站她前面的大寶推摔了個跟頭。

陳大寶摔了個狗吃屎，他剛想呼痛，就看見眼前隱約有亮晶晶的什物，在枝葉間灑落下來的陽光照耀下閃閃發著紅光。他的嘴張得很大，小手以最快的速度把樹枝和葉子扒開，把那東西撿起來。

這顆小石頭亮晶晶的，怎麼那麼像有錢婦人頭上戴的寶石？

陳大寶的心猛地一陣狂跳，一下子把小手握成拳頭，鬼頭鬼腦地四處張望。他回過身來使勁把陳阿福拉蹲下，附在她耳邊悄聲說：「娘親快看，兒子撿到了寶貝！」他把握得緊緊的小手鬆開一點縫隙。

陳阿福忍住笑，假裝嚇了一跳，然後驚喜地在大寶耳邊小聲說：「兒子，這是紅寶石，值大錢！」

大寶緊張地把小手放進陳阿福的大手裡，說道：「娘親快拿著，咱們在這裡多待些時候，若是沒有主人來尋，這東西就屬於咱們的了。」

這小子還不是很貪心，他的行為已經非常不錯了，畢竟這時候沒有派出所，撿到東西也沒有地方可交，若交給衙門，肯定會被那些小吏貪去。

陳阿福笑著把寶石收起來，說道：「好，咱們再在這裡挖一挖，看還有沒有值錢的好東西。」

陳大寶讚許地看了陳阿福一眼，小聲說道：「還是娘考慮得周全，兒子馬上挖。」

他又四處看了看，見沒有來人，蹲下用小砍刀挖了起來，竟然又挖出三顆小石頭，其中兩顆是紅的，一顆綠的。

大寶激動到不行，用最快的速度把那三顆小石頭握進手裡，由於心慌，還抓了半把泥。他再次四處張望，見沒有異樣，緊張地把小手放進陳阿福的大手裡，悄聲說道：「娘快收好。」

小屁孩的緊張情緒也感染了陳阿福，她也四處張望，悄聲說道：「兒子，這東西埋得這樣深，不知道別人丟了多久，咱們肯定等不到人了。」

意思是，主人找不到了，這些東西應該屬於他們的了。

陳大寶笑得一臉燦爛，點點頭，母子倆便揹著柴火，帶著追風往林子外面走去。

只不過，陳大寶隔一會兒就會摔個跟頭，然後再仔細看看地下，又用小手扒拉地上的枯草，直到沒看見亮晶晶的東西，才又失望地爬起來。

陳阿福感到好笑不已，他還真以為摔一跤就能撿到幾顆寶石呀？

她牽著他的手悄聲說道：「大寶，摔一跤就能撿到寶貝，這種好運氣可遇不可求，絕大多數人，一輩子也遇不上。」

大寶聽了，才沒有繼續摔跟頭。

回到家裡，便趕緊把門關上。當陳名和王氏聽說這件匪夷所思的事後，都驚詫不已，再看到那幾顆還沾了些泥土的寶石，更是嘴巴大張，連說話都結巴了。

「這、這……怎麼會有這種事！」

陳名感慨道：「阿福果真如高僧所說，是個有福的，她的病一好，不僅咱們家大變樣，大寶連這種好事都能遇上。老天，想不到，太想不到了。這一顆翡翠和三顆紅寶石，至少值一百兩銀子。」

「不只。」王氏也激動不已，拿出那顆祖母綠慬行地說：「這種石頭叫祖母綠，不是翡翠。你看看顏色，它比翡翠淺，還有些透明。我之前在繡坊看到一位夫人戴的首飾特別好看，後來聽掌櫃說那叫祖母綠，比翡翠還值錢呢！這顆祖母綠，再加上這麼多顆紅寶石，可不只一百兩銀子。」

陳阿福便說了，想拿它們去府城賣錢，並購置田地；還說不打算在附近買地，買遠些的地，賃出去，別人也不會知道。

陳名問道：「若是被別人知道了，妳如何解釋這些錢的來歷呢？總不能說你們在西邊林子裡撿了寶石，那樣，很可能許多有錢人，都會站出來說自己在那裡丟了寶石。」

陳阿福笑道：「實在要追究起來，咱們也有話說。聽羅管事說，了塵住持說那隻雲錦雀不是凡品，她讓楚家大爺給我銀子，我算過，不會低於百兩。我賣針線包、滷肉方子和黃金滑肉又得了許多銀子，還有棠園主子賞我們的。到時候我再把那些玩偶賣了，咱不說實際數目，他們也不知道咱們到底掙了多少錢。若買的地多，我還想分幾十畝在爹的名下，以後留給弟弟。」

陳名忙擺手道：「爹不要，妳已經給爹這麼多銀子了，爹想買田以後自己會買；況且，若妳大伯娘知道我名下有這麼多地，卻沒有告訴他們，不知道要怎麼鬧騰，妳大伯也會不高興。爹不想惹妳大伯生氣，以後再說吧！」

王氏也說道：「妳爹說得是，若我們買了地沒說，妳大伯娘又要說我們藏私，大伯也會不高興。」

陳名和王氏哪怕不在意胡氏的想法，卻不能不在意陳業的想法。

陳阿福暗道：陳名和王氏還是太迂腐了些，陳業是養大了陳名，但也不能啥都跟他請示彙報啊！用自己的錢居然還要看別人的臉色，若實在不行，就把地契直接記在阿祿的名下。

天沒亮，陳家人就起床了，吃完早飯才卯時，高老頭就趕著驢車來了。前兩天，王氏就跟他說了今天要雇他家的驢車。

秋天清晨已有寒氣，王氏拿了床褥子鋪在車上，待阿祿躺下後，又給他蓋了床小被子。在車尾放了三個大筐、兩個籃子後，王氏、陳阿福和大寶才坐上車。

他們跟站在籬笆門裡的陳名揮手告別，看著他的人影越來越小直至看不見。

追風一直把他們送出村子，在幾人的勸說才停下。陳大寶已經跟牠說好，讓牠在家裡看家、陪姥爺；至於七七和灰灰實在跟得緊，最終只得帶上牠們，把牠們裝在籃子裡，籃子上面還蓋了塊布。

響鑼村距定州府城不遠，只有五十幾里路，中途會經過一個中寧縣。由於一路都是平原，道路平坦，所以驢車跑三個多時辰就能到。

陳阿福把斗笠戴上，四人坐在車上晃著，沿途看著景色，有一句、沒一句地聊著天，時間過得飛快。這是平原地帶，沿途有許多良田，名副其實的魚米之鄉，治安也不錯。

距定州府城還有一、二十幾里地時，就能看到身穿戎裝的軍人。定州府城雖然不是省城，但因為歷朝歷代都是戰略要地，所以周圍駐軍很多；又因為離京城較近，北運河途經此地，是交通樞紐，經濟極其繁華，其富庶程度不亞於省城石安府。

午時便到了府城城門外。王氏給了高老伯兩百文車錢，一家人下了車，又租了一輛騾車，一同進了府城。

府城比縣城氣派得多，讓大寶看得目瞪口呆，小嘴張得能塞下一顆雞蛋。灰灰和七七也從籃裡伸出小腦袋，四下張望著。

陳阿福笑著捏了捏小正太的小臉，心想以後得多帶他出來見見世面。

過了主街，又過了幾條街、幾條巷子，道路越來越窄，房子也沒有之前那麼氣派寬敞。巷口處有一家賣燒餅的攤販，陳阿福下車買了十個。此時已經午時末，陳實夫婦忙，不好讓他們忙碌做晌飯。

待騾車來到一個小鋪子前停下，王氏才說到了。

這是一個雜貨小鋪子，鋪子名叫「陳三雜貨」。摺疊的大門及門柱上的紅漆已經褪色，有些地方甚至斑駁脫落了。隔壁還有一個小鋪面，是賣油鋪，這是陳實把自己的鋪子一分為二，租出去的。

四人剛把東西搬下來，一個男人就從鋪子裡走出來，大聲笑道：「大嫂，我算著這幾天你們就會來，一直盼著呢！」

這個男人跟陳名和陳業長得有兩分相像，穿著半舊的綢子長衫，三十出頭，中等個子，白淨清秀，留著短鬍子，正是陳實。

陳家三兄弟，陳實長得最好看，他看著陳阿福說：「阿福真是越來越俊了，還認得三叔不？」說完，又招呼阿祿和大寶。

看著他真誠的笑臉，幾人坐車的勞累頓時消除不少，陳阿福姊弟叫著「三叔」，大寶喊著「三爺爺」。這時，鋪子裡又走出一個三十歲左右的婦人和一個姑娘。婦人是張氏，小姑娘是陳實的女兒陳阿滿。張氏長相一般，一臉和善；陳阿滿像父親，非常清秀的小姑娘。

陳實和張氏有三個兒女，大兒子陳阿玉十四歲，二女兒陳阿滿十二歲，小兒子陳阿堂九歲。

幾人穿過鋪子進了後院，後院不大，正對鋪子是兩間廂房帶兩間耳房。左面三間低矮的房子，分別是廚房、庫房和恭房。右面只有一個雞圈，跟隔壁共用一堵牆。

陳實把他們請進右耳房，屋裡臨窗是一個炕，炕邊有一對舊箱子。這本來是陳阿玉、陳阿堂兄弟兩個的屋子，現在讓給他們一家四口住，兄弟兩人則去住廳屋。

張氏本要去廚房給他們擀麵條，被王氏拉住，說他們買了燒餅，喝開水吃餅就行。話雖如此，張氏還是去給他們燒了一鍋白菘雞蛋湯。

幾人吃完飯，大寶和阿祿躺在炕上歇息，王氏母女把要送的東西拿出來。

王氏她們送了幾塊緞子，陳實一家五口每人一身，另外又送了些筆墨宣紙，也給陳阿滿帶了兩朵絹花。

陳實識貨，一看見這些東西，吃驚不已，道：「哎喲，這料子是江南產的，這筆還是京城文尚齋的，這麼貴重的什物給了我們，怎麼好意思。」

王氏笑道：「家裡還有。」她簡單講了自家給棠園小主子做什物的事及大寶陪玩的事；又提了提大房因為緞子大鬧的事，還讓他們莫把這些緞子穿去鄉下，最後說：「……我們也不是不願意給大房東西，我當家的一直說要報答大伯，只是大嫂……」

張氏譏笑道：「那胡氏還真不要臉面，當著大伯和婆婆的面也敢如此，你們這麼做就對了，習慣了，她還不把你家地皮都刮下幾層。」

張氏是氣極了胡氏。

陳實嘆道：「大哥是個好家長，原來我們還是一家人的時候，他護著我們兄弟，現在分了家，他護著自己的妻兒。唉，只是媳婦沒找好，大嫂做事太過分。」

陳阿滿拿著那塊緞子笑得眉眼彎彎，比劃著做什麼好看，還說現在府城時興兩種盤釦，一種叫菊花大盤釦，一種叫梅花小盤釦，漂亮得緊，就是太貴了，最後還皺了皺鼻子道：「若是這套衣裙配上菊花盤釦或是梅花盤釦，哎呀，不知道有多漂亮。」

陳阿福笑了起來。沒想到，菊花盤釦已經流行起來，還弄出了一種梅花盤釦，那位有錢人家的少奶奶還真是能幹。聽金燕子說過，她家好像在省城石安府，生意都做到兩百多里遠的定州府城來了；再一想，金燕子還說過，他們家好像跟楚含嫣是親戚，楚家在定州府，或許他們有生意往來也不一定。

自己的玩偶也許可以去霓裳繡坊碰碰運氣，若是合作得好，自己還有好多創意……

王氏聽了，笑道：「那菊花盤釦就是阿福鼓搗出來的，賣給了有錢人家的少奶奶，不然我們當時哪有那些銀子給阿祿看病。」看到陳阿滿驚喜的目光，又道：「只可惜，當時跟他們說好，一年內我們不能做這種盤釦，也不能拿出去賣錢，那些貴人我們惹不起，他們說啥，我們就得聽啥。」

陳阿滿遺憾地嘟起了小嘴。

張氏笑道：「這緞子嫩氣，適合做春衫，等明年期限到了，再讓妳二伯娘和阿福姊告訴妳怎麼做。」

陳實也知道老和尚給陳阿福批的命，見陳阿福的癡病果真好了，還特別能幹，感嘆道：「阿福有福氣，二哥、二嫂以後可以享福了。」

陳實夫妻把東西放好，幾人來到院子裡聊天，有買東西的客人在鋪子裡喊一聲，陳實就先去招呼，賣完後，又跑到後院來說話。

幾人講起陳阿玉、陳阿堂兄弟，陳阿玉讀書沒有天分，也學不進去，陳實的意思是讀完今年就行了，以後就跟著他做生意。明年陳阿玉十五歲，也該說親了，他們家現在正在加緊攢錢，若是說親順利，後年或許就要娶媳婦了。陳阿滿也十二歲了，正在說親，有幾家人來提親，條件都不好……

夕陽漸漸西斜，一陣孩子們的喧譁聲傳來，張氏說是曾氏族學放學了。

他們家正對著曾氏族學的後門。張氏驕傲地說，小兒子陳阿堂就在這家族學唸。因為這家族學名氣大，除了曾家的族人，許多孩子都想進去讀書，外人的孩子想進去，不僅要認識族學裡管事的人，還要經過考校，束脩也貴些。

陳阿福早就聽說，陳阿堂像陳名，好學習也有些天分。「這麼吵，族學裡的人很多吧？」

陳實道：「多，有一百多人呢！」又對張氏說：「去，該做晚飯了。」

張氏答應著起身，同陳阿滿一起進了廚房。王氏和陳阿福要進去幫忙，被張氏推了出來。

不多久，陳阿堂先回來了。他比阿祿小一歲，白淨臉，五官像張氏多些。他笑咪咪地招呼人後，就跟阿祿、大寶及七七和灰灰玩耍起來。

接著陳阿玉也回來了，他上的私塾要遠些，離這裡有兩條街的距離。他像陳實多些，很俊俏的小後生，招呼完人，就拿著陳實給的錢去前街買滷味。

看得出來，陳實家的幾個孩子都教育得不錯。

吃飯的時候，陳實不停地給阿祿和大寶挾滷肉和鴨子，張氏不停地給王氏和阿福挾菜。陳阿堂看了幾眼肉菜，吞了吞口水，沒有挾，陳實下酒菜也多吃花生米。

王氏和陳阿福又把自己碗裡的肉挾給阿堂和阿滿，他們兩個看看父親的臉色，才敢吃。

陳阿福對陳實說：「三叔，你家挨著族學，可以掙學子們的錢呀！」

陳實說道：「開文齋要的銀子多，三叔家沒有那麼多的本錢。」

陳阿福笑道：「咱不賣筆墨紙硯，可以賣小本的吃食呀！」

張氏搖頭道：「那些學子都走前門，前面那條街要大得多，光點心、糖果鋪子就有兩家；況且，三叔、三嬸也不會做啥好吃的吃食，吸引不了他們。」

「我說的吃食跟他們賣的不一樣。」陳阿福看到陳實夫婦有些為難的眼神，道：「放心，小本買賣，用不了多少錢，而且需要的東西你家都有，只要買些食材就行，你們做雜貨生意的同時，也能兼顧。」

陳實暗道，阿福的癡病一好，二哥家的日子就好過了，她肯定是個能幹的人，便笑著對張氏說：「咱們聽阿福的。」

「明天只是試試水溫，少做些，若三叔覺得行，就繼續做，不行就罷了。」然後，陳阿福說出她想讓陳實一家做的東西。

陳實幾人都覺得挺新奇的，應該能賺錢。

飯後，陳阿福讓陳實去多找些木棍或是竹子回家，削成細長籤。陳實和陳阿玉都很吃得了苦，削籤子就削到子時後。

隔天一大早，王氏陪張氏去集市上買滷料，陳阿福讓她們再去藥鋪買些草果和陳皮，加這兩樣東西，味道便能有別於其他的滷味，又跟喜樂酒樓的九香滷味不完全一樣，也不算違反協議，她還特地囑咐陳實兩口子，千萬不要把這兩樣東西說出去，這可是秘方。

食材一買回來，幾人就忙著收拾。除了大腸煮的時間長，其他的都可等到下午直接滷。

晌飯後，陳阿福讓陳實把耳房裡的小爐子拿出去，擺在鋪子門邊。她已經在廚房裡把滷料炒好，倒了一鍋水進去，再把大鐵鍋拿去外面繼續熬，讓滷料的香味四處飄散。由於怕別人看到滷料，還特地先用白布滷料包起來。

大概未時時，再把肉、花生和豆製品、菜、鵪鶉蛋陸續放進鍋裡，香味也更加濃郁。大盆和菜板也拿到鋪子外，等東西熟了就撈出來，切成小塊。肉、豬肝和大腸等葷菜切小些，素菜切大些，用籤子串起來。陳阿福負責切，其他人負責串，連大寶都參與進來。

陳阿福稱這個串為「滷串」，陳阿滿和大寶一人嚐了一串，都大叫好香。

他們邊切邊串的時候，香味吸引了不少路人和鄰居，令這些人想不到的是，素菜竟也能滷。

葷串四文錢一串，七文兩串；素串兩文錢一串，三文錢兩串。價錢不貴，一、兩串能香嘴，多吃幾串能解饞。

這裡的住家日子都不算很好過，幾文錢就能吃到香噴噴的滷味，很快便吸引了幾個買主，有些買一串，有些買兩串。不多時，就有了回頭客，漸漸地人也多起來。有些大人自己捨不得吃，見孩子鬧著要，就給他們買一串。有些人喜歡這個味道，買得多，便直接用秤來估價。

陳實笑著跟買的人說，若吃完了把籤子還來，就給一顆花生米。籤子不值錢，卻很難削。鄰居們吃完了，還真有孩子來還籤子，然後拿著一顆滷花生米放進嘴裡，吃得很是滿足。

家裡沒有小桌子，只拿了兩把小凳子擺在門口，偶爾會有人坐在這裡吃，或在隔壁酒鋪沽了一兩酒，邊喝酒邊吃滷串、滷花生米。賣酒的掌櫃高興得又來買了些滷串。

看到族學快放學了，張氏和陳實把一個裝了滷串的大木盆抬去族學外面。許多學子早就聞到這個味道了，又是正餓的時候，兜裡有幾個錢的便都上前去買。陳實邊賣，邊告訴他們，自己的鋪子就在族學後門，家裡人想吃也可以到那裡買。

陳實和張氏沒想到，今天買的食材竟然全賣完了。直到天都黑了，還有離得遠的學子家人來他家買滷串。

今天是第一天，備的食材不多，籤子也做得不多，除去毛利，竟然還賺了八百多錢，比他們經營雜貨賺得多，若是以後名氣打出去，東西再多弄些，會賺得更多。

陳阿福說道：「今天時間急，以後還可以去酒樓買些雞鴨鵝的心、肝、腸子等內臟，這些東西燉和燒都不好吃，酒樓肯定願意賣，這些東西滷出來很好吃，又好串。」

陳實笑著連連說好，若是這個生意好做，他們就把陳三雜貨改成陳三滷串。

陳阿福又建議，現在就必須強化「陳三滷串」這個牌子，和陳三滷串特製的秘方。因為滷串看似簡單，肯定會有人學著賣這種東西；若他們先把「陳三滷串」的名氣打響，又的確有獨特的味道，人家就會先選擇買他家的滷串。

陳實覺得是這麼個理，就找了兩塊大木板，用毛筆在上面寫了「陳三滷串」四個大字。一塊木板掛在自家門前，一塊木板會在賣滷串的時候帶去族學門前。

這幾個字寫得真不怎樣，完全跟陳實俊朗的樣子不成正比。

晚飯後，陳實和陳阿玉又開始削籤子。陳阿玉提出，家裡又要做雜貨生意，又要做滷串生意，乾脆他現在就退學，回家幫忙，陳實同意了；若是再忙不過來，就要雇人了。

隔天一早，陳阿福幾人起床後，看見張氏正領著陳阿玉、陳阿滿在忙碌，說陳實已經去酒樓收家禽內臟了。做小生意，若想多賺錢，就是要這麼起早貪黑地辛苦。

陳阿福暗忖，她長了一根懶筋，若讓她這麼辛苦賺這點小錢，她肯定不願意。

幾人吃了早飯，王氏和陳阿福便帶著阿祿去千金醫館。大寶鬧著要去，卻沒帶上他，讓他幫著三姥姥跑腿。

走之前，陳阿福特地跟張氏說，若收了雞鴨鵝的腸子回來，洗乾淨後等她回來再滷，這東西要掌握火候，時間過長就老了，不好吃了。

大順朝比較開化，不時興戴幃帽，姑娘們出門都會露出真顏；只不過，大戶人家的姑娘很少逛街，就算出門，也是下人們前呼後擁。

定州府的軍隊多，治安相對不錯，大白天的陳阿福也不需要遮掩容貌。

千金醫館在城南，坐驢車半個時辰才抵達。史老大夫看了看阿祿的腿，又捏了捏，說阿祿恢復得非常好。別人傷筋動骨一百天，他六十天看著就大好了，為了安全起見，還是讓他滿三個月再不用枴杖。

聽了他的話，王氏等人都十分高興，又買了幾副藥，才離開醫館。

看完病已經晌午，三人去麵館吃了麵，又雇了驢車回家。

驢車剛轉進小巷，就能聞到滷香味。來到陳實家門口，看到有幾個孩子手裡拿著幾文銅錢等在滷鍋前，等鍋裡的滷味好了，他們買了滷串便一臉滿足地吃起來。

陳阿福看到滷鍋裡有兩個豬頭皮和四隻豬蹄，陳實說不要動這兩樣東西，他會給負責族學的曾老先生和陳阿堂的先生送去。

陳阿福暗道：陳實的腦子靈活，為人也不錯，以後，應該能繼續合作。

今天掙的錢比昨天還多，除了毛利，足有一貫多錢。不過，聽張氏說，前街那家賣滷味的人來鋪子門口轉了好幾圈，不出意外，那家過不了幾天也會賣滷串。

陳實笑道：「他家賣就是了，咱家有特製的秘方，他家比不上。」又對陳阿福笑道：「阿福把秘方給了三叔，三叔承妳的情了。」

陳實兩父子削的籤子已經不夠用，又出去請人幫忙削。

這日，陳阿福母子要去街上逛逛——這是對陳實一家人的說詞，其實他們是要去銀樓賣珠寶。

本來王氏要一起去，但看到陳實一家實在忙不過來，人手還沒找到，就不好意思去了，留下幫著一起忙活。

陳阿福穿著半舊的細布衣裳，素淨著一張臉，牽著大寶出門了。來府城之前，她特地跟金燕子打聽過，哪家店信譽好些，價錢如何。

金燕子說，雅豐銀樓後臺硬，還有些店大欺客，不是財大氣粗的客人，態度都不怎麼好，牠看這家店超級不爽，連續偷了這家兩次；而玉麒麟銀樓的掌櫃很不錯，牠來這家蹲了好幾天，都沒忍心出手，這家銀樓是定州府僅次於雅豐的第二大銀樓。

所以，陳阿福的目標很明確，直接去西大街，前往玉麒麟銀樓。

騾車停在玉麒麟銀樓外，兩人下了車。陳阿福牽著大寶來到櫃檯前，跟小二說想見掌櫃一面，自己有東西要賣。

小二態度不錯，讓她等等，白掌櫃正在二樓招呼大客戶。

陳阿福和大寶就站在一旁等，看到櫃檯上只擺了些木製和銀製頭面、飾品，這裡沒有前世能防盜的玻璃櫃，貴的首飾不敢擺出來。陳阿福想著，不知道金燕子是怎麼出手的。

不一會兒，便看到幾個人從二樓走下來。一個五十歲左右的老太太，一個年輕婦人，兩個十來歲的小姑娘，一個三十歲左右的男人，還有幾個丫鬟，走在最後面的是一個掌櫃模樣的人。

一看這一家就是富貴人家，俱是綾羅裹身，氣派十足。

那個男人長得實在太好看了，或許是長相太突出，顯得他身邊的幾個人如路人一般；就是那兩個豆蔻年華的小姑娘，和那個男人相比也差得遠。

那個男人真漂亮，高䠷身材，五官精緻，氣質如蘭，下樓的時候，還扶著那個老婦。

他不同於陳阿福看到的那位「英雄」，英雄長得也好看，但是英氣逼人，稜角分明，有一種霸氣和冷傲；而這個男人，五官漂亮得近乎完美，甚至連女人都比不上他。用前世的話來說，就是典型花美男的長相，若不是他的上唇留了兩撇短短的小鬍子，他給人的感覺也就只有二十幾歲。

長得太美還是其次，最關鍵的是他有一種熟悉的感覺，到底哪裡熟悉，陳阿福一時想不起，就是覺得他熟悉。她的目光一直追隨著那個男人，待他們出了門，消失在眼前，她還在愣神中。

一邊的小二「噗哧」笑出聲，覺得這個小娘子看漂亮男人看得也太肆無忌憚了，還好人家沒看到她的眼神，不然可會不高興。

陳阿福才從恍惚中驚醒過來，那個男人太面熟了，長得像誰呢？

正想著，送那幾人出去的掌櫃回來了。

一個小二笑問道：「白掌櫃，那位老爺一看就是有錢人，買了不少飾品吧？」

白掌櫃哈哈笑道：「那位陳老爺的老家，離定州府只有幾十里的路程，之前在江南住了十餘年才回來，以後就要在這裡住下了。他聽說咱們家銀樓信譽好，就帶著母親和妻子、女兒來買些飾品。」

也姓陳，家裡離定州幾十里，曾經在江南住了十多年，貌似年紀三十出頭。

陳阿福突然反應過來，那個男人不是像別人，而是太像這一世的自己了。

難道那個男人就是小女婿陳舉人，這副身子的親生父親？他要在定州府住下了？是因為被罷官回來定居，還是來定州府當官？看他們一家能氣定神閒地來逛銀樓買首飾，應該不是被罷官……

陳阿福正想著，小二指著她說：「白掌櫃，這位小娘子說有東西要賣給咱們店。」

陳阿福深呼吸一口氣，自己不是原主，跟他血脈相連；也不是王氏，跟他朝夕相處十年，更懷了他的孩子；至於他被罷官還是升官，都與自己無關。

在最短的時間裡收拾好心情，陳阿福牽著大寶來到白掌櫃面前，笑道：「白掌櫃好。」

大寶也大聲喊道：「白爺爺好。」

白掌櫃的「好」字卡在嗓子裡，愣愣地看著她，覺得她長得太面熟了，不由自主地問道：「咱們見過面？」問完覺得十分不妥，這有調戲人家小娘子之嫌，趕緊紅著老臉解釋道：「嗯，不是，我的意思是覺得小娘子有些面熟，那個……」這話說得還是有調戲人家姑娘之嫌，他實在不好解釋，又問道：「小娘子有什麼東西要賣給我們店？」

陳阿福知道，他定是看自己和剛才的陳老爺長得太像，只不過一個是衣著光鮮的大男人，一個是布裙荊釵的小女子，才沒把他們兩人聯想在一起。

陳阿福笑道：「我家有兩樣傳下來的首飾，只可惜家道中落，先是把金子用完，還剩幾顆寶石，想賣了給爹爹和弟弟治病。」

白掌櫃把他們請去一間小屋，陳阿福這才把祖母綠和紅寶石拿出來。

或許在空間裡放了多年的緣故，那幾顆寶石澄淨光澤，在陳阿福白嫩的掌心中，更顯得熠熠生輝。

白掌櫃一看就笑了起來，接過寶石在窗邊仔細瞧了瞧，說道：「尚可，小娘子準備賣多少錢？」

陳阿福笑道：「我之前打聽過，都說白掌櫃的口碑極好，對待一兩銀子的生意，同一千兩銀子的生意一樣看重，所以我這個窮人是衝著白掌櫃這家銀樓來的，別的銀樓去都沒去。」

白掌櫃哈哈大笑，說道：「小娘子可真會說話，妳把老夫說得這麼好，老夫也不好給妳壓價了。」又轉身去窗邊看了看寶石。「這三顆紅寶石質地一般，也不大，可貴的地方是光澤度還行，撐破天就值九十兩銀子。這顆祖母綠不錯，有光澤，透明度也好，嗯……就給三百兩銀子，如何？」

這比陳阿福心裡的價格高得多，白掌櫃的確是個童叟無欺的好老頭，沒壓自己的價，以後還得跟金燕子說說，讓牠嘴再癢都不要惦記這家店。

但她總得再抬抬價才像談生意啊！總不能他說多少是多少，於是笑道：「白掌櫃，我雖然不太懂這一行，但也知道祖母綠易損，不容易切割和打磨。這顆祖母綠已經成形了，直接就可以鑲在首飾上，是不是能再高點？」

白掌櫃道：「老夫給的價不低了，這麼辦，再多二十兩，不能再高了。」

一共四百一十兩，很不錯了。陳阿福笑得眉眼彎彎，說道：「成交。」

白掌櫃拿了兩張二百兩的銀票和一個銀錠給陳阿福。

出了小屋，白掌櫃笑道：「小娘子不買點首飾？我們銀樓的首飾可是相當不錯，價格也合理。」

陳阿福摸摸那十兩銀子，來到櫃檯前，說想買幾支便宜的銀簪子。小二拿來一個小托盤，陳阿福挑了四支雕花的銀簪子，給自己、王氏、張氏、陳老太太一人一支，又給自己和王氏一人多買了一對銀丁香，一共十一兩銀子。

白掌櫃打了個折，只收了十兩。母子兩人謝過，出了銀樓。

陳阿福四周望了望，這裡是定州府最繁華的街道，青石板路可並排六輛馬車通行，兩旁的商鋪俱是幾層小樓，裝飾得極其華麗，斜對面正好是陳阿滿說過的霓裳繡坊。

霓裳繡坊有三層樓，黛瓦青磚，朱色雕花門窗，四周還掛了幾串漂亮的燈籠和彩花，巨大的牌匾離得這麼遠也能看得清清楚楚。

正想著等明天拿那幾個玩偶再去那裡逛逛，她剛轉過頭，又看見剛才碰到的陳老爺領著那幾個婦人出了霓裳繡坊，三輛馬車停在他們跟前，他扶著老婦人上了馬車，其他幾個人也依次上車。

哪怕只見了短短的兩面，陳阿福也能看出那個男人不光長得好，脾氣也好，態度溫潤，對老娘、老婆和女兒一臉的和顏悅色。

那是假象吧？他對那個把他帶大又有了肌膚之親的女人，無情起來，心腸比石頭還硬。還好王氏沒來，不然她得多傷心。

陳阿福望著那三輛馬車消失在車水馬龍中，一時沒有繼續逛街的慾望。她牽著大寶去了不遠的一家小吃店，買了兩籠小籠包子，母子倆一人吃了一個，又招了一輛騾車。

回到陳實家時，剛過午時，他們正在吃晌飯。

請的幫手也來了陳家，是兩個十三、四歲的小子，他們正抱著一個大碗公坐在一邊吃飯。

陳阿福把包子從油紙包裡拿出來，一起吃飯。飯後，她拿出一支簪子送給張氏。「我去西大街轉了轉，在玉麒麟銀樓買的，三嬸別嫌棄。」

張氏驚道：「天啊，妳把滷串秘方都給了我家，我們還沒有感謝你們，怎麼好意思再收這麼貴重的簪子？」

陳實也幫著推拒，說：「留著給大嫂戴。」

王氏見女兒去銀樓，便猜到她已經把寶石賣了，對張氏笑道：「阿福給妳的，妳就收著，我的定然少不了。」

推託了半天，張氏才高興地收下銀簪子。

陳阿福說自己累了，也沒幫忙，同大寶和阿祿一起回屋歇息。

聽著兩個小傢伙的鼾聲，她卻怎麼也睡不著，那張跟自己長得八分像的臉不時浮現在眼前。那個大些的姑娘，看樣子比自己小不了多少，說明陳家把王氏攆出門沒多久，他便娶了妻。

再想想那個珠翠滿頭、十分有氣勢的貴婦人，還有那兩個綾羅裹身、嬌滴滴的小姑娘；再想想王氏帶著拖油瓶嫁入陳家，日夜辛苦供養著病秧子陳名，還有那個被欺負的傻阿福，她始終意難平……

聽到院子裡王氏和張氏幾人的說笑聲，陳實和張氏爽朗，聲音要大得多，而王氏雖然也有笑聲，說話卻斯文得多。

陳阿福的眼眶有些熱，想到王氏，十歲就被繼母賣給陳家當童養媳，一手把懵懂無知的五歲男孩帶成十五歲風華正茂的少年，之後還有了一個孩子，他們應該有一定的感情基礎吧？肯定有！不然也不會對他的親骨肉如此疼愛，那份愛甚至超過了兒子。

不知是母子情、姊弟情，還是男女之情。最有可能的，還是朦朧的愛的小火苗吧？她能夠懷有身孕，與那位小女婿應該相互有過愛慕吧？

只不過，那個小女婿一中了舉人便翻臉，她也被趕回了娘家，懷著身孕又被繼母賣了第二次。

柔弱的王氏聰慧又堅韌，來不及悲傷和痛苦，又被嫁去另一個陳家。她那麼痛快地嫁了，又挑中快死的陳名，或許已經做好了當一個寡婦的準備，也為沒出生的孩子找到了一個合法的出身。

真是……委屈她了。

好在上天有眼，垂死的陳名竟然奇蹟般活了下來。他是個溫柔的男人，良善的君子，讓苦命的王氏有了依靠，也讓傻傻的小阿福有了一個雖然貧困卻溫暖的家……

陳阿福想了很久才迷迷糊糊睡著了。

翌日，陳阿福幾人要去霓裳繡坊，看盤釦的同時，再碰碰運氣，看能不能把那幾個玩偶的設計賣了，再談合作的事。

陳阿福好好地打扮一番，穿上天青色的細布上衣，交領上縫了五對大盤釦。雖然是一字釦，但比較大，藍色絲帶盤的套，黃色絲帶盤的釦，兩樣扣在一起，華麗又醒目，很是好看別致。又穿上棕黃色緞面長裙，王氏還在裙邊、袖口繡了一圈折枝蓮花。梳了個單螺髻，插了支木簪，還戴了兩朵緋色小花。

她一拾掇完，讓大寶都看呆了，他誇張地瞪大眼睛說：「娘，我還從來沒看過像妳一樣漂亮的小娘子。」

這小嘴真甜，以後肯定能把老婆哄得高興。

大寶穿著過膝的靛藍色長衣，衣裳做得比較寬大，明年還能繼續穿，搭上月白色中褲，腰間繫了條棕黃色帶子，梳著沖天炮，顯得小臉更是俊朗不凡，漂亮得不像話。

陳阿福笑著把他抱起來，親了他兩口說道：「天啊！兒子怎會如此好看，出去一定要把娘牽緊，可別被人家拐去當小女婿。」

大寶抿著嘴直樂。

坐在炕上的阿祿嘿嘿笑起來，說道：「也只有姊姊和大寶這對母子才會如此，互相誇得讓人肉麻。」

陳阿福說完「小女婿」，才後知後覺王氏也在這裡，後悔不迭。

王氏低著頭，看不到她的表情。她穿著棕黃色繡花褙子，又用張氏的頭油把兩鬢抿了抿，插上木簪，很簡潔，更顯得她溫婉而清秀。只是眼角的褶子有些多，看著似乎比實際年齡要大上幾歲，即使是這樣，陳阿福還是覺得王氏比陳舉人現在的老婆好看些。

陳阿福笑道：「娘真好看。」

王氏紅著臉瞋了她一眼。

她囑咐王氏，去了繡坊，若自己跟別人談生意，千萬別隨意插嘴。

王氏點頭，聽閨女的沒錯。

出門時，正在院子裡忙碌的陳阿滿，看到陳阿福衣衫上的盤釦，眼睛都瞪大了，嚷道：「好漂亮的釦子，原來算盤疙瘩換種顏色也很好看呢！」

陳阿福笑了笑，三人去街口找了一輛驢車。到了西大街，直奔霓裳繡坊。

進了霓裳繡坊，滿眼的華光溢彩，地上擺著幾面華麗的刺繡屏風，四周牆上掛著各色飾品。特別是盤釦，雖然只有菊花盤釦和梅花盤釦兩種，卻做得極其精緻漂亮，顏色大小不一，色彩搭配得也恰到好處。

這些盤釦銷售得極好，最精緻的絳絲加金線的盤釦要十兩銀子一對，真是賣到天價了。那位羅少奶奶還真能幹，都快把盤釦做成大順朝的奢侈品了。

他們三人今天穿得都很好，也都氣質不俗，小二很熱情地招呼他們。

小二笑道：「這是我們專門從石安府雅韻繡坊進的，據說現在許多京城、江南的店家都去買，因為我們東家跟雅韻繡坊的東家有親戚關係，才進了這麼多。現在也有些繡坊開始模仿這種盤釦，但都沒有雅韻繡坊做得好。」

陳阿福抿嘴笑道：「雅韻繡坊的東家是羅家少奶奶，或者說跟她有關吧？不瞞你說，這些盤釦的設計，就是今年六月我賣給羅少奶奶的。我手上還有一些其他的設計，若你們繡坊感興趣，不妨談談。」

小二一聽，趕緊高聲叫道：「羅掌櫃、羅掌櫃，這裡有生意要談。」

一個女人的聲音傳來。「來了。」

從一扇小門裡走出一位四十歲左右的女人，穿著綠豆色緞面褙子，頭上只戴了一支孔雀金簪，很是幹練的職業婦女樣子，她五官清秀，還有兩分面熟。

等看到她後面那個男人時，就知道她為什麼有熟悉之感了，那個男人竟然是羅管事。

大寶大聲招呼道：「羅爺爺，真巧。」

陳阿福也笑了，還真是無巧不成書。

陳阿福又感謝了一番羅管事，簡單說了一下他兒子幫自家撐腰的事。

羅管事笑道：「我家主子和小主子都喜歡大寶，應當的。」

然後，他介紹那位女掌櫃是他的親妹子。

這個女掌櫃是羅管事的妹妹，他們兄妹兩個的母親是了塵住持——羅雲的乳娘，也就是說，他們是了塵曾經的奶哥哥和奶姊姊。

羅掌櫃聽說是陳阿福設計的盤釦還有些不信，看了一眼陳阿福胸前的盤釦說道：「雖然妳的盤釦顏色搭配比較別致，但……」

羅管事卻絕對相信，他低聲笑道：「小妹，嫣姊兒手上的那些燕子玩偶就是她做的。」

羅掌櫃聽了，眼裡立刻露出幾分精光，趕緊請三人去包間談。

當她看到陳阿福把三個玩偶拿出來後，眼裡遮掩不住失望，說道：「這三個玩偶雖然比較新奇，卻沒有盤釦那樣令人驚豔，跟燕子玩偶比起來也相差甚遠。」

陳阿福點頭認同，她做這三個小東西只是想掙點小錢。

霓裳繡坊是楚家的商鋪，掌櫃又是羅管事的妹妹，她還是比較放心，便笑道：「我還會設計跟菊花盤釦一樣好看的盤釦，而且還有很多種，也會做比這些玩偶更好看、更可愛的玩偶和飾品，也有很多種。」

羅掌櫃一陣驚喜。「真的？」

陳阿福點頭笑道：「我沒膽子騙羅掌櫃，只不過，盤釦不能馬上做，因為我跟羅少奶奶有協議，一年內我不能做盤釦，更不能做出來賣。」

羅掌櫃格格笑道：「妳說的是羅四奶奶吧？她過兩天就要來定州府給我家姊兒過生辰。雅韻繡坊是她的嫁妝鋪子，到時我跟她請示，看妳們的協議能不能改改，若推出新式盤釦咱們霓裳繡坊也能給雅韻繡坊讓讓利，大家都有好處。」又道：「陳小娘子願意跟我們霓裳繡坊合作嗎？」

陳阿福就等著這句話，笑道：「怎麼個合作方式？」

羅掌櫃低頭沈吟了一下，說道：「有兩種方式，一種是，妳設計一樣東西，我們就付妳一次銀子；第二種是，妳當我們繡坊的新品掌事，定期給繡坊提供新品，繡坊給妳月銀。月銀呢，嗯……」她又想了一下。「若那菊花盤釦真是妳設計的，就給妳十兩銀子的月銀。」

王氏聽了一陣驚喜，若是長期合作，一年就是一百二十兩銀子；但她記得女兒出門前的提醒，不敢多嘴。

陳阿福想了想笑道：「我選擇第一種。」她還不想被套牢，又道：「我家跟羅管事家挨著，若設計出來，可以請來府城辦事的羅管事或是羅小管事帶來。」

羅掌櫃點頭，又把小雞、小狗、小鴨玩偶拿過去說：「這幾個玩偶還是比較新奇的玩意兒，做工好，面料好，孩子們會喜歡。我給妳十兩銀子，怎麼樣？」

陳阿福點頭，十兩銀子，算合理。

之後，寫了一式兩份協議，羅掌櫃和陳阿福都簽字並按了手印，並說好，等跟羅四奶奶請示過，就讓陳阿福再設計一款盤釦出來。

陳阿福點頭答應，因為她要在府城賣珠寶和玩偶，還想去牙行看看有沒有賣中寧縣的田地，所以之前便跟陳名說好，要在府城待十天至半個月。

見她們的生意談得差不多了，羅管事才笑道：「大寶來了府城，就去府裡看看我家姊兒吧！這麼多孩子，姊兒只跟大寶能玩在一起。」

大寶一聽能見楚含嫣就高興，馬上說道：「我也想嫣兒妹妹了。我把七七和灰灰都帶來府城了，牠們在我三姥爺家，去看嫣兒妹妹時也把牠們帶上。」

羅管事笑道：「那就更好了，先去你三姥爺家把牠們帶著，再一起回楚府。」又對陳阿福說：「陳家小娘子也跟我們去一趟吧！上次我大兒子把你們送我家的桂花糯米棗拿回府裡，我家姊兒十分喜歡吃，府裡的廚娘照著做，做出來，我家姊兒卻是不喜歡，妳一起去可以給我家姊兒多做些。」

陳阿福暗道，那小姑娘的嘴還真刁，自己做的糯米棗子是用自家加了料的水做的，和沒加料的棗子的確有細微差別，她竟然吃出來了。

她點頭同意，想著回家得趁著去恭房的時候，進空間弄一點燕沉香木的木頭渣出來。

她本想問問楚小姑娘的身體怎麼樣了，又忍住了沒問。他們對楚姑娘的病都諱莫如深，問多了不好。

羅管事又說：「再重新給我們姊兒做個最大的燕子玩偶吧！姊兒不喜歡府裡針線房做

的，妳就在這裡挑些緞子和棉花回去做，看能不能早些做出來。」

陳阿福點頭同意，若自己能夠讓小姑娘快些病好，或是快樂起來，她做什麼都願意。於是指了幾樣做大玩偶的緞子，說了大概要多少的數量。這次的緞子她換了幾種顏色，除了保留月白色，其他的換成了藏藍色、碧藍色、鵝黃色和大紅色；另外，還要了幾種繡線。

羅掌櫃一樣給了五尺，說就做十個玩偶吧！剩下的給她做衣裳，感謝陳阿福幫了自家姊兒的忙。

走之前，陳阿福想買五對梅花盤釦，說是要送給小堂妹。羅掌櫃笑著讓小二拿了五對最便宜的梅花盤釦，說送給她作見面禮。

陳阿福看上的是另一種稍貴些的，見羅掌櫃如此，也不好多說，只得收下。

幾人去陳實家坐的是楚府馬車，要快得多。陳阿福母子和王氏坐在車廂裡，羅管事同馬車伕一起坐在車廂外。

路上，羅管事又說了他家姊兒非常喜歡那些燕子玩偶，特別是那個特大號的玩偶，連睡覺都要抱著它；只可惜被下人無意中扔了，害得姊兒哭鬧了好幾天，以至於身子也不太好了……

他沒說的是，原來楚含嫣的眼珠幾乎不轉動，可從棠園回府後卻能偶爾隨著玩偶轉動一下；不僅會說「鳥鳥笑了」、「鳥鳥飛了」，有時甚至還會說一句「大寶呢」。雖然說得不流利，卻是除了「爹爹」、「奶奶」、「太爺爺」以外，唯一會說的話了，自家的大爺高興異常，甚至可以說激動異常。

只是，姊兒在大燕子玩偶被許婆子扔了後，不僅病了幾天，病後又恢復了原樣，氣得大爺讓人把許婆子杖斃了，又重新換了一批服侍姊兒的人。羅管事的兒媳婦魏氏，也被臨時招到府裡服侍。

他又簡單介紹了一下楚府的情況。定州楚府裡只有他家大爺楚令宣和姊兒楚含嫣，其他的楚家人都在京城，他又極自豪地補充了一句。「我家大爺二十三歲就是參將了，他是咱們大順朝最年輕的從三品以上的武官。」

大寶極其捧場，瞪大眼睛說道：「哦！參將大人，好大的官啊！」誇張的樣子把羅管事和馬車伕慶伯逗得大笑。

陳阿福暗道，那麼年輕就能做到從三品，雖然是個武官也不得了了；不過，府裡只有他們父女兩個人，楚將軍的公務應該很繁忙，小女孩本來就有那個病，親人又經常不在身邊，也算可憐了。

陳阿福又乘機問了羅管事府城哪家牙行信得過些，她攢了一些錢，想買些田地。

羅管事笑道：「陳小娘子的確是個能幹的。我還會在府城待上幾天，要等姊兒過完生辰再走，有時間了，我陪妳一起去看看，我知道一個不錯的牙行，也認識那裡的牙人。」

陳阿福喜極，趕緊道謝，有他作陪，自己便不怕吃虧上當了。

回到陳實家，王氏便提出不去楚府了，她見到貴人會害怕，何況女兒和外孫有羅管事陪同，她很放心。

陳阿福把梅花盤釦送給陳阿滿，小姑娘高興得捂著嘴笑不停，直說馬上就做新衣裳。她去了恭房，把門一關，便進了空間。

忙碌的金燕子聽說陳阿福想拿點燕沉香樹渣，去給漂亮妹妹做小點心，趕緊停下嘴裡的活，小綠豆眼很耐人尋味地看了她兩眼，啾啾說道：「好，給妳。媽咪要記住哦！人家幫的不只是漂亮妹妹，還有媽咪，媽咪可不要忘了人家的這個情。」

陳阿福哭笑不得，小東西真是太天真了，甚至是癡人說夢。別說人世間的階級、等級有多麼嚴苛，她和他之間隔了一條寬得不可逾越的鴻溝；就是同一個階級、等級，甚至互有好感的男女，也不是說想走到一起，就能走到一起的。

還好自己有成年人的靈魂，又受過情傷，掂得出自己有幾斤幾兩；若真是十五歲的小姑娘，被金燕子把情愫撩撥起來就麻煩了，單相思多難受啊！以後有時間了，得跟牠說說，別總說這些不著邊際的話。

金燕子用小尖嘴啄了一丁點的燕沉香木頭渣，還說這東西不是泡水，而是直接煮，只能用這麼一點味道才不至於太濃郁。

陳阿福翹著蘭花指，把牠嘴尖上的那個小黃點拈過來抹在白手帕上，再把帕子包起來揣進懷裡，才出了恭房。

第十一章

陳實見家裡來了羅管事這樣的「大人物」，又已是晌午，趕緊熱情地留飯。

羅管事擺手笑道：「不用，陳小娘子和大寶一起去我們府上用飯。」

陳阿福和大寶帶著七七和灰灰，跟著羅管事乘坐馬車去了楚府。

馬車直接駛到二門外，三人下車，直直走進了垂花門。看來這位羅管事在楚家地位超然，他一個外男也一起進了二門，守門的婆子對他也是頗多討好。

他們來到一個小院的門外，羅管事說：「這就是姊兒住的悅陶軒。」

說完，他抬腳走了進去，陳阿福和大寶便跟著他。

院子裡繁花似錦，鳥語花香，各色菊花和木槿花競相怒放，樹上和屋簷下掛著好多鳥籠，鳥兒在籠子裡跳躍著，唱著歡快的歌謠。

院子中央，一個身著月白色長衫的高個子男人，正斜抱著一個小女孩。正午的陽光直射下來，在男人身上染上了一層光暈，讓他白色的肌膚帶了些許胭脂色。他沒有看來人，依然看著懷中呆呆的女兒，稍顯硬朗的五官較之以前柔軟許多，目光也沒有那麼冷傲，如一潭深幽的秋水，滿滿都是關切和疼惜。

這個男人正是曾經救過陳阿福的「英雄」楚令宣，小女孩正是楚含嫣。

或許是因為陳阿福剛剛穿越過來，看到的「英雄」氣場太足，之前總覺得他冷俊威嚴，現在看到這個樣子的他，難免有些吃驚。他絕對是一個好父親。

陳阿福和陳大寶大氣不敢出，跟在羅管事後面；可七七和灰灰不懂那麼多，牠們一見漂亮妹妹，就從籃子裡飛了出來。

牠們還是怕楚令宣，不敢停在他身上，就繞著他們父女兩個的頭頂盤旋，嘴裡也不閒著，「嫣兒妹妹」、「漂亮妹妹」一通大叫，聲音跟大寶的一模一樣。

羅管事躬身道：「大爺，老奴正好碰上大寶母子，便把他們帶來了，讓大寶陪著姊兒玩，再讓陳家娘子做些姊兒愛吃的桂花糯米棗。」

楚令宣抬起眼皮，看了陳阿福和大寶一眼，微微點了一下頭。

大寶作揖道：「小子見過楚大爺。」又招呼楚含嫣道：「嫣兒妹妹，我帶七七和灰灰來陪妳玩了，牠們又新學會了兩句話，我讓牠們說給妳聽。」

楚含嫣的眼睛一直沒有聚焦，聽了陳大寶的話，竟然轉著眼珠看了他兩眼後又移開，似望向他的身後，也似望向不知道的地方。

陳大寶一陣挫敗。為什麼嫣兒妹妹的眼神只在他身上停留一下下呢？自己可是響鑼村長得最好，也是最討人喜歡的孩子呢！

大寶不知道的是，如此已讓楚令宣驚喜不已。他早聽羅管事說過，金燕子就是這個孩子的，除了自己和母親、許婆子、燕子玩偶以外，大寶是唯一能牽動女兒眼神、也是女兒不會抗拒的人。

沒想到，許婆子真是「那邊」的人，找藉口扔了那個大燕子玩偶，讓嫣姊兒極其傷心。想到這事，楚令宣就自責不已，應該一回府就把許婆子打發走的，可惜他存了僥倖之心，想等過幾天合適的人來了後再把她弄走，誰知就出了那件事。現在，這個孩子來了，有他陪著，嫣兒會好過些吧？

這時，一件更不可思議的事情發生了，楚含嫣的眼珠呆呆地盯著走過來的陳阿福，向她伸出了手，嘴裡說道：「鳥鳥——飛了，鳥鳥——飛了，飛了……」

陳阿福愣住了，自己不是金燕子啊！

楚令宣更是一陣狂喜，這是女兒除了他和母親外，唯一主動伸手的人，而且還說了這麼多的話。

他看看女兒直視著陳阿福的眼神，再看看面前這個長相秀美、穿著乾淨雅致的小娘子。能被羅管事帶來，肯定是妥當的，他猶豫了一下，還是走近陳阿福，把楚含嫣遞過去。

陳阿福起先還有些發愣，楚令宣靠近她的時候，她嚇得退後了一步，看楚令宣沈下臉，眸子裡的溫度驟降，趕緊定了定神，伸手把楚含嫣接過來。

楚含嫣是被楚令宣橫抱在懷裡的，所以陳阿福接過來時，她也是橫抱著的。

小女孩一進陳阿福的懷裡，便抓住她胸前的衣襟，小臉使勁在她不算豐滿的胸部上亂拱，像是奶娃在尋找奶嘴一樣，拱了幾下，似乎找到了要找的東西，便把鼻子和嘴緊貼在那裡不動了。

楚含嫣的小腦袋緊貼在她的左乳上，讓她不算豐滿的右胸也立體起來。

當眾被如此「猥褻」，陳阿福羞憤欲死，表情僵硬，臉紅得像煮熟的大蝦，真有一種把小妮子丟出去的衝動。

稍稍一想，陳阿福便知道了其中緣由。自己懷裡揣了沾著燕沉香渣渣的手帕，這味道雖然極輕，但楚含嫣還是聞到了，她之所以看到自己就說「鳥鳥」，或許正是因為自己和金燕子身上都有燕沉香的味道。一聞到這個味道，她便想起了金燕子，小妮子雖然腦子不清明，但是嗅覺卻異常靈敏。

只是這個動作，也太、太……太羞人了好不好。還好自己是個老瓜瓤子，皮厚些，若是換個臉皮薄的姑娘，還不羞哭了。

女兒的動作讓楚令宣吃驚不已，也忍不住臊紅了臉。他低頭用拳抵著嘴輕咳了一聲，眼睛看著別處說道：「那個……謝謝你們了，把嫣兒帶去屋裡玩吧！」

陳阿福聽了，趕緊抱著楚含嫣逃一般去了上房。

她覺得自己跟這位「英雄」實在是八字犯沖，第一次見面，她是被人欺負得躺在地上髒兮兮的傻子，這次見面，更是狼狽和丟人。

大寶跟著她身後進了上房，七七和灰灰也飛了進去。

廳屋裡佈置得清新又雅致，有一股淡淡的沉香味。羅漢床上放著兩個陳阿福親手做的燕子玩偶，多寶槅和花梨木圓桌上也放了幾個，甚至屋頂垂下的宮燈上也吊著兩個。在這房裡，微笑的小燕子無處不在。

從這個佈置看，那位冷面「英雄」還真是個女兒奴。

院子裡，楚令宣和羅管事說了幾句話後，便出了悅陶軒。出門之前，羅管事又跟兒媳婦魏氏講了陳阿福母子還沒吃飯之類的話。

楚含嫣已經吃過晌飯，此時正是她歇晌覺的時候，聞著那股安心的味道，再看看身旁的大寶，還有站在桌上的七七和灰灰，眼睛惺忪起來。

陳阿福抱著她站起身，在屋裡轉了幾圈，她便很快沈入夢中。

魏氏笑著掀開臥房的珠簾，讓陳阿福把楚含嫣放在床上歇息。

臥房的北窗外掛著一個鳥籠，籠裡關的正是自家送的那隻雲錦雀。牠像個美麗的公主在籠裡往外望著，唱著溫柔又動聽的歌曲，跟那些跳著腳唱歌的鳥兒們比起來，是兩種截然不同的範兒。

窗下是雕花嵌玉几案，案上放了兩個中號的燕子玩偶，窗子正對面是一個花梨木雕花衣櫥，櫥門把上也掛著兩個揮著翅膀的小號燕子玩偶。臥房右邊最靠裡是一張雕花嵌玉架子床，掛著水紅色紗帳，帳上繡著一簇簇的梔子花。床上放著一個大燕子玩偶，但陳阿福一眼就看出來不是自己做的那個，顏色簇新，針腳也要好得多。

床邊有個雕花妝鏡檯，上面竟然鑲了一個陳阿福以為這輩子再也看不到的圓形玻璃鏡。

牆邊還有一個高几，几上有一個粉釉廣口大花瓶，裡面插了幾枝鮮豔欲滴的菊花。

如此金尊玉貴嬌養著的小姑娘，竟得了這種病，真是可惜。

陳阿福來到床邊，輕輕地把小姑娘放上床，再給她蓋上羅被。

三人又回到廳屋，陳阿福想到之前那個燕子玩偶裡的燕沉香葉子渣，那是世面上找不到的寶貝，若能找到那個玩偶，哪怕玩偶不能給楚小姑娘用，也可以把那葉子渣拿出來，就問魏氏道：「原來的那個大玩偶呢？」

魏氏嘆著氣說道：「之前服侍姊兒的許嬤嬤說玩偶髒了，她拿去洗。可她洗的時候把緞子洗壞了，又說姊兒嬌貴，不能玩破損的東西，就讓人把玩偶扔出府了。姊兒那天哭鬧得厲害，還生了病，大爺無法，只得換了幾個服侍的下人，又暫時把我調來服侍姊兒。」

看到魏氏諱莫如深的樣子，陳阿福有些懂了。她之前一直有些納悶，為什麼小女孩的祖母會出家？家裡還有其他親人，為什麼這個府裡只有父女兩人，有病的小女孩竟然沒有一個女眷親戚幫忙照顧？或許這其中還有更深的原因，連下人都不一定全然是為了主子好……

不多時，丫鬟巧兒才拿了一個食盒進來。魏氏笑道：「聽我公爹說你們還沒有用飯，先將就著吃些，再教教我做糯米棗子，不知為何，我和周大嬸做出來的，姊兒就是沒那麼喜歡吃。」

飯菜放在廳屋裡的圓桌上，共有四菜一湯和兩碗米飯，香味一傳來，陳阿福也覺得自己的肚子餓了，此時早過了飯點。

母子兩人吃了飯，大寶的眼睛也開始惺忪起來，不停地打著哈欠。魏氏讓陳阿福把他抱去西側屋的美人榻上歇息，再拿一床小羅被給他蓋上。

之後，兩人一起去了後院的小廚房。

魏氏二十四、五歲，長得白皙清秀，未說話面上就帶著三分笑意，很是討喜。

來到廚房，做桂花糯米棗的食材早已準備齊全。現在沒有新鮮桂花，只有一罐糖漬桂花。陳阿福邊做，邊跟魏氏和管廚房的周婆子講解做糯米棗子的步驟，趁人不備時把帕子裡那一點黃色小渣渣抖進了鍋裡。

等糯米棗子做好，魏氏嚐了一顆，瞪大眼睛說道：「哎喲，我們也是這麼做的，怎麼陳妹妹做的就要好吃得多？」

廚房管事周婆子嚐了一顆，也直說好吃，頗懂行地笑道：「凡事都要講緣法，做菜、釀酒也一樣，若都一個味，酒樓幹麼花高價請大師傅呢？拿著方子隨便找一個人做就是了。」

這話誇了陳阿福的同時，也為自己找了臺階下。魏氏深以為然地點點頭。

陳阿福抿嘴笑起來，她之前還在想怎麼解釋，周嬸子卻幫自己圓過去了。

這次做得有些多，將兩個粉彩小瓷盆都裝滿了。魏氏拿出一個細瓷青花碟，裝了一碟糯米棗子，再把碟子放進食盒裡，讓小丫鬟拿去前院孝敬大爺。「上次我當家的，拿了陳妹妹做的糯米棗子進府，不只我家姊兒喜歡，大爺也愛吃，只是看見姊兒喜歡，大爺便沒捨得多吃。」

魏氏只拿出一小碟糯米棗子放在廳屋裡的桌上，其餘的都放在食盒裡拿去側屋放好。剛拾掇完，東屋裡便傳來丫鬟巧兒的聲音。「呀，姊兒醒了。」

魏氏笑道：「哎喲，這棗子還真勾人，定是它把姊兒香醒了。」

楚含嫣一醒，也得把大寶叫起來了。

陳阿福去了西屋，大寶還在美人榻上睡得酣暢。她輕輕把他搖醒，有些起床氣的他癟嘴就想哭。

陳阿福笑道：「這是嫣兒妹妹的家，讓她聽到你哭了，看你羞不羞。」

大寶的眼睛一下睜得老大，一骨碌爬起來說道：「娘看錯了，大寶沒有哭。」

外書房內，楚令宣吃完碟子上最後一顆棗子，嘀咕道：「人在這裡，怎麼不讓她多做些？」

站在一旁的羅管事抿了抿嘴，把一絲笑意壓下去。自家大爺有多久沒有這麼孩子氣了？好像在家裡突逢變故，大夫人被逼出家後，就再也沒這樣了。

他把陳家的事、陳阿福怎麼看的病、大寶的情況、在村裡被混混欺負的事情，更詳細地跟楚令宣做了稟報，又說了外家的表四奶奶賣得最好的盤釦，竟然是陳阿福設計的，她已跟霓裳繡樓簽了合約等等。

楚令宣聽完，點頭說道：「這家人比較靠得住，陳家娘子也算聰慧，姊兒似乎很喜歡她。」他不自然地咳了一聲。「以後姊兒去棠園，可以多跟那母子兩個相處；要不，就讓陳家娘子給嫣姊兒當針線師傅吧！以後在鄉下，讓她定時去教姊兒做針線。」

羅管事愣了愣，想了想便懂了大爺的意思，馬上躬身答道：「是。」

楚令宣皺眉暗道：不知為何，大寶那孩子，他第一次在三青縣見到時，就覺得有些面熟，今天看見後更有這種感覺；但他敢肯定，之前從來沒有見過那孩子，或許，這就是眼緣吧！還有，怎麼今天覺得那個陳小娘子也有種熟悉之感……真是怪了。

楚令宣和羅管事又一起去了悅陶軒。一進院子，就看見七七和灰灰正站在院子裡仰頭說著話，一個在背詩，一個不停地喊著「大寶要尿尿，大寶要尿尿」，都是陳大寶的聲音，逗得幾個丫鬟、婆子捂著嘴直笑。

為了讓女兒的院子裡能夠生機勃勃，楚令宣讓人在院子裡種了許多花草樹木，又掛了許多鳥籠；可只有在今天，他才覺得這個院子真正有了幾分蓬勃生機。

怪不得母親也喜歡這孩子，喜歡這兩隻通人性的鸚鵡，或許，再有了那隻小燕子，這裡會更熱鬧吧？

楚令宣領著羅管事進了上房，站在廳屋中央，向東屋看去。明媚的陽光透過窗欞斜射進來，正好照在珠簾上，讓晶瑩的珠簾變得五彩斑斕起來。

珠簾另一面，傳來一個陌生女人的聲音，這個聲音不算清脆悅耳，偏低沈，柔柔的，速度很慢，讓人聽了不由得心安。楚令宣第一次發現，原來女人的聲音偏低沈也能如此動聽。

那個聲音慢慢地跟楚含嫣說著話，很平常的話語，但聲音、語氣裡全是滿滿的關切和隨意。

「……哎喲，咱們家的姊兒可真漂亮，嘖嘖嘖，第一美人呢！別人家的孩子哪個都趕不上，金寶啊、大寶啊！他們都趕不上……」

當陳阿福說到金寶的時候，楚含嫣的眼珠子轉動了一下，慢慢說道：「鳥鳥——飛了。」

「那鳥鳥是小燕子，陳姨給牠起了個好聽又土財的名字，叫金寶。」陳阿福說完自己開心地笑了幾聲，又說：「名字有些像土財主吧？嫣姊兒也覺得像？嗯，真聰明。呵呵，金寶明年春天就會飛回來。放心，牠的記性很好，會記得我們在響鑼村的家，也會記得漂亮的嫣姊兒。嫣姊兒還記得牠的笑嗎？陳姨也喜歡牠的笑，甜甜的，像嫣姊兒一樣……」

楚含嫣醒來後，見陳阿福領著大寶進了臥房，竟然伸手讓陳阿福抱，陳阿福只得把她從魏氏懷裡接過來，給她穿衣梳頭。

陳阿福猜測，這孩子的嗅覺或許遠比之前意料的還靈敏，自己身上已經沒有燕沉香了，她還如此親近自己，或許就是她聞到空間裡的燕沉香。這個本事，只有七七、灰灰和追風那些動物們有，原來她也有啊！

還是前世的那句話，上帝關上了這扇門，就會打開那扇窗，楚含嫣的嗅覺，已經超出普通人類的範圍。

陳阿福一邊給她梳著頭，一邊絮叨，也不管楚含嫣聽不聽得懂，偶爾還真能讓嫣姊兒的眼珠轉動一下，冒兩個字出來。

陳阿福更加認為，這孩子的自閉症不算嚴重，只不過家裡沒有人經常跟她溝通。爹爹的性子冷，奶奶是安靜的出家人，有些下人的心思不好，或者沒有壞心思的下人也不敢在主子面前聒噪，待在這樣安靜的環境裡，久而久之，她也就越來越孤獨了。

若是從小矯正得當，症狀遠不會像現在這麼嚴重，可憐的孩子！

陳阿福又跟魏氏說：「以後，羅嫂子跟服侍姊兒的人說說，多跟姊兒說話，多交流，別讓姊兒的周圍太安靜，這樣容易讓她活在自己的世界裡；只有她的世界變得熱鬧生動起來，充滿了蓬勃生機，她才能融入，變得靈動起來。羅嫂子信我，姊兒是聰明孩子，別人的關心和善意，她能感覺到……」

她剛說到這裡，楚含嫣又「啊」了一聲，呆呆的眼睛又看了她一眼。

陳阿福笑道：「看吧！陳姨沒說錯吧！姊兒果真是聰明孩子，聽出陳姨是在誇獎妳呢！」

大寶在一旁恍然大悟地說道：「娘，我終於知道嫣兒妹妹為什麼只看我，而不跟我說話了，原來是在怪我跟她說話說少了；可是，兒子是男人，怎麼能像娘親那樣囉嗦呢？」

說完，還很為難的樣子，逗得魏氏和巧兒都笑起來，連楚含嫣的嘴角都勾了勾。

陳阿福呵呵笑道：「娘親哪裡是囉嗦，是在跟嫣姊兒聊天好不好！胡說八道，連嫣兒妹妹都笑話你了。」

嫣姊兒又「啊」了一聲。

一股莫名的情緒在楚令宣心裡流淌開來，這是唯一一個認為嫣姊兒是聰明孩子的人，也是唯一一個把嫣姊兒當正常孩子對待的人；連他自己、母親、祖父這些最關心嫣姊兒的人，都失望地認為她就是一個傻孩子，或許她一輩子都會這樣了。他們心疼她，想保護她，卻沒有辦法讓她快樂起來。

而這個女人，卻能讓嫣姊兒回應她；還有她的兒子，她家的鳥兒，都能牽動嫣姊兒的注意。

或許，自己閨女真的是個聰明孩子，只是自己沒有辦法讓她的世界變得熱鬧生動，沒有辦法讓她融入這個世界，變得靈動起來……

他必須讓陳家娘子心甘情願地服侍嫣姊兒，只有心甘情願，她才能真心待嫣姊兒。她能給予嫣姊兒的涓涓柔情、蓬勃生機，還有聽似無意卻充滿智慧的溝通和關心，讓人心安的聲音，都是自己和這個家給予不了嫣兒的。

這時，一個婆子走進來稟報道：「大爺，京城的客人已經到城外了，大概半個時辰就會到府裡。接人的管事說，這次侯府的主子共來了四人，連老侯爺都親自來了。」

「羅叔，那件事你就辦了吧！還有，讓姊兒準備準備，稍後要見京城的長輩。」楚令宣看了看跳動著陽光的珠簾，又對羅管事耳語了幾句。

羅管事躬身道：「是。」

楚令宣離開之後，陳阿福牽著已經收拾索利的楚含嫣出了臥房，大寶等人也跟著出來。

「羅爺爺。」大寶先招呼道。

院子裡的七七和灰灰聽見小主人的聲音，立即飛到門口大叫起來，大寶高興地跑了過去。

魏氏看出自家公爹或許有話跟陳阿福單獨說，便過來抱起楚含嫣說：「姊兒乖啊！妳看七七和灰灰，牠們在招呼姊兒出去玩呢！」

楚含嫣睡飽了，還算安靜，被魏氏抱著去院子裡看大寶和鸚鵡，廳屋裡只剩下羅管事和陳阿福。

陳阿福笑道：「羅管事，我已經把糯米棗子做好了。」

意思是，他們的任務已經完成，府裡又來了客人，他們可以回家了吧？

羅管事笑著從懷裡取出兩張銀票遞給陳阿福說：「陳家娘子，這是我們大爺付雲錦雀的錢。」又補充道：「一共六百兩銀子。」

陳阿福猜到雲錦雀值錢，卻沒想到值這麼多錢。她愣了愣，今天遇到的突發狀況太多，讓她有些反應不過來。她強按下心中的狂喜，沒接銀票，問道：「那隻鳥兒那麼值錢？」

羅管事笑道：「我家老侯爺喜歡蒐羅好鳥兒，所以大爺對鳥兒也知道一些。他說，雲錦雀還是第一次出現在大順朝的地界，前兩年番人曾進貢給皇上四隻，他認得。」

陳阿福便伸手接過銀票，笑道：「楚大爺客氣了，也謝謝羅管事。」

羅管事笑笑，又說：「我們大爺還說，我家姊兒似乎很喜歡陳小娘子，我們爺想請妳給我家姊兒當針線師傅，她在棠園的時候，請妳去指導姊兒的針線。」

給她的工資和福利待遇，月銀是二兩銀子，兼一年四套衣裳，包一頓飯；若是姊兒的進步大，大爺還有重謝。

別說楚含嫣有病，就是正常的小姑娘，也不可能讓她四歲就學針線，這肯定是讓自己陪玩，當托兒所阿姨了。名目立得好，名字也好聽，給了自己十足的面子。

而且，小姑娘去棠園才教，工作也離家近。最最關鍵的是，燕沉香的葉子對小姑娘的病肯定會有幫助，她有絕對把握可以把這個工作做好，得到上司的重謝；只是，自己的事太多了，不能一心一意當托兒所阿姨。

陳阿福遲疑地說道：「謝謝楚大爺看得起我，我也願意教嫣姊兒；只是……羅管事知道的，家裡都靠我，我比較忙，不能天天……」

羅管事笑道：「我家大爺知道陳家娘子是家裡的頂梁柱，要做許多事，什麼時候、什麼時辰方便去棠園，妳拿主意即可。」

這是楚令宣剛才跟羅管事耳語說的。她不是下人，不能強迫她，必須讓她心甘情願。

羅管事也看出來，陳家娘子非常有智慧，怪不得姊兒喜歡親近她。這樣的人，若心甘情願地教導姊兒，絕對是姊兒的福氣，所以，他根本不會拿大。

陳阿福一聽，人家請她可是非常有誠意了，像她這樣的小老百姓，在這些權貴面前如螻蟻般，人家卻能做到這一步。

她望向窗外，即使已是秋天，這裡也是繁花似錦，鳥語花香。木槿花旁，楚含嫣坐在錦凳上，七七和灰灰圍著她跳著腳地叫嚷著，大寶則坐在她旁邊時而逗鸚鵡，時而看看小妮子，或是找話說幾句。

小姑娘的目光呆呆地沒有聚焦，漂亮的小臉一直對著一個方向，似乎在想心事，偶爾也會被大寶吸引著看他或兩隻鸚鵡一眼，然後又轉開眼珠，望著那個莫名的方向。

再想到已經死去的傻阿福，陳阿福的心又莫名地痛了一下。「楚大爺、羅管事客氣了，若是這樣，我就斗膽說說自己的想法了。聽說嫣姊兒上午巳時初起床，午時吃完飯又要午睡，我便巳時兩刻去棠園，她午睡後回家。等她申時初午睡醒了，我再去，待到酉時回家，加起來也有三個多時辰。白天時，只要嫣姊兒醒著，我幾乎都陪在身邊，既教了姊兒，又兼顧了自己的家。最好，嗯……能不能五日休一天？沒上夠工時，可扣月錢。」

她前世習慣工作五天、休一天，實在不喜歡古代的十日一休沐的慣例。

羅管事笑道：「陳家娘子說笑了，每日三個多時辰，已經教夠了，不需要扣月銀。五日休一天，也算合理。哦！妳每天都把大寶帶來，兩個孩子可以一起玩，也省得妳掛心。」

陳阿福點頭應允，笑道：「只不過，我的手不算頂巧，只有盡力而為，還請楚大爺和羅管事多擔待。」

「我們大爺有眼光，不會看錯。」羅管事誇獎了他們大爺，又誇獎了陳阿福。「陳小娘子早些把玩偶做好，就送來府裡，直接跟門房說找我即可。嗯，下次來，陳小娘子再多做些那種甜棗，我家大爺也喜歡。」又小聲說道：「等府裡忙完，我就陪陳小娘子去牙行，現在妳手裡的錢更寬裕了，能多買些地。」

陳阿福笑著點頭表示感謝。

羅管事派府裡的馬車送陳阿福母子回去，魏氏又送了他們母子兩包點心、兩包糖果，並再三感謝陳阿福給嫣姊兒做的糯米棗子和燕子玩偶。

陳阿福暗自感嘆，羅管事一家都是人精啊！

走之前，陳阿福不敢過去打擾楚含嫣。魏氏也怕她不捨，便讓丫鬟端著糯米棗子把她哄進了屋裡。

陳阿福和大寶還沒走出院子，就聽到嫣姊兒的哭聲傳出來，邊哭還邊叫著。「鳥鳥……姨……大寶……」

大寶極不忍心，腳步頓了頓，抬頭說道：「娘親，原來嫣兒妹妹哭都是流淚，不哭出聲，現在她哭得這麼大聲，一定是非常難過。」

陳阿福把他抱起來。「其實，嫣姊兒放開聲音哭，比悶著落淚好，這是一種情緒的發洩，也明明白白告訴別人她心裡想什麼。」

陳大寶搞不懂，只是低著頭嘆氣，像個小老頭。蹲在籃子裡的七七和灰灰也不好過，學著小主人不停地嘆著氣。

當他們回到陳實家，已經是申時末。馬車一駛進胡同，就能聞到一陣滷香味。

車伕慶伯深呼吸幾下，說道：「沒想到這裡還有這麼好聞的滷香味，是哪家？我買些回去下酒。」

大寶得意地說道：「這是我三姥爺家的滷串味，不用慶爺爺買，等到了家，我請慶爺爺多吃幾串。」

馬車到了陳三雜貨鋪門口，便看見那裡站了七、八個買滷串的人，旁邊的小桌旁還坐了三個人在那裡邊吃滷串或花生米，邊喝著小酒。

大寶力邀慶伯嚐嚐他三姥爺家的滷串，慶伯實在被這個味道勾出了饞蟲，就把馬車停在族學後院的牆邊。

陳實已經從族學賣完滷串回來，一聽說這人是楚將軍府的人，熱情地招呼他喝酒、吃滷串。因為慶伯要看著馬車，只能在店門前的小桌上吃。

陳實拿出一個小瓷盆，裡面裝了幾十串，葷素都有，又在旁邊酒鋪沽了酒，親自陪著慶伯在小桌上邊吃邊喝。慶伯還要駕車，不敢讓他多喝，所以只沽了半斤酒。

陳阿福回了後院，大寶很有主人樣地陪著慶伯一起在小桌上吃滷串。

吃晚飯的時候，陳實才從鋪子裡回後院。他說把慶伯送走了，還按陳阿福的囑咐，讓慶伯帶了一小瓷盆的滷串送給羅管事。

晚上，陳阿福小聲跟王氏講了雲錦雀賣了六百兩銀子的事，並說打算用這些銀子買田地。

王氏一驚。「老天，有錢人的錢不是錢嗎？一隻鳥給那麼多銀子？」

陳阿福笑道：「有錢人就是喜歡這些花啊、鳥啊，極品花卉還能賣上千兩銀子呢！這叫風雅。」

王氏點頭道：「嗯，也是。不過，那位楚大爺真是個好官，並沒有欺矇咱們。」

這倒是，若是他們不說，自己哪裡知道雲錦雀這麼值錢？從這點來看，那位英雄看著冷峻，人還是不錯。

陳阿福才想起來，羅管事說了什麼老侯爺，那說明楚令宣是出身侯府了？那樣的出生可夠高貴的了，只不過，這麼富貴的人家，他的娘怎麼會出家呢？

陳阿福邊想著心事，邊同王氏一起用緞子給楚含嫣裁玩偶。剛裁了兩個，就聽見陳阿滿的敲門聲，她們只得把裁燕子玩偶的緞子收起來。

因為楚家不想讓別人知道他家的孩子喜歡微笑的燕子，陳阿福便不好做燕子玩偶，而是給楚含嫣做衣裳。羅掌櫃給的面料多，自己又收了她家這麼多銀子，也該給楚小姑娘做套好看的衣裳才是。

陳阿滿想讓王氏教她裁更好看的衣裳，小姑娘會說樣子，但自己裁不好。

陳阿福大方地拿了一塊大紅色緞子給陳阿滿，做衣裳上的裝飾，又建議，若是做這種衣裙，不適合縫盤釦，會顯得累贅。

見小姑娘很遺憾的樣子，又給她兩尺碧藍色緞子做半袖對襟褙子，這種衣裳適合用盤釦，跟盤釦的顏色也搭。小姑娘樂得眉開眼笑，直拉著陳阿福叫「好姊姊」。

第二天，令陳家人沒想到的是，慶伯帶著一個楚府採買管事又找來了。說昨天羅管事吃著滷串好吃，就拿去孝敬大爺，正好京城的幾個主子都在，吃了也都喜歡，便讓陳家各種菜式多滷十斤，不要穿串，他們要擺盤，這麼多貨要給楚府供六天。十五日要得更多，每樣滷味各要二十斤。

陳實快樂瘋了，趕緊彎著腰說一定照辦；然後，又給慶伯和那位採買管事每人孝敬了一個一兩的銀錠。

只要參將府的人近幾天能來陳三滷串買東西，自己再想辦法跟這些管事把關係打好，那些人就不敢來生事了。這兩天，陳實發現有類似地痞的人在店鋪附近轉悠。

等把楚府的人送走，陳實笑著跟陳阿福說：「阿福的名字取得好，真是個有福的，不僅給妳自己家帶來福氣，還把福氣帶來了三叔家。哎喲，三叔真捨不得妳回去，想把妳當菩薩一樣供在三叔家裡。」

幾句話說得王氏笑眯了眼。

由於時間緊迫，陳阿福母女日夜忙碌，才趕在十四日下午做完兩個小燕子玩偶和一套小衣裳，算是自己送楚含嫣的生辰禮。

明天是小姑娘的生辰，陳阿福想在她生辰前把東西做好，讓她抱著有料的大玩偶睡得心情舒暢，心情舒暢了，心緒就會平穩。

陳阿福猜測，那個婆子冒著危險，在小姑娘生辰前把大燕子玩偶扔了，或許就是想要小姑娘的病情加重，好讓某些居心不良的人看笑話，或是在京城敗壞小姑娘的名聲。

這兩個大燕子玩偶的棉花裡都放了一點燕沉香葉子，燕子的花衣雖然換了，但表情沒換，依然笑得那麼燦爛。

那套小衣裳是鵝黃色交領小糯裙，袖口做了比較大的改變，不是這個時代時興的窄袖或是廣袖，而是喇叭袖。肩膀到肘處比較窄，從肘處開始，袖子慢慢撒開，像兩朵盛開的大喇叭花。

吃了晌飯，陳阿福進空間裡拿了一小點燕沉香木渣出來，做了足足一大木盆糯米棗子，裝了兩大碗出來留著，其餘的都帶去楚府。

陳阿福把玩偶和衣裳用布包起來拎著，又讓陳阿玉端著裝滿了糯米棗子的大盆，出了陳家。大寶本想跟去，但陳阿福沒帶上他，楚府客人正是多的時候，肯定不會讓他們去見楚含嫣。

到楚府角門處下車，陳阿福跟門房說找羅管事，又塞給門房一個小銀角子。

羅管事在楚府很有臉面，加上又收了銀角子，門房立刻去府裡把羅管事請了出來。

羅管事看到陳阿福送來這麼多棗子極高興，趕緊讓跟他一同出來的小廝，把棗子直接拿去悅陶軒，不要拿去別處，這次連大爺都不給。

府裡廚娘做了許多糯米棗子招待客人，客人們都十分喜歡這道小食。只有老侯爺嗜甜嘴又刁，在悅陶軒裡吃了幾顆糯米棗子後，發現那裡的糯米棗子比其他的糯米棗子更好吃。他無事就去悅陶軒，跟姊兒搶著吃。即使控制了數量，悅陶軒裡的那兩小盆棗子也已經吃得差不多了，這次陳阿福做的糯米棗子，只供應那一老一小。

陳阿福又把那個大包裹遞給羅管事，說道：「我做好了兩個大玩偶，嫣姊兒可以換著抱，我還給她做了一套小衣裳，手藝粗糙，別嫌棄。」

「陳家娘子做的衣裳，肯定好看。我跟我大兒媳婦說，讓姊兒明天就穿這套衣裳。」羅管事接過陳阿福手裡的大包裹，笑道：「現在府裡的客人多，不僅京城來了許多客人，省城也來了不少人，就不請你們進去了……我替大爺和姊兒謝謝你們了。」

羅管事又誇了陳阿玉俊俏，還說陳三滷味很得客人們的喜歡，明天的滷味大部分不穿串，只拿一小部分穿串，有些爺兒們想感受一下吃滷串的滋味。見陳阿玉忙躬身應是，羅管事又對陳阿福說：「妳這個弟弟是個機靈小子。」

他們回去的時候，羅管事又回送了五斤精白糖、十斤鴨梨和四包京城糖果。

回到陳實家，陳阿福把糖果留下準備帶回家送禮，其他的都送給了陳實。陳實把鴨梨拿出來大家一起吃，而那五斤精白糖就拿去前面鋪子賣。

第十二章

陳阿福在紙上畫了花籃盤釦、琵琶盤釦、鴛鴦盤釦、蝴蝶盤釦、鳳凰盤釦、壽字盤釦，共計六種。

她這次想多做幾種類型的盤釦出來。古代人民的智慧是無窮的，他們會根據菊花盤釦設計出梅花盤釦，時間久了就會設計出別的，等他們設計，還不如自己先設計出來。

品種掌握在羅掌櫃手裡，她那麼聰明，肯定知道什麼時候該推出新品。

陳阿福跟王氏講了這些盤釦怎麼搭配。做精緻的盤釦需要手藝和耐心，手也要非常巧才行，她的手藝還不行，必須由王氏主做，她打下手。

看了這些盤釦，王氏驚得直喊天。她覺得把盤釦盤成花已經夠美的了，竟然還能盤成動物、盤成琴、盤成字，還能這麼好看。

母女兩個就窩在屋裡一心一意做盤釦，只是她們手頭的緞子和繡線顏色有些單調，改日，陳阿福又去了一趟霓裳繡坊。

小二已經認識她了，直接把她領去鋪子的後院。當她進了廳屋，不只羅掌櫃在，連羅管事都在，兄妹兩人似乎剛哭過，眼睛都是紅的，但表情又是高興的，眼角、眉梢都是笑意。

陳阿福覺得自己來的好像不是時候。

兄妹兩人見她來了，都起身笑著讓座，羅掌櫃還親自給她倒茶，讓陳阿福有些不知所措又受寵若驚。

羅管事笑道：「陳家娘子，妳今天就是不來，我也會專程去謝謝妳。」

「專程謝我？」陳阿福很訝異。

一說到這話，羅管事的眼裡似有水光，羅掌櫃也掏出帕子擦了擦眼睛。

羅管事的聲音有些哽咽，說道：「我家姊兒前天一拿到燕子玩偶，喜歡得像什麼似的，抱著就不撒手，直說『鳥鳥笑了』。夜裡竟是一夜好眠，睡了個飽覺。昨天一早，我家大兒媳婦就給她穿上妳做的那套小衣裳，哎喲，漂亮得像個小仙女，別說多惹人疼愛了。聽我兒媳婦說，連姊兒照著鏡子都說，花衣，漂亮……」

雖然後面的話羅管事沒說得那麼明白，但陳阿福聰明啊！她經過腦補，弄懂了大意。

由於小姑娘有病，去楚府的那麼多客人，除了老侯爺，還有楚令宣的舅娘羅大夫人，及她的兒媳婦羅四奶奶，他們三個人去悅陶軒見過小姑娘，誰都沒讓見。藉口是小姑娘這些天不大好，身體欠佳。

昨天雖然是小姑娘的生辰，楚家爺孫也不準備讓小姑娘出面見客，男客在外院松廳、女客在後院花廳，吃完生辰宴就行了。吃飯時，突然來了個楚府沒想到的人，那人還一定要見見小壽星，說宮裡的貴人非常關心她，想知道她長多高、長多胖了。

楚老侯爺和楚令宣氣得要命也無法，畢竟人家是打著宮裡貴人名義關心小姑娘，要求看上一眼，只得讓魏氏把小姑娘抱到花廳走一圈。

當小姑娘被抱出來的時候，包括楚令宣在內，所有人都意想不到。

楚含嫣穿著漂亮又奇異的新衣裳，懷裡抱著那個穿著花衣的大燕子玩偶，漂亮得像個小仙女。雖然「文靜」得有些過分，看見這麼多人也有些害怕，但沒有哭鬧，她看看周圍後，又會低頭看看玩偶，唇角偶爾還能漾出一絲淺笑。她被魏氏抱著在女客面前晃了一圈，就又被抱回去了。

羅大夫人在小姑娘走後，笑著對賓客說：「嫣姊兒被服侍得嬌貴，很少出來見人，所以有些膽小怕事，還請各位多擔待。」

有人笑道孩子還小，再大些就好了；又有人誇這孩子真漂亮，長得像朵花，穿得像朵花兒……還有人說，哎這孩子漂亮得就像觀音座前的小玉女……

總而言之，楚小姑娘昨天表現得意外好，讓那些想看傻女的人大失所望，也讓很多人狐疑，不是說楚小姑娘癡傻得厲害嗎？不像！那小姑娘頂多就是反應有些慢，或許沒有女性長輩教導，突然看到這麼多人害怕也是有可能的，但長得著實漂亮……

至於是哪個討嫌的人、宮裡的哪個貴人，羅管事沒明說。

羅掌櫃用帕子抹著眼淚說：「若主子知道姊兒在眾人面前這麼乖巧，那得多高興。」

「老侯爺、大爺和羅大夫人，都喜歡得像什麼似的，昨天下午，大爺已經派人去紅林山送信，也讓主子高興高興。」羅管事又對陳阿福說：「大爺讓我替他謝謝妳，妳做的衣裳和玩偶極好看，讓姊兒喜歡到心裡。」說著從懷裡掏出一個紅包。「這是我家大爺的謝禮，我特地用紅包封了，讓妳也沾沾我家姊兒的喜氣。」

陳阿福道謝接過紅包，紅包輕飄飄的，應該是銀票。

沒想到，她的一個善舉，當然還有金燕子的善意，不僅幫了小姑娘，還讓楚家人這麼高興，似乎又讓自己發了一筆小財。更沒想到，楚小姑娘的家世原來這麼顯貴。好事接二連三被自己碰上，穿越女的福氣果真不是蓋的！

幾人又說笑一陣，陳阿福才說了來霓裳繡坊的目的。

羅掌櫃聽說她做盤釦需要，不僅給了她需要的緞子、繡線和絡子，竟然還給了兩尺長的金線。羅掌櫃還說，羅四奶奶已經同意跟霓裳繡坊合作，也允許陳阿福再設計盤釦，所以讓她趕緊把盤釦樣品做好，到時候她要看。

羅管事和陳阿福一起出了繡坊，他還專門用馬車把陳阿福送回家，並告訴她，自己這兩天比較忙，等忙過了，就陪她去牙行買田。

陳阿福回屋後把紅包打開，裡面竟是一百兩銀子的銀票。她抿著嘴直樂，又可以多買幾畝田地了。

王氏和阿祿、大寶都在，聽說又能多買些田地，也是一陣開懷。大寶的笑更加燦爛些，因為他聽說漂亮妹妹昨天表現得非常好，受到所有人的誇讚。

陳阿福又和王氏關在小屋裡做釦子。金線全部用在鳳凰盤釦上，大紅色的鳳凰，閃著金光，既好看又貴氣。

六對盤釦在九月中旬後全部完工。陳阿福便和王氏一起拿著盤釦又去了霓裳繡坊。

羅掌櫃把她們請進後院廳屋，看到那幾對盤釦，眼睛都瞪圓了，拿著鳳凰盤釦直說：「天啊！盤釦還能這麼做！我原以為那菊花盤釦已經美到天上去，竟然還有更美的。」

羅掌櫃挨個兒把盤釦拿著看了看，又用帕子捂著嘴巴樂了一陣，笑道：「陳家娘子真是心靈手巧，怪道連我家大爺都要請妳給我家姊兒當針線師傅。哎喲，實至名歸。這些盤釦都好看，但有複雜些的也有簡單些的，這樣設計價格也不會一樣。」

陳阿福笑道：「的確如此，價格方面，我信得過羅掌櫃。」

羅掌櫃又笑道：「鳳凰盤釦和鴛鴦盤釦複雜些，也好看，各給三十兩銀子；花籃盤釦、琵琶盤釦、燕子盤釦、壽字盤釦要簡單些，各給二十兩銀子，陳家娘子覺得呢？」

陳阿福點頭笑道：「就依羅掌櫃。」

「盤釦不好做，這幾對盤釦做得如此精緻，特別是這對鳳凰大盤釦，我們繡坊最頂級的繡娘，也不會超過這個水準。這幾對盤釦的工錢，我就給三兩銀子。」羅掌櫃說著，起身從櫥櫃的抽屜裡拿出一張一百兩的銀票和一張四十兩的銀票，三個一兩的小銀錠，一起交給了陳阿福。

陳阿福把銀票和銀子收起來，想著自己掙了這麼多銀子，就再附贈一些主意吧！便指著嘴對嘴扣在一起的鴛鴦釦說：「這種盤釦既好看又吉利，適合縫在新娘的嫁衣上；那對壽字盤釦，肯定適合縫在壽星的壽服上。這些盤釦不必一件衣裳上用一個花樣，一樣大小的，分開用更多變。比如說，第一顆釦可以用花籃、鳳凰、菊花等複雜些的大盤釦，其餘可用琵琶、燕子、一字這些小盤釦；盤釦也可用在荷包、鞋子上……」

羅掌櫃頻頻點頭，抿著嘴直樂。

之後，羅掌櫃又拿了六疋不同顏色的軟緞出來，笑道：「盤釦這麼多樣式已經足夠了，聽我大哥說，妳給姊兒做的衣裳極好看別致，這些緞子妳拿回鄉下去，專門做好看的衣裳。小女孩的可以，大姑娘的也成，必須要好看別致。記住，一定不能讓別人看了去，做好後，讓我大哥或是姪子送來府城。」

正說著，只見一個小二跑進來說：「羅掌櫃，表四奶奶來了。」

羅掌櫃一聽，趕緊起身，除了把燕子盤釦和花籃盤釦拿在手裡，把其他盤釦都鎖進了櫥櫃的抽屜裡。

陳阿福道：「羅掌櫃，妳忙，我們先走了。」

羅掌櫃點頭，率先走了出去，陳阿福和王氏一人抱著三疋緞子走在後面。剛走到院子裡，正好跟迎面進來的羅四奶奶碰上。

羅四奶奶竟然認出了陳阿福，指著陳阿福似笑非笑道：「妳可是我發現的能幹人兒，卻被羅掌櫃這塊老黃薑截了胡，哎喲，氣死我了，虧大了。」又似真似假地嗔怪著羅掌櫃。「老黃薑，截胡截到了姑奶奶頭上，能讓姑奶奶吃虧的，妳還是第一個。」

羅四奶奶來了定州府後，聽羅掌櫃說那位做菊花盤釦的小娘子，還會做更多的盤釦和飾品，腸子都悔青了。後來看到嫣姊兒身上穿的漂亮別致的小衣裳，聽說也是那位小娘子做的，更是後悔得直捶胸口。

羅掌櫃忙給羅四奶奶屈了屈膝，笑道：「表四奶奶客氣了，難得老虎打個盹，正好便宜了我們。表四奶奶快別生氣了，老奴給您陪個不是。」

陳阿福笑著給羅四奶奶福了福，便和王氏告辭走了。他們兩家繡坊該怎樣合作、怎樣分成，就不關她的事了。

回家後，陳阿福拿了一張四十兩的銀票給王氏，王氏搖搖頭沒接，而是把那三個一兩的小銀錠拿了過去，說：「那幾對盤釦都是妳設計出來的，那些銀子理應妳全拿，而盤釦絕大部分是娘做出來的，娘就拿這個手工錢。親兄弟也要明算帳，這樣才能處長久。阿福自立門戶了，以後要孝敬爹娘，爹娘也就受著，但不能每掙一筆錢就拿那麼多錢出來給我們，人的貪念是縱出來的，妳……」她忍住了差點衝口而出的話，又說：「有些習慣養成了不好，阿福要記住這話，對妳和大寶，對爹娘，對阿祿，都好。」

話醜理端，的確如此。給習慣了，要習慣了，都不好，以後以孝敬的名義給，既盡了自己的孝心，又給大寶和阿祿做出了榜樣。

陳阿福點點頭說：「娘的話我記住了，以後不會每次掙了錢都給你們，而是定期給孝敬。但是，雲錦雀的銀子是屬於我們兩家的，應該平分，我們三百兩，你們三百兩。我想用你們的那三百兩買五、六十畝田地，放在爹的名下。以後，哪怕沒有我的孝敬，娘也不用那麼辛苦，弟弟也能放心讀書。娘不要怕大伯和大伯娘知道，回去就說，這是我孝敬爹娘的，買了地，銀子都用完了，那胡氏惦記也沒有用。」

王氏紅著眼圈點點頭。「好，那雲錦雀就算有我們的一半吧！爹娘還有阿祿，都承妳的情了。」

阿祿也說道：「姊姊，謝謝妳，我一定會好好唸書，以後考了秀才、舉人，給姊姊和大寶撐腰，不讓別人欺負你們。」

陳阿福笑道：「好，姊姊就等著那一天。」

幾人便又商量著，手頭該忙的都忙完了，錢也掙了這麼多，該去牙行買田地了；至於羅管事說會幫忙，或許他太忙了抽不出時間，就不等他了。

大筆銀子是賣鳥兒所得，而不是見不得光的銀子。正大光明的銀子，別人嫉妒也沒用，陳業也找不到藉口說陳名他們藏私；何況，現在她是棠園小主子的針線師傅，這個名頭在響鑼村還是響噹噹的，連胡老五都不敢惹。

吃晚飯之前，陳阿福便向陳實說了自家偶然得了隻雲錦雀送給楚家姊兒，楚大人給了幾百兩銀子的事，後來賣盤釦設計又掙了些錢，所以他們想去牙行買些田地……

陳實聽了，又一次在心裡感嘆著陳阿福的好福氣。他讓她們再等一天，明天是楚府最後一天大量要貨，他後天便能抽出時間陪她們去牙行看看。牙行裡的人大多不地道，看到只有兩個婦人去買地，怕他們以次充好，或是抬價哄騙她們。

陳阿福和王氏點頭同意。

隔天晌午，陳實去酒樓收了家禽內臟回來，神色慌張地進了廳屋，見只有張氏一人，望望窗外，低聲跟她說：「阿玉娘，不得了了，陳世英來咱們定州府當知府大人了。」

張氏連頭都沒抬。「誰當知府大人關咱們小老百姓什麼事，咱還不是該幹啥幹啥。」

陳實道：「哎喲，那個陳世英就是二嫂原來的那個……」

張氏這才反應過來，抬起頭來驚道：「天啊！真的？」

陳實小聲道：「是真的，我騙妳做甚？起先我看到外面貼的告示，還想著會不會是同名同姓的人，可在酒樓裡聽人議論，說這位陳大人是當朝最年輕的探花郎，我想著，肯定就是他了……」

陳實撇撇嘴，繼續說道：「他們還說陳大人溫文儒雅，俊俏無雙，還頗有些手段，為人也正直，才會被聖上賞識，年紀輕輕就派來當定州府的知府大人。哎喲，正四品的大官呢！」

張氏冷哼道：「一考上舉人，就把原來的媳婦趕出去，還能叫正直？有手段倒是真的。」

「我之前聽一個同窗說過，二嫂不是陳世英——哦！陳大人，不是陳大人趕出去的。他剛考上舉人還沒回鄉，他娘就把二嫂趕回娘家了。」陳實聲音又放低了一些。「聽說，陳大人回鄉後還去二嫂的娘家找過二嫂，只不過二嫂已經嫁給二哥了。」

張氏看看窗外，回過身低聲說道：「當家的，我一直覺得二嫂人很好，知書達禮，又重情重義，從她對二伯就能看出來；可她在陳舉人家待了十年，一手把陳舉人帶大，再怎樣都有些感情吧！怎麼會被攆回娘家十天就嫁了二伯？再是繼母逼迫，也不應該這麼短的時間就心甘情願嫁第二個男人呀？何況二伯還是那種情況。」張氏突然想到一種可能，瞪大眼睛說道：「呀，當家的，二嫂嫁給二伯七個多月就生了阿福……阿福又長得極俊俏，一點都不像你們陳家人……」

陳實早就聽陳老太太和陳業說過，阿福不是陳名的親生女兒，還說王氏有身孕更好。那時陳名都快死了，肯定不能同房，若陳名活不下來也有個後人。王氏的確是個有福之人，也能幹，不僅把陳名的病沖好了，一直做繡活養著那個家，幾年後兩人還生了一個兒子。

所以，陳實是打從心裡感激王氏的，也敬她是個堅韌的奇女子，對陳阿福也一直當親姪女看待，哪怕原來的阿福是個傻的，他也沒有嫌棄過。

陳阿福不是陳名親閨女這事，是陳家的大秘密，只有陳老太太和三個兒子，再加上當事人王氏知道。陳實肯定不會說出來，哪怕是自己的妻子。

聽到張氏的話，又見她一臉好奇地望著自己，陳實便沈下臉。「妳胡思亂想什麼呢！阿福當然是二哥的親閨女，二嫂懷孕時不注意跌倒了，才早產生下了阿福。」又皮厚地說：「阿福俊俏怎麼就不像陳家人了？當初妳爹還不是看我長得俊俏，才把妳許給了我。」

張氏一看男人生氣，便住嘴了，但心裡的認知卻更甚了。

陳實眼前晃過陳世英那張俊俏無雙的面容，慢慢地跟陳阿福的面容重疊，這兩人長得太像了，如今陳世英回到定州府，若同時見過他和陳阿福，又知道王氏身世的人，肯定會猜出他們的關係，不知道這個秘密能夠瞞多久。

多年前，陳實和陳名在鎮上求學，在三青縣城參加鬥詩會的時候見過一次陳世英。那時候的陳世英，跟現在的陳阿福幾乎一個樣，長相俊俏，又極有才學，是他們所有學子最羨慕的人，聽說也是許多閨閣女子極其愛慕的人……

陳實對張氏說道：「以後不要再叫他陳舉人，禍從口出，不管喜歡不喜歡他這個人，現在他都是咱們這裡的青天大老爺，執掌著咱們的生殺大權，千萬別對他不敬，被人聽去，會招禍的。」

張氏心一驚，忙道：「好，以後叫他陳大人。」

陳名嘆了口氣，又說：「陳大人來這裡當知府的事情千萬別說出去，二嫂這些年過得極不容易，現在的日子好不容易好過些了，別再惹她傷心。」

「當家的就是不囑咐，我也不會在她面前胡說。」

他們不知道的是，陳阿福正在空間裡，聽到了他們的談話。

陳阿福想去空間裡待一會兒，但耳房裡有阿祿在，廚房裡有張氏和王氏幾人在，院子裡大寶領著七七和灰灰在玩，連恭房裡都有人，她便趁人不注意去了沒人的廳屋，一閃身進了空間。

她倚著燕沉香，看金燕子賣力地築著金房子。看著金燕子的嘴下閃著一道道小火花，時而吃點葉子，滴一些綠色汁液出來，有些汁液沾在一起，成了一小片燕窩，有些把黃金沾在一起，場景很是好看。

她一看就看久了，待再想出去，張氏卻進了屋，她只得繼續待在裡面，沒想卻聽到這個八卦。

她回想那個陳老夫人的樣子，五十歲左右，三角眼，嘴唇很薄，法令紋很深，一看就是不好相與的刻薄相。陳舉人長得一點都不像他老娘，大概像他爹吧！似乎那個老太婆就是棒打鴛鴦的劊子手。

那個老妖婆太壞了，為了給男人沖喜，把王氏買回家當童養媳，為了讓兒子攀上高親又把懷有身孕的王氏掃地出門；只是不知，那陳舉人有沒有參與其中，還是為了自己的名聲而讓他的母親出面……

唉，不管如何，那個男人跟王氏、跟自家都沒關係了，以後回了鄉下，就更不關己事。

想到這裡，陳阿福想著，不管陳實陪不陪，明天都必須去一趟牙行，早點買了田地早回鄉。

等到張氏和陳實走出廳屋，她才出空間回去耳房。

中午的菜十分豐盛，陳實不住地讓王氏多吃，說感謝二嫂養了個好閨女，讓自家找到了更賺錢的營生，也結識了參將府的管事。他又使眼色讓張氏給王氏多挾肉。

陳阿福覺得，陳實定是敬重王氏的堅韌和同情她的遭遇，才會如此吧！陳實和陳名一樣，都是不錯的好男人，以後，她不僅要把陳名當親爹，陳實也是自己的親叔叔了。

看到略顯老態的王氏，陳阿福心裡酸酸的，也不住地往她碗裡挾著好菜。

飯後，羅管事來了，他說這些天一直在忙，昨天下午才把大多數客人送走了，今天抽出空來，便想陪著陳阿福去牙行看地。

一路上，羅管事又說了五天後，會帶著楚含嫣一起回棠園，問陳阿福跟不跟他們一起回去。

陳阿福聽了，願意跟他們一起回去，坐馬車快不說，路上還安全。

馬車駛了三刻鐘，來到一個牙行。牙人果然跟羅管事甚熟，見羅管事來了，又是請坐，又是上茶。

聽了陳阿福買地的條件，李牙人笑道，中寧縣的廣河鎮還真有一塊地適合，是水田，價錢也合適，六兩銀子一畝，只是田有些多，有兩百畝。不過，若是一次全買，不拿地裡已播種的油菜種子錢。

陳阿福心裡計算著，兩百畝就要一千二百兩銀子。而且廣河鎮比鄰三青縣，距響鑼村只有十幾里的路程。

王氏一聽要這麼多錢，便把陳阿福拉到一旁說道：「阿福，太多了，咱買不起。」

陳阿福輕聲跟她算了一下帳。「銀子夠。」又過來對李牙人說：「若是那些田好，我們就買下來。」

李牙人笑道：「我跟羅大哥相交十幾年，不會騙妳們的，那水田真的不錯。不過，這麼大一筆買賣，還是要過目才好。今天已經晚了，去廣河鎮即使坐馬車也要一個多時辰，這來回就要大半天的工夫，還要去中寧縣城上契，又要半天的時間，所以只得等明天再去了。」

陳阿福也是這麼想的，便點頭同意。

羅管事想了想，說：「也只有如此了，不過，明天我有事，不能陪妳們，就讓我家二小子和慶伯陪著妳們去吧！」

談完事，幾人離開牙行。回到陳家，酒菜已經擺上桌。

羅管事和慶伯被請去廳屋入席，由陳實和陳阿玉陪著喝酒吃飯。王氏和陳阿福則去廚房裡幫著準備。

送走了客人，陳實一聽說母女倆要去那麼遠的地方不放心，一定要跟著去；還說若買了地，他陪著牙人當天去中寧縣城把地契辦好，這樣一天就能把事情都辦完，陳阿福和王氏忙表示感謝。

陳實擺手笑道：「謝什麼，三叔要了阿福的方子掙了錢，還沒有感謝呢！等以後阿福成親的時候，三叔一定送份大禮。」

陳阿福可不像阿滿小姑娘那麼害羞，笑道：「好，姪女等著。」

隔天一大早，王氏和陳阿福早早穿戴妥當。她們都穿著半新舊布衣，戴著木釵，同陳實一起坐在鋪子裡等。大概辰時初，慶伯就駕著馬車來了。車上下來一個二十出頭的青年，正是羅管事的二兒子羅方。他笑著說，如今府裡除了老侯爺還沒走，其他的客人都走了。大爺說今天請大寶帶著七七和灰灰去府裡玩，姊兒想他了。

還有另一個原因羅方沒說明，楚老侯爺特別喜歡鳥兒，聽說嫣姊兒的好朋友有兩隻極其聰明的鸚鵡，就想看看；只因府裡人多事忙，老爺子耐著性子等到今天，一大早就迫不及待地要看，並說巳時後，府裡會來馬車接大寶。

大寶現在還沒起床，張氏聽了趕緊答應，說大寶醒來後就跟他說。

幾人寒暄幾句後上車，陳實和王氏母女坐進車廂裡，羅方和慶伯一起坐在車箱外。

馬車直奔西門外，李牙人已經在那裡等他們了，雙方會合後繼續西行。

路程比較遠，陳阿福百無聊賴地看著窗外，聽車外的羅方和慶伯天南地北地聊著天，有時候陳實也會插幾句話。

他們說著為了給楚含嫣過生辰，京城來了多少親戚朋友，省城來了多少人，生辰當天定州全城的貴人、富豪都到齊了，怎麼熱鬧……

陳阿福搞懂了，楚小姑娘不僅本家顯貴，太祖父是老侯爺，祖父是侯爺，連舅姥爺都是冀北省的巡府，這是封疆大吏呢！那麼，那位了塵住持出家前應該是楚侯爺的妻子，羅巡府的妹子了。這、這……這麼顯赫的出身，為什麼要出家呢？

實在想不通，而且，他們也沒說現任的楚侯爺有前來祝賀。聽羅管事所言，有人對小姑娘心懷惡意，甚至還請了宮裡的某位貴人……難道，是楚侯爺移情別戀，現在的老婆勢大，不放過小姑娘，所以才逼迫楚令宣讓女兒躲到府城？

還有，竟然也沒有提小姑娘的外家和母親，或許她的母親已經死了？

大概巳時，到了廣河鎮老槐村。找到賣地的林地主，一同去看地，那一大片田連在一起，不遠處還有個堰塞湖，十分方便澆灌。

陳實雖然是商人，但也是在農村長大的，地的好壞還是能看得出來，他去田裡抓了一把土看了看，點點頭，低聲跟陳阿福和王氏說這田不錯。

陳阿福點頭表示願意買，林地主又把幾家佃農找過來，希望他們繼續用這幾家佃戶。

陳阿福表示同意。因買地契約還沒辦下來，她明天也不想再跑這麼遠的路，便商議租佃協議在四天後，她回響鑼村途經此地時再簽。

一共兩百畝田，東邊的一百畝放在陳阿福名下，靠西的一百畝田放在陳名名下。陳阿福早想好了，這是自己第一次置產，必須要給陳名多些，報答他對小阿福的呵護。

王氏原本以為陳阿福只給陳名五十畝田，現在一看竟然給了一百畝，剛要推辭，就被陳阿福搖頭制止了。看著一眼望不到邊的一片肥沃田地，王氏的眼圈都紅了。自家終於當地主了，這一輩子吃穿不愁了，這、這……這真是作夢都不敢想的事。

陳阿福掏錢讓人買了酒肉，請這些人吃飯。

飯後，陳阿福和王氏坐著慶伯的馬車，同羅方一起回府城，而陳實要跟著李牙人和林地主一起去中寧縣城辦地契。

大概申時，陳阿福和王氏回到了陳實家，張氏熱情地把準備好的一盆滷串端上馬車，送給羅方和慶伯兩家吃。

沒多久，陳大寶就被楚府馬車送回來了，羅管事也一起來了。

「我家老侯爺跟嫣姊兒一樣刁嘴，就喜歡吃妳做的糯米棗子，說比廚娘做的好吃。他後天就要回京城了，我家大爺想請陳家娘子再幫忙多做一些，給他老人家帶去京城。」羅管事抬抬手裡拎的籃子，又指指身後兩個小廝扛著的兩大袋東西。「食材我們都帶來了。」

一送走羅管事，陳大寶便拿出一個玉掛件說：「娘，看看，這是楚太爺爺送給我的，他看嫣兒妹妹喜歡跟我玩，還說謝謝我呢！讓我別叫他老侯爺，要叫楚太爺爺，管楚大爺要叫楚大叔。還有哦！楚太爺爺也特別喜歡七七和灰灰，說想用六百兩銀子買牠們，見我捨不得，又要出八百兩銀子，最後看我還是捨不得，就說出一千兩銀子。我說牠們是我弟弟，出再多銀子我都捨不得賣。他聽了，也就算了，說以後他會去棠園玩，讓我再帶著七七和灰灰去玩，最好再把金寶帶上。這塊玉就送給娘親了。」

特別喜歡，卻沒有強取豪奪，也算不錯的權貴了。

再看看那個玉掛件，是拇指大的羊脂玉小白馬，玉質溫潤通透，價格至少值一百畝地。

那老頭給了窮孩子這麼好的東西，似乎階級觀念也沒有那麼嚴苛。

陳阿福接過來笑道：「送給你，就是你的，娘先幫你保管起，等你大些，就掛在腰間當配飾。」

她去廚房先泡了一半紅棗後，就進了恭房，把門關好後，進了空間。

除了自己家人和楚含嫣，還沒有誰能讓陳阿福去向金燕子討要燕沉香，但這個老頭不錯，陳阿福還是決定進空間討點料出來。

金燕子正翹著長尾巴在忙碌，陳阿福提到想要一點燕沉香木頭渣做糯米棗子的事。

金燕子抬頭啾啾笑。「不管給漂亮妹妹，還是啥老侯爺，只要是給後備男主喜歡的家人，人家都給。」又擲地有聲地說道：「支持媽咪的幸福，從人家做起。」

陳阿福覺得今天有點時間，便跟金燕子溝通一番。「金寶，人世間有很多門檻，比如門當戶對，再比如階級，還有太多、太多不確定的因素。所以，不是你覺得誰像男主，誰就能當媽咪的男主，要不怎麼有百年修得同船渡，千年修得共枕眠這一說呢？做夫妻，不僅要講身分，還要講緣分……能不能以後別把我跟那個人扯在一起，我和他的差距實在太大，你總這樣，我有壓力。」

金燕子不贊同地啾啾說道：「媽咪，你們的差距不是在慢慢縮短嗎？妳都給漂亮妹妹當師傅，還當上了地主。覓夫的路上，妳已經邁出兩大步了，妳再繼續努力，人家也多多幫妳，妳肯定會成為他的女主，他也肯定能當上妳的男主。」又高舉起一邊翅膀說道：「媽咪，人家相信妳，漂亮妹妹的爹爹，總有一天會變成金寶的福爹。」

陳阿福看了一眼偏執的小東西，跟牠講不通道理，也不想多費口舌，便把燕沉香木渣沾到手帕上後，就出了空間。

晚飯後，陳阿福點著小油燈開始做糯米棗子，心裡惦記著陳實，不知道他辦得怎麼樣了。

戌時末，聽見有人敲門，陳阿玉跑去開門，大喊道：「爹爹回來了。」

陳實把兩張契書遞給陳阿福和王氏，母女兩人喜笑顏開地看了地契後，阿祿和大寶也搶過去看。

張氏羨慕得不行，笑道：「二嫂和阿福當地主了，這輩子吃穿不愁了。」

陳實呵呵笑道：「咱們好好幹，以後當財主，也會吃穿不愁。」

眾人都笑起來。

陳阿福起了個大早，去廚房把紅棗泡著。

一吃完早飯，她又開始做糯米棗子，得趕在巳時前做完，把灶臺還給陳家人做滷串。

棗子有些多，她做了一大木盆桂花糯米棗，還做了一小盆大同小異的雪球糯米棗，裝了兩大碗出來給家裡人吃。

看到張氏欲言又止的樣子，陳阿福笑道：「若三嬸喜歡，也可以做出來賣。」

「真的能讓我們賣？」

陳阿福笑道：「當然了，這方子不保密，人家看看就會了。」

下午未時，慶伯趕著馬車來了。他不僅來拿棗子，還說老侯爺請大寶帶著七七和灰灰去楚府玩，吃了晚飯再把他送回來。陳阿福把做好的幾個小燕子玩偶用布包起來，讓大寶帶去給楚小姑娘。

回屋後，陳阿福理了理羅掌櫃給的那些緞子，除了那六疋整料子要留著帶回鄉給繡坊做衣裳，還剩下一些零散的料子。

比著料子的大小，陳阿福決定給自家人和陳老太太各做一件衣裳，並送了陳實家一人一塊料子。想著陳阿貴和高氏人都挺好，又給大丫做了件衣裙。

陳阿滿拿著那塊緞子，樂得見牙不見眼。

幾個人窩在小屋裡做針線，一直到張氏喊她們吃晚飯。

晚飯後，陳大寶才被慶伯送了回來，手裡還拎了兩個包裹，說是楚老侯爺送的。

陳阿福拿了一包糖果和兩枝筆、兩條墨送給陳實。陳實沒要糖果，說家裡還有，讓她留著回鄉送人；把那兩枝筆和兩條墨收下了，說這兩樣筆墨都是好東西，留著以後給陳阿堂考秀才的時候用。

晚上，躺在炕上的大寶才跟他們三人說，楚老侯爺像個老孩子，特別喜歡吃甜，尤其喜歡雪球糯米棗，直說該多做些這種甜棗；而且，他除了給嫣兒妹妹吃幾顆雪球糯米棗，不許別人吃，連楚大叔嚐了兩顆都被他罵了一頓，說他忒大個男人還那麼嘴饞……

陳阿福想著嚴肅的楚令宣被罵嘴饞的樣子，一定極有喜感。

隔天，陳阿福和大寶由陳阿玉陪著去街上玩，還要買回鄉的東西，後天要回去了，有那麼多親戚朋友要送。

王氏不喜歡逛街，陳阿福也不願意讓她出門。如今定州府剛換了知府大人，到處都貼著告示，老百姓也在議論。

出門之前，陳實拿了幾錢銀子和幾百文錢給陳阿玉，讓他有眼力些，在街上吃飯、吃零嘴都由他掏錢，另外再給陳老太太和陳業買樣好些的禮物；念叨著阿福是姑娘，大寶又小，要少走路，多坐車……

陳阿玉道：「兒子知道。」

導遊陳阿玉很稱職，先帶他們去參觀了定州府的軍政官衙大門。因為定州府特殊的戰略位置，這裡雖然不是省城，還是設置了總兵，楚令宣就是總兵手下的參將，定州知府則是正四品。

來到知府衙門對面，陳阿玉與有榮焉地說：「聽說，新來的知府大人是咱們三青縣的，老家在臨豐鎮趙家村，跟響鑼村只有幾里的路程。」

陳阿玉三兄妹生長在府城，對於陳世英曾是王氏小女婿的事一點都不知情。

陳阿福冷哼道：「再離得近，他也不認識咱，走了。」

臨豐鎮趙家村裡出來的大官？陳大寶聰明的頭腦轉了幾轉，覺得哪裡不對，小腦袋瓜還沒反應過來，便被娘親拉走了。

陳阿福又買了些糖果、筆墨和布疋等東西，鑑於陳業在陳名心目中的地位，還給陳業買了一個玉嘴松木煙斗。

三人一直玩到日落西山，才心滿意足地回家。

第二天上午，羅方來說，明天上午會派馬車接他們去楚府，再一起回鄉下；又說，老侯爺幾乎把糯米棗子都拿走了，他家大爺請陳阿福再做些給姊兒在路上吃，於是又拿了十斤棗子來。

晚飯後，陳實一家都沒去幹活，而是陪陳阿福一家在廳屋裡閒聊。

張氏拿了兩個包裹出來，是送大房的一些吃食，以及給陳老太太和陳業做好的兩套綢子夾衣。接著，張氏又從臥房裡拿出一個錦盒遞給陳阿福。

陳阿福不知其意，打開錦盒一看，裡面裝了一個麻花開口的銀鐲子。

張氏笑道：「這是我的嫁妝，阿福別嫌棄。」

陳阿福忙把盒子蓋上還給她。「三嬸的心意我領了，但這麼貴重和有意義的東西，應該留給堂弟和堂妹，我不能要。」

張氏道：「我還有，我嫁過來的時候，我爹娘知道當家的沒有多少錢，陪嫁了些東西。」

院。

陳阿福還是不想要。她聽說過，陳實沒錢，靠著張氏賣嫁妝才買下他們家現在住的小

兩人推了半天，見張氏的眼淚都快流出來了，陳阿福才收下。

陳實笑道：「阿福就收下，三叔家靠妳出的點子，十幾天就賺了原來幾個月才能賺到的銀子，還攀上了參將府的管事老爺，連那些無賴混混現在都不敢招惹我家。以後三叔有錢了，就換大房子，你們來了住得也舒坦，等妳成親的時候，三叔再送妳金首飾。」

陳阿福笑著謝過，一旁的王氏又笑道：「婆婆和大伯、我當家的，他們都想小叔了，希望你們一家過年回響鑼村。」

陳阿福也附和道：「過年的時候，三叔、三嬸就領著弟弟、妹妹回來玩吧！只要自己把持住，不著大伯娘的道就是；再說，我奶奶也會幫你們。」

她講得直白，把大家都逗笑了。

陳實也說想老娘和大哥了，到時候一定回去，也不會再著胡氏的道。他想通了，該還的情已經還了，不能因為胡氏，他就不去老娘跟前敬孝。

——未完，待續，請看文創風686《春到福妻到》2

風 文創

685

春到福妻到 1

國家圖書館出版品預行編目資料

春到福妻到 / 灩灩清泉著. --
初版. -- 臺北市 : 狗屋, 2018.11
冊 ; 公分. --（文創風）
ISBN 978-986-328-927-2（第1冊：平裝）. --

857.7　　107016160

著作者　灩灩清泉
編輯　黃鈺菁
校對　沈毓萍　周貝桂
發行所　狗屋出版社有限公司
地址　台北市104中山區龍江路71巷15號1樓
電話　02-2776-5889～0
發行字號　局版台業字845號
法律顧問　蕭雄淋律師
總經銷　知遠文化事業有限公司
電話　02-2664-8800
初版　2018年11月
國際書碼　ISBN-13　978-986-328-927-2

本著作物由起點中文網（www.qidian.com）授權出版

定價250元
狗屋劃撥帳號：19001626
網址：love.doghouse.com.tw　E-mail：love@doghouse.com.tw